蚂蚁搬家要落雨

MAYI BANJIA YAO LUOYU

凌仕江 著

GUANGXI NORMAL UNIVERSITY PRESS
广西师范大学出版社
·桂林·

图书在版编目（CIP）数据

蚂蚁搬家要落雨 / 凌仕江著. —桂林：广西师范大学出版社，2018.11
（中国当代原创文学）
ISBN 978-7-5598-1128-8

Ⅰ. ①蚂… Ⅱ. ①凌… Ⅲ. ①散文集－中国－当代
Ⅳ. ①I267

中国版本图书馆 CIP 数据核字（2018）第 185437 号

广西师范大学出版社出版发行
（广西桂林市五里店路 9 号　邮政编码：541004
网址：http://www.bbtpress.com）
出版人：张艺兵
全国新华书店经销
衡阳顺地印务有限公司印刷
（湖南省衡阳市雁峰区园艺村 9 号　邮政编码：421008）
开本：787 mm × 1 092 mm　1/32
印张：9.875　　　字数：220 千字
2018 年 11 月第 1 版　　　2018 年 11 月第 1 次印刷
定价：45.00 元

目录

老屋

嫁妆

江 湖

麦 田

—— 陪 伴 ——

老　屋

经年之后，念想总是在回不去的路上越加猖狂，一个冷不防，想起你却再也抓不住你，忙碌的生活变得一半充实，一半空荡。如果瞳瞳的童年能邂逅一只打鱼雀，该是何等幸福的事，我有时会在不特定的空城里简单地想着。

守候天亮

小时候的夜晚，最值得入画。静，笼罩了一切；动，别有天地。

夜晚的动人之处，我以为就是它的动和静。

人的一生，一定会经历很多不眠之夜，但能够留下的独家记忆不可能太多。尽管那是一个没有安全感的夜晚，但我和姐姐的心却贴得很近。

那是一个春早，我刚满六岁。前一天，我在花生地里和大人们一起拔草，弯了一天的腰，酸痛，上床倒头便睡着了。当我睁眼醒来，看见屋顶中央的亮瓦，漏下一地清辉，四周静如止水。潮湿的空气里，能听到花开的声音，蛐蛐儿在蜘蛛织过网的小木窗背后的那垄丝瓜藤下，策动秘密的声响。

这简直就像白天的景象。

我下了床，光着脚丫，走出屋子。比我大三岁的姐姐，坐在堂屋的门槛上发呆。她抬起头，看见我，笑了笑，一只手拉住我紧挨着她坐下，另一只手把一个油酥的麦饼塞进我嘴里。竹林环绕的村子寂静得出奇，邻近的村落里隐隐有一些微弱的灯火。

圆月在天上慢慢穿行，星和月在一起高兴地玩耍。

被铁链套住的黑小虎，朝着天上的星月又一阵乱吼。

我和姐姐就那样静默地坐着，守候天亮。

后院的柴房里，不时有公鸡发出呜——咕——咕的叫声。竹枝上的麻雀窸窸窣窣的，我猜不出到底有三只，还是九只。远处过路的赶场人小声地摆着龙门阵，渐渐泛白的小路上，还有农人黑魆魆的身影。

这一切都是村子天亮之前的动和静！

然而，堂屋门正对着的圆山顶上的动静却并不那么自然。姐姐看见了山顶上的星火，时现时隐、时亮时弱，火光落到山顶下的树林里就被灭掉了。

我拉紧姐姐的手。

我说，想不到黑压压的树林——我们白天捉迷藏的地方，天黑就是没得天亮好耍呀。白天，我们可以在树上打闹、练拳呢。林子里的树可多了，光是我认识的就有柏树、桉树、桑树、青㭎……在林子里，我还看见过跑起来像风的黄鼠狼，飞上天像大风筝的老鹰。我好想逮住那一只大老鹰，叫哥哥给我做一个铁笼把它关起来，让村子里的小鸡，都睁大眼睛来看老鹰的下场。

姐姐不语。

我听见姐姐的心跳得怦怦的。我还听见树林里有像沙子撒过房顶的声音。姐姐一只手伸过来，抚着我的头，在耳边小声地叫我千万不要出声，然后她悄然摸索到屋角的猪圈旁，松开了黑小虎的那根铁链。黑小虎箭步冲向黑森森的树林，汪汪汪地叫个不停。

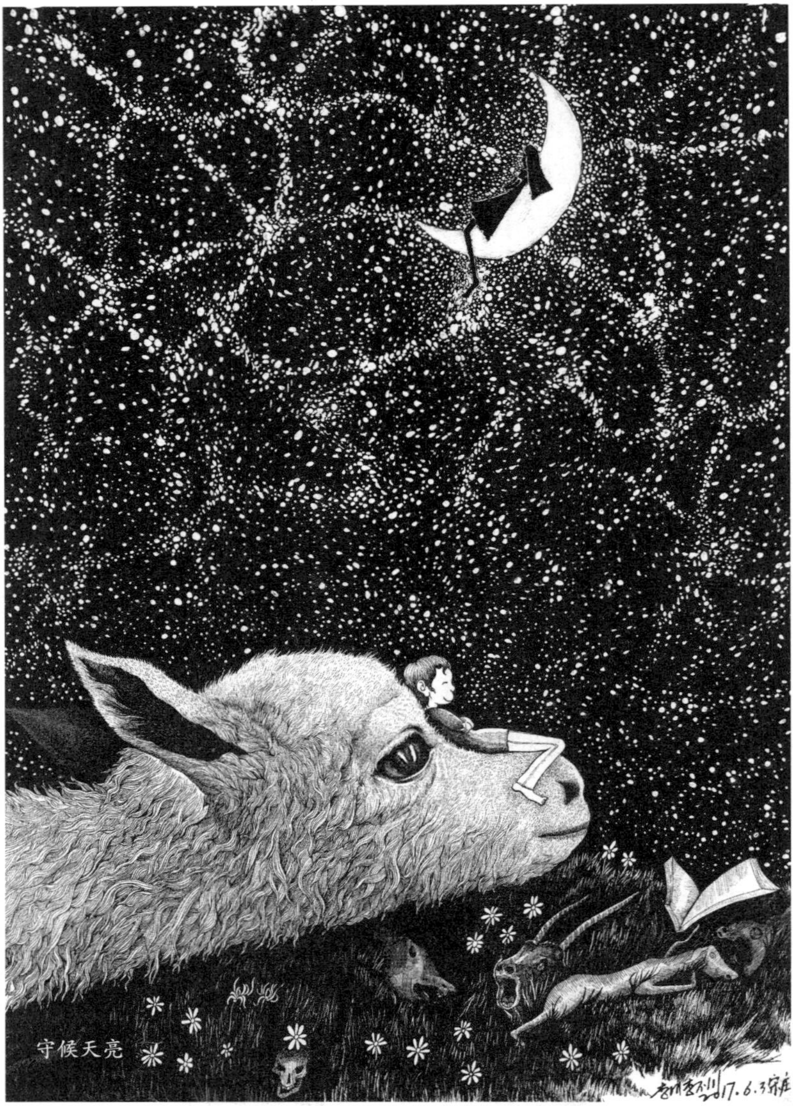

守候天亮

尔后，只听见一声枪响，鸟儿扑棱棱飞离了竹枝。

黑暗的村子闪过一道白线。黑小虎呼啦啦跑回来，跪在我们面前就不动了。

我紧紧地抱起世界上我最疼爱的这个伙伴，轻抚它听话的眼睛，眼泪止不住地对姐姐说：有血，姐姐。我的黑小虎离我而去了。为什么？为什么？为什么？我愤怒着箭步向树林冲去，姐姐三步并作两步拦在我前面，狠狠拉着我往屋里钻：危险，夺宝的人又来了，快关门。

一个六岁的男孩，怎能明白一个村子埋藏在遥远时光里的旧事？

一个九岁的女孩对一个六岁的男孩讲出一堆有关村子遥遥远远的旧事后，男孩晃了晃脑袋，噘着嘴说：过去的世界真是莫名其妙。当他又长了四个六岁的时候，才发现一生当中最纯真的时光，竟是人生最初守候天亮的夜晚。那时他才六岁，对不曾经历的世界摸不着头脑。

六岁可以听见一个村子发出的所有声音。

天亮之后，姐姐才肯放松地说，我们平时疯玩的树林里，有一座很大很大的坟，坟里埋葬的是地主张家的祖宗。这座大坟里有很多很多的小坟，小坟里陪葬着许许多多的少男少女，他们是死人的书童和丫鬟，坟里面至今不分白天黑夜地亮着千盏油灯，听说里面有好多好多的珠宝，好远好远的人都想来打它的主意，但好多人都没打到它的主意。

……

真的？我真有点不敢相信呀。

……

姐姐说，我也不知是真是假。

……

原来她是听比她大的孩子说的。后来，我一直想，那个比她大的孩子又是听谁说的呢?

至今，我终究没有勇气再问姐姐。

麻雀与打鱼雀

每天上学路上都会遇见它，可是它等的不是我，在一片竹林掩映的水田边，它等待的只是鱼和虾的出现。

现在想来，当时我对那只打鱼雀的观察并不深入，只觉得它的羽毛十分华丽，像张爱玲笔下的袍。如今，生活全部搬入城市戏幕后，许多事情的确难以做到深入细致，原本很可能妙趣横生的细节却被时间逼迫潦草出场，自然少了几分熟稔的情感演绎。

直到有一天，牙牙学语的瞳瞳双手在空中不停挥舞，嘴里欢呼着一个拿不定概念的叠词，语音时轻时重，时高时低，他是想尽量让爸爸听懂他的发现？我四处搜寻着，最后，判断他喊的一定是——鸟鸟。顺着他的手指与眼神望去，面前几只麻雀在空地上蹦蹦跳跳，瞳瞳多么渴望亲近鸟鸟！我在心里轻轻地喊了一声——噢，麻雀！它们没有跃身起飞的慌张，在树荫密布的一池水边，它们无法与在水面上展翅的仙鹤媲美，但它们性子急，脸皮厚，为了吃路边树叶上掉下来的虫子，全然不顾瞳瞳直视的眼神与此起彼伏的呼喊声。甚至当车辆辗过路边，它们顶多闪开几秒，接着又回到了原地。

它们灰头土脸的样子真是饥渴到了极点。

对于麻雀，我是没有多大兴趣的，小时候可以十分容易接触到很多麻雀，也没做出任何记忆深刻的举动。在我眼里，麻雀只是一群愚拙的吃货，它们因为毫不节制地吃东西，而上了不少农家人或小朋友的当。在田间刚洒过农药的稻子上，它们的命运多是因为吃而忘记了活命。它们有的死于稻草人的欺骗，有的死于树棍支撑的米筛下，还有许多死在铁窗关闭后的黑压压的仓库墙脚，它们等不及伙伴们的援救，多是一气而死。

比起打鱼雀的灵动与唯美，我绝不会喜欢上麻雀。

如果说麻雀是书法家笔下的蝇头小楷，打鱼雀则可成为画家宣纸上的神笔钩沉。我很少遇到画打鱼雀的画家，倒是画麻雀的画家见过不少。去年冬日，安徽滁州花鸟画家雪冰先生打西藏归来路过成都，到我的会所朵藏客居几日，留下几条横竖不一的夹江小宣。无论是荷还是梅，上面都有三五只麻雀点缀。它们全身呈泥褐色，没有脱离大地意识，正处于低飞翔的姿态。雪冰先生懂得麻雀习性，从他画笔下的麻雀身上不难发现一种“拙”，那是灵性与智慧的美，比遥远童年现实中的麻雀巧多了。那种“拙”曾是一位年轻学院派女画家指导我绘画落款时追求的气韵，她不仅要我“拙”一点，还求我再“敦”一点。

望着渐渐被空气吸干水分的画纸，麻雀的色泽也在发生变化，可我总有美中不足之感，却又不好意思告诉埋头落印的雪冰先生。我只好在品茶谈话之余，道出几许心中的落寞：这画，是好，能不能让上面的麻雀多一些，再多一些呢？

“何为多一些?”雪冰先生的眼神有些迟疑、不解。

“三只五只,都太孤单。”我念念有词,却表达不出内心真正幻化的意境。雪冰先生一定不知道此时童年麦场上空的麻雀,已经一窝蜂地飞到我的头上来,赶也赶不走!

我顿了顿,说,能不能向你描述一下我此时的感觉:一万只麻雀把画面铺满,有不知方向的风,引领它们飞翔,背景是芦苇荡、天青色,就要打麻子眼了……

雪冰先生一声长叹,轻点头,微闭眼:这画面是好,够诗意。

紧接着,我又补充了两个字——向晚。

带着如此意象,雪冰先生回到滁州,不过七日,寄来一幅《向晚》的麻雀图。淡青蓝的底色,宽大的画面,麻雀不可能一万只,甚至一千只、一百只也没有,但起码我领略了一种莫忘故乡秋光好的景象,如此气氛,忽然想起是那么遥远,这画境不正是我曾经在场的童年之境吗?

可在城市,看到如此多的麻雀几乎不太可能,除小区空地上偶尔遇见的三五一群,有时会在电线杆上发现那么两只,再也没有幼年随农人们拿着农具在宽广的晒食坝里追赶千只万只麻雀的场景。每每忆此,自然生出几分落寞与孤寂的情绪。麻雀们被赶飞时叽叽喳喳的声音盘旋空中,被风掀得远远的,又被风狠狠地掷回来,可以把人的脑袋弄得晕头转向,也可以把沉默之山闹腾得生机盎然。但农人们对麻雀的印象并不好,因为他们收成本身就不可观的粮食,无法再承受麻雀的侵袭,所以农人们心里对之几近反感杀光的旺火地步。

农人们骂调皮的孩子有句话:像闹山麻雀一样!因此不难想象,

当时我们的童年与麻雀有着同等的饥渴，我们每天流着口水路过同一座村庄，试图将手伸向挂满果子的李子树，可是我们的指尖还没触摸到树枝，已被人家放出的狗追得鸡飞蛋打。有一回，我和姐姐在路边摘了人家几个梨子，被一个白胡子老头撵了几里路，最终我们只好提前将梨子当石子抛得远远的。相比之下，麻雀始终比我们更强势，也比我们更幸运，挂得再高的果子，它们都有本事偷吃，危险来了，它们就飞，尽管它们飞不太高，但总会顺利逃过一劫。

麻雀虽小，五脏俱全。步入社会，这一句与麻雀有关的话常跑进耳朵里来。我对打鱼雀产生赞美的冲动已经积压多年。当所有城市怀念乡村的时候，我发现自己越来越离不开对一只打鱼雀的念想。我不知它是否还有一个真正属于它的学名，在百度上，看见有人称它翠鸟，但无论它拥有多么好听的名字，都比不上一直以来故乡对它的认同之名——打鱼雀。它的嘴细长细长的，像一支被银匠修得锋利的钢针，背上的羽毛暗蓝暗蓝的，在阳光下静美如黄龙溪五彩池中的一汪蓝眼，而腹部却是一片亮丽的金丝绒色，双脚血红。它极不喜欢群居，多为单兵作业；它不与麻雀同流合污讨农人嫌；它每天独立在一根浮出水面、长满青苔的竹竿上，对半亩田池日复一日地静观默察；它不会在树梢上蜗居，它的居所十分隐秘；它对自留地的专心致志，时常令我怦然心动：在没有目标的情况下，它一点也不浮躁，大有守口如瓶不达理想不罢休的决绝之心。有时，它的冷静像是在构思一部情节复杂的长篇巨著，单凭这一点，写作者就不及打鱼雀。

很多时候，写作者经不起风吹草动的干扰，有时山雨欲来，窗棂外的自然变化也会不自觉地让写作者停下笔来。但同样敏感的打鱼雀即便面临风雨大作，雷声狂响，也会不动声色地锁定水面上的动静，趁机会降临，纵身一跃，一个弧线式的蜻蜓点水，叼得食物便往家的方向飞去。这个程序是神速的。我特别羡慕它那十拿九稳超灵性发挥的精湛技术。当然对于失手的那一次，它也决不垂头丧气，而是回到自己的居所闭门修炼一阵再出门。我看见它换了一个地方，坐在高处招展的芦苇上，继续培育和发现目标。

有一天放学归来，我坐在水边长久地等待它的出现。

它是回家修炼自己的叼鱼技术了吗？又想，它是不是已经吃得很饱，今天不再出来打探水面上的目标了？怎么就不出来了呢？我有几分隐隐的失落感，已经几个下午没有看见它了。天色已晚，它怕是不会来了，我背上书包，从田埂上坐起，空落落地往家走去。哥哥发现了我的失落，他明白我对一只打鱼雀的痴狂。于是吃过晚饭，等待时辰，手持电筒，让我尾随身后，穿过星光照亮的屋檐，来到一片阴森森的竹林，我知道里面全是坟墓。快到竹林的崖壁上，哥哥的脚步声越走越轻，轻得几乎只听见我们的心跳与风声。停下来，哥哥将手电光射向崖壁。我看见一个拳头大的洞，周围有白石灰一样的粉刷物——后来才知那是打鱼雀的粪便，它爱干净的习性不比人类差，粪便一律排在洞口外。

哥哥蹲下身，吸了一口气，朝我点点头，便灭掉手电光。哥哥示意我站在他的肩上，然后，他慢慢地立起身，我的身高便够着那个洞口了。我将手一点一点地伸进洞的深处，当指尖接触到它羽毛的瞬间，浑身像是接受了一次闪电般的麻醉。我小心地取出它的身子，双手捧住它，就像捧起闪亮的萤火虫，它在我的双手里挣扎，惶恐的叫声惊醒了整个熟睡的村庄。

经年之后，念想总是在回不去的路上越加猖狂，一个冷不防，想起你却再也抓不住你，忙碌的生活变得一半充实，一半空荡。如果瞳瞳的童年能邂逅一只打鱼雀，该是何等幸福的事，我有时会在不特定的空城里简单地想着。

山上的学堂

山就是虎榜山了。山上有几间破破烂烂的房子。山上的学堂，其形状一直有一种意象伴随我的念想，现在回想起来就像那句遥远的歌词："我们坐在高高的谷堆旁边，听妈妈讲那过去的事情。"我们一直叫它学堂，而不愿叫它学校。感觉学校似乎是外面的世界，是陌生的代名词，而学堂就在家门口，不用担心害怕什么。我们的学堂主体是用老土墙加石灰造就，老土墙被白石灰刷得粉白。里面有一年四季光亮洁净的石桌，怪像古墓派练功的场所，每张石桌长约1.2米，宽在五六十厘米不等，很厚，离地面很近，而小凳子都是由同学们自带。同学们的凳子有的高，有的矮，相互之间经常交换坐。学堂的教室分两排，一边坐着幼儿园的小朋友，一边坐着高年级的同学。

我每天上学，从山底下爬坡到山顶上，需要半个多小时，遇到大风下雨，则戴树叶子做的斗篷，大人披着蓑衣护送我，后来蓑衣变成了塑料薄膜做的尖帽子衣服，有红的，也有蓝的和白的。在雨中，我光着脚丫，拄着竹棍子走上一个多钟头才到学堂；若是遇到酷暑天，我常常会用山泉将自己的头发和裤子全部打湿，山风不断送来阵阵凉意，让透心的凉驱散骨子里的燥热，可见山上的学堂于我的情感记忆何等刻骨。

我和姐姐从幼儿园开始进入这个学堂。

山上的学堂具有一定历史，有人说以前这里是座庙，有人说是谁家的祠堂，但谁也说不清这里真正的历史。这些都是从学堂附近说话含混不清的老人那儿得来的。老人说不清，哥哥就更没什么记忆了。

哥哥在虎榜山上的学堂里只念到小学三年级，勉强认得一些生活之外的简单字眼，这导致后来他进入繁复的生活，彻底输给一些大字不识的生活之内的硬道理。据说，哥哥上学时经常和老师干架，村子里的人们印象最深的是哥哥曾经伙同几个少年抓沙子，撒向鼻梁架着黑边框眼镜的老师，之后就再也不进学堂了。于是那个老师通知了父母去学堂。那个胡子拉碴的老头姓杨，是个代课老师，他不仅教过哥哥，还教过姐姐，是我同桌杨老五的父亲。

我有个姐姐在学堂里念到小学五年级就毕业了。而另一个姐姐小学没毕业，大概是因为我要继续念书而导致了她失学。关于这个问题，我和姐姐曾经有过讨论，原以为是她成绩不好，她自愿放弃学业。而姐姐的说法则是因为父母交不起几块钱的学费，她不愿每期都成为申请免费的那个很没面子的学生；还有一个原因是姐姐更不愿老师每次留下来催交学费的学生中有她，她看见老师那张催交学费的脸与父母一时半会儿拿不出学费的脸，心里比父母和老师都要着急，于是老师只好通知父母去学堂。父母又一次厚着脸皮放下农具从庄稼地里赶去学堂，给老师办个交涉，说好下次什么时候将学费补上来。往往父母答应了时间，却不一定能够兑现。

于是姐姐决定不读书了。

这样，家里就只剩下我读书。

从幼儿园跨入小学一年级时，我已经八岁了。一年级至三年级，我的成绩一直保持在班上前八名，这样的名次走亲戚时被人问到，也不会脸红，因为班上一共有五十多名同学。似乎从四年级开始，我们班上的老师就像换镰刀把那样频繁了，有时甚至半个月也见不到老师。我们常常只能被其他班的老师招呼几句自习，像一群没娘带的流浪孩子。家长们知道这种现象后对学堂也是怨声四起，但无济于事。因此我的数学开始跟不上趟儿了。每次测试很少及格，一直到小学毕业，数学都成了我难以启齿的可耻学科。

比起数学，语文倒成了我骄傲的资本。记得五年级的时候，班上来了一位名叫谢义超的代课老师。他个子小小的，穿的衣裤总是熨得平平整整，棱角分明，看上去特别有先生气质，尤其是他的一手潇洒的钢笔字成了我当时效仿的对象。那样娟秀的字体一定是影响过我字迹的，后来我写的字几乎和他的一样，弄得他常常不知该如何表扬我。同时，令谢义超老师感到欣慰的不是我学他的字有如此的神似，而是我的作文在那时所展现的与众不同，一次次得到他的微笑认同。有时他利用一节课的时间讲评我的作文，听着他用比村头大喇叭里更严肃的声调朗诵出自我笔下的语句，在五十多双羡慕的眼睛里，我真不知该如何形容自己的心情。就是这位被我一本正经写进过作文的代课老师，却常常受班上几个大高个男生欺侮。有时在课堂上，他们会与谢老师扭打在一起，撕破衣服、抓烂脸皮的事时有发生。谢老师忍无可忍的是，那几个成绩很糟糕的大高个男生可以骂他，但不能骂他的母亲。谢老师说骂自己母亲比伤他自己更疼痛。不知后来谢老师是否转为正式的民办教师，小学毕业后的一次赶集，遇见谢老师低着头，挑着一担大米走在街上，我很想上去喊他一声，但我的步子终没有听我使唤。

另一个有印象的老师叫何秀英，称得上我的发蒙老师，好像当时是我们的班主任。每次全乡的文艺调演通知下达学堂，她都会通知我去她的办公室，问我是不是该出个节目去替学堂拿个奖回来。何老师应该是听过我唱歌的人，加之她的家挨着我们队，即使没有经常听我的歌，也在其他人那里有所耳闻吧。她对我的信任增加了我的文艺细胞，她的笑容与眼神时常对我有所慰藉，是其他同学眼睛里没有接收过的礼物。我有时会选择独唱的表演，有时会约上几个同学，排练表演合唱。那时我们学堂里根本没有专业的音乐老师，班上的音乐课一般情况是谁会唱一首好歌，谁就可以教大家唱唱。记得我排练过用四个不同声部的男声演唱《黄土高坡》，现在想来真是斗胆呀，对音乐一窍不通，居然选择了如此复杂的唱法，结果却在乡中心校的舞台上获得掌声阵阵，而且拿回的名次也不低。这样一来，我就成了学堂里的文艺积极分子，在低年级的同学眼里，算是一个有点名堂的人，尽管我的学习成绩很不出众。

何老师除了认可我的表演才能，还为我主持过两次公道，在此不得不稍做记录。

一件是同学文先与另一个同学发贵在课堂上打架，课桌倒地将我的一支金星钢笔压碎，无奈之下，我伤心地将此事报告何老师。何老师郑重地将我们仨通知到办公室，先是将两个同学批评一通，然后问他俩怎么办。结果，两个同学低着头，愿意接受何老师的判罚。何老师责令他们下午不上课，陪着我去乡上的供销社买一支同样的金星钢笔。那支钢笔花了五元钱，两个同学各赔一半。那条从乡上到村里的路，我们归来时在细雨中走到了天黑……

另一件事，是放学路上与几个女同学不知因为什么发生口角，她们把我揍了一顿，我倒在路边的玉米地里呻吟，被路过此地的何老师扶起。第二天，几个女同学在课堂上全部被罚站，她们躬着腰蓬头垢面的样子，像是法庭上被审判的女罪犯。

山上的学堂，偶尔也会遇到一点新鲜事。记得有一天乡中心校来了一个初中班女生，是我们学堂一位同学的姐姐。她在我们学堂课间休息时，表演了一个节目，很多人围观，她唱的是：

把你的手儿拍一拍
快点跟我来呀
把你的眼泪擦一擦
笑容露出来呀
把你的头儿甩一甩
忘掉那失败呀
抛开了你的烦恼
一切从头来呀
每个人都会有不如意
每个人都会有失败
只要你坚强地去努力

成功就会来

来……来……

快把握美丽的现在

创造幸福的未来

歌声很有节奏，是我们学堂里的人从没听过的，手舞足蹈十分劲爆，后来才知她唱的是《拍手迪斯科》。许久，有几个羞涩的女生也加入了她的队伍，人越来越多，几乎整个学堂里的人都跟着她摇摆起来了。放学后，我也高声地唱着这首充满律动的劲歌，飞快地朝家跑去，玉米地里干活的人拦住我问，为啥这么高兴？我说，我们学堂里来了跳迪斯科的人。

这件事让我们兴奋了好一阵。至今还记得一个阴天的下午，学堂里来了一个年轻的江湖艺人，他的特技是表演吃蛇。我们学堂的人全部搬出板凳集中坐在一起，围成一个圈，看他在中间惊心动魄地吃一条扁脑壳蛇。那条蛇将他的舌头咬得鲜血淋淋，他的舌头肿胀得像一个大红苕，怎么也收缩不到嘴里。我们在台下紧张得一个个屏住了呼吸，时间慢得快要静止。那个人的双手终于将蛇的嘴巴控制住，然后吞了一支玻璃管水，舌头一下子就恢复了正常，缩回到嘴巴内。顿时，我们的惊叫声沸腾了！显然，那支玻璃管水成了魔术的神奇解药。不久，同学中便有人找来了几条小蛇，但他们没有研究出玻璃管水，不敢模仿那个吃蛇人的玩法，而是趁机放入某些女生的课桌里，仅仅玩了一回心跳。

关于那支神奇的玻璃管水，我们议论了好几天。直到电视里播放《武则天》，一个六年级的高个子女生，突然在头顶盘了一个与武美人一样的发式出现在学堂，我们的注意力才从吃蛇人转向这个女生。她是我们唱《黄土高坡》的人里面一个男生的姐姐，她的装束的确很像武美人，课间休息时间很多男女生都不愿与她走在一起。她行为上的大胆与夸张，与我们当时的学堂格格不入，甚至与我们未知的外面的世界，都有可能尚属超前。她因模仿武美人的装扮成了学堂里的焦点人物。

噢，山上的学堂，我曾经在场的好多事都想不起来了。当地老百姓其实不怎么叫它学堂，而叫它沙堰塘。夏日里，我们总望着沙堰塘里的水莲桷流口水，常找来竹竿从水中央将它们钩出水面。学堂背后还有一座竹林掩映的堰塘，而堰塘与竹林间有一口水井。我们渴了的时候，常用芋头叶子去捧井里的水喝，天旱年间，井里的水常常发浑，我们却喝得很甜。

有一年，从兵营归来，我带着相机上山。山上的学堂早已被夷为平地，曾经坐过的教室，成了一片花生地，里面长满了杂乱的野草与一排排桑树。风把蝉声嘶哑地送进我耳朵，阳光稀薄地打在脸上，恍如隔世。学生娃娃都到哪里去了？那个曾经披头散发，腰间围着兽皮，忽然随风冲进教室的疯子还记得这个地方吗？我弯下腰，一地野草淹没了我的膝盖，旧年学堂里的半片残瓦也没寻到，走着走着，年少的心就彻底荒芜了！

寂寞十四岁

开始懂得寂寞是十四岁的事情。

似乎已经很受不了学校庸常的空气，总想在人群中特立独行一点儿。上学放学，遇到不喜欢的老师，就会绕道走。更多时候是双手揣进裤兜，一个人走在那些枝干上刻满了名字的古桐树下，目中无人地凝望着大地上的婆娑树影发呆。偶尔抬头听听那苍老的蝉声，让阳光和风淋漓尽致地盖在朦胧的脸上。当不经意回头发现水池边同样有一个寂寞女生在学着我的样子听蝉时，我腼腆地笑了。

真想问问她，你都听懂了什么？可又觉得多余，太多余。

那女生看我笑，她也跟着笑。只是她转了个身，用一只手捂着嘴，笑得很拘谨。

我若无其事地走过她身旁。没有回头，我又走到了教务中心。每次走到这里，我都会朝一个固定的地方张望。那块小黑板上写着的名字中没有我。依然没有我，怎么永远没有我？于是万分懊恼且不甘心地羡慕那些有信可收的同学。羡慕他们有在城里工作的爸妈；

羡慕他们有求学在外的哥哥姐姐；羡慕他们可以通过一纸信封知晓外面的世界。

我问树上的蝉，是否我真的一无所有？

我想我终归是向往外面的世界。那些榜上有名的收信者让我提前看见了他们身上有双隐形的翅膀，原来他们早已学会了像蝉一样悄然飞翔。在我看来，学校里经常收信的人都是些很有名堂的人，他们的信常常如蝉一样轻轻飞进校园，他们理所当然成了学校广播里常常被喊到名字的红人。

我一直想成为那样的人。可无人给我写信，谁会给一个不爱说话的寂寞男生写信呢？一到放学，我就为找不到寂寞的出口无奈。有时，我真想一口气给自己写出铺天盖地的信，可又觉得无聊，毕竟那是台湾作家白先勇早就干过的事情。幸好还有一点儿小小的奇思妙想陪伴我走在漫长的回家路上。我无聊的时候，什么傻事都做得出来。有一天，我用两角钱买来一沓薄薄的白纸，因为我没有多余的钱买正规的宣纸。我用清水淡墨在光滑的纸上把班主任画成了一朵朵漫天大笑的莲花；把那个听蝉的女生画成了一只孤独的蝉，她潜伏在一个男生的耳朵里捉迷藏；我还画了老校长，他穿着一袭清洁的长衫，手持一支大狼毫向着苍穹挥洒自如，满世界的云朵都在他笔下开出了闪烁的花；我把给我们上生理卫生课的老太太画成了一只甲壳虫……我记得我画了学校里各式各样的人物，同学们看了不仅议论纷纷，更喜欢交头接耳对号入座。当他们各自提出想要其中某幅画时，我却当场将它们撕得粉碎，我说这些画天生就是废品。你们还是去找那些正儿八经想当画家的人要吧！

"他们的画，鸟还是鸟，不会飞，鱼还是鱼，不会游。你的画即便是废品，我也愿意收藏，因为你画的人也是会飞的。"原来那个听蝉的女生早早抢走了那幅蝉。她得意的表情中让人看见了一种与众不同的美。她是否知道画上的蝉就是她的化身？我没敢告诉她。

几天后，撕画事件竟引来一场风波。

学校那几个喜欢拿自己的画去诱惑女生的男生听了很多人说要不到我的画，一窝蜂地跑来，他们根本不服气，在窗外指着我冷嘲热讽，你也会画画？搞错没有呀，从没听说你能画画，把你的画拿出来我们瞧瞧。他们的意思是不能不和我比试一回画技高低。我看都懒得看他们一眼，对着雪白的墙说，我没有资格同任何人去比，因为从没有谁教过我画画，我画的只是我的寂寞。

寂寞？画寂寞？哈哈哈，怎么寂寞也能画？那几个早把自己当画家的男生嬉笑打闹起来，然后吹着傲慢的口哨，做出对我很鄙夷的样子，摇头晃脑地就走了。有人走了不远，还回头甩下一句话：你能画画？我爸还是县文化馆的画家呢！

十四岁，我没有见过真正的画家。我也不懂画画究竟需不需要有人来教。我就在那样一所闭塞的乡校里张望着天外有人给我写信来。这几乎成了天方夜谭！我在幻想中一边写作业，一边躲过父母的视线，偷时间手持小狼毫点染风物山水，否则他们一定会指着画纸上的鬼东西批评我不务正业。这时我已经用上吸水性能良好的宣纸了，是那个听蝉女生托她爸爸从外地买回来的宣纸。我的画被她隔三岔五一张也不落地抱走了。

她说要把那些画寄给她远方的爸爸。

那个夏天快要结束的时候，我升学离开了那所乡校。尽管蝉声漫天，可我没有带走一片。那一季的蝉声宛如一首少男少女和声的毕业歌，只是睡在阳光上面的风把那首歌一掷千里，风不想看到狗尾巴草为一群少男少女的离开独自低头伤悲。而风中的我身着那件旧了的白衬衫，在走过常青藤光顾的红砖围墙时，依然回头看了一眼那块没有我名字的小黑板。

有一天，听蝉女孩路过我的学校，急火火跑来告诉我，说乡校来了我很多很多的信。信封上面写了“凌仕江先生大展”“凌仕江同学密启”“凌仕江老师收”。我搭了很远距离的车，走了很远的山路，跑到原来的乡校把这些信抱在怀里，然后走到那块小黑板下久久伫立。我看着这些来自天南海北的信封，就如同得到情书一般，心都跳了起来，顿时有一种神圣不可侵犯的气流包围了我。那种既消瘦又饱满可又看不见的气流，我想叫它寂寞再合适不过了，它的属性有点儿非主流，但是偏文艺。

我迫不及待地将一封封来信拆开。

曾经的班主任怀抱着几本书，从台阶上向我缓步走来。我想这一回没有必要再躲她了。

哟，凌仕江，好久不见你，哪儿来的这么多信？

我下意识地慌慌张张塞到裤袋里，背着手，含糊其词地答说是城里朋友写来的。

班主任似笑非笑，走了很远还不时审视我。我怔在原地看了她几眼，才又缓慢收回目光，低下头看那些信。有的是邀请我参加国画展的，有的是通知我去领奖的，当然还有愿意与我交换画的……脑海里忽然被千万只蝉声汇成的交响乐占据，真是奇妙极了。

我在奇妙中不由自主地想起了听蝉女生，她仿佛一下子钻进我的耳朵，永远说不完乡校里的旧事。我想我应该伸手去捉她时，才发现她早就同那些蝉声飞过沧海了。只是我一直停在十四岁的寂寞里，拒绝苍老。

一口井的年龄

在我的记忆里，一口井的年龄可能比一座老房子里活着的人还大一些，至于大出多少，我则不予以考虑，这本身就不是我能考虑的问题，总之，它大过了父亲以及我的记忆。

比父亲存在更早的，我想首先是我从未见过面的爷爷，其次是我能触摸的土地、莲花白、西红柿、黄瓜、树林、路。我眼里的那口井比我想象中的爷爷更为遥远，它几乎没有年龄。它就这么和水田一道睡在路边上，看着那些农人挑着空水桶来又挑满水桶而去。我知道那些挑水的大人和孩子的实际年龄，甚至于那一家刚刚倒插门的女婿。

一座房子里的事情看上去很简单，它简单得无非早晚都得围着一口井转，天天如此。一年四季，我发现围着那口井转的人都是那几抹熟知的身影，老的老，小的小，于是打招呼从不喊他们的名字。碰到陌生的挑水人，一般连招呼也不需要打，回家一问，才知隔壁又来了亲戚。

有时几天也见不到一个人挑水，从树林通往那口井的土路上，突然少了些什么点缀，一下子变得空荡荡的，好像我熟知的那些人都像那口井里冒出来的水给蒸发掉了，但我又一时想不起具体是哪一家的人不见了。后来，慢慢打听才知上学的上学去了，打工的打工去了，女的嫁到山那边了，男的上城里倒插门了，大肥猪上秤了，鸡牲鹅鸭得瘟疫死光了，吃闲饭的人突然少了一拨，用水量大大减少，剩在家里的人挑一担水至少可以用一个礼拜。

这些细节都是多年以前从我的生活里溜走的，现在，我尽可能把它们捡起来，谁还会像我一样花时间来想这些比鸡毛还轻的琐事呢？尽管它们跑出了我的生活，但我毕竟喝过那口井里的水呵！我不该忘记，并且要永远记住，然后才能踏实地活下去。

我始终是那里的人，这是不容改变的历史。虽然，如今我的脚下到处都可能出现水龙头，只要我的手一伸，就可能取到一听可口可乐，但你能说那是你的吗？虽然，你已走了很远很远的路，你说你累了，你很需要它，但有时，它不一定能白白属于你。

这是村子里的一口井，对我所讲的道理——它在我眼里，通俗易懂，像水一样直白，不需要歌唱来粉饰，只需要用思念记住一滴水。有时思念一个地方就像喝了一口井里的水。其中的滋味可以是——

滴水成冰——滴水不漏——滴水穿石。

我曾问过村子里即将合上双眼的一位长者。那口井是什么时候有的？他艰难地摇了摇头，那花白的胡须仿佛在对我说：你这个喜欢打破砂锅问到底的孩子，你问我，我又去问谁呢？

我想，也许他知道，但已无力回答。

但他真的知道吗？他一定知道吗？

问谁？除了地底下的人。

我不再问了。二十年前的老房子，伴随我的行程又过了二十年，但它绝不止四十年的历史。我在想更早以前，它到底有多新呢？住在里面的人会是什么样子？不过，话又说回来，我想得再多，它们迟早有一天也会变成一片泥地，然后，长满荒草，任鸟儿飞叫。

在我的世界里，已渐渐没有了年龄界限。即使是人，无论是他们还是她们，与之相处，我从不过问年龄。沿着月光下的田埂，我听见晚风里独自开放的菊，吻遍村子的脸，深深浅浅的笑声，轻盈地掠过一口井的水面，但那口井在对月亮说，我的责任，其实也和你差不多，即使一时沉默，也要永久清亮。

这就是我乡下那口没有年龄的井。

八个音符

门 槛

大人们看它一点都不高，一抬脚就跨过去了；小孩子看它立在眼前像堵墙，一抬脚就绊跟头。

小时候，我常趴在门槛上，看门外的风吹草动，总想从门槛上翻出去，可总也翻不出去。

第一天翻出门槛大概是我一岁半的时候，我看见田里有荷花，荷叶下面有长脖子的大白鹅在唱歌，我看见树下有比我大的孩子，他们喊“蚂蚁搬家要落雨”。于是我就跟着他们喊，当我跑过去的时候，他们都闭上了嘴，我听见只有我一个人在歌唱。

第一次走出门槛是我五岁半的时候，我看见校园的早晨，开满了向日葵，我扭着阿姨求她帮我摘一朵，我说我好想把它插在我家的门槛上。阿姨说：好孩子，不摘花，校园就是你的家。放学后，我一个人坐在教室的门槛上，望着阿姨的背影，想了好久。

第一回踏出门槛是我十七岁的时候，我看见人生的路上，有数也数不清的门槛，轻轻松松跨过一道矮的，前面则有一道高不可攀的。

怎么办？——翻。我像小时候翻家门槛那样，翻不过去就不罢休。我一天接一天地翻，后来，终于过了那道门槛。

现在，我眼里没有了门槛。

一直想回家踏一回门槛，可到了家才知篱笆墙上的门槛早已被红砖摆平了！

草垛

故乡的草垛是有责任的。

过了五黄六月的七，它就和青蛙、黄鬼、红蛇统统被戴草帽的人赶上水岸，一本正经地站在黄豆埂上，站在红薯堆旁，站在旷野中，吓唬那些从不肯听风相劝的鸟和兔。

树上的蝉丫子是草垛最好的邻居。鸟欲来，蝉扯开小喇叭的开关，播放半曲山歌，鸟是飞都飞不快了。草垛一定是很感激蝉的，但蝉却不停地向草垛道歉，草垛头上顶着蝉的粪。

在小学四年级的作文里，我常常把草垛比喻成没事就去帮人守青的水田和那个爱到山中采药给人家敷伤的跛子，他俩的脾气都十分老实，和草垛以下的泥土很是打得拢堆。

放学天天路过坟地，只要看见草垛，我就不再胆战心惊地用叫声壮胆。草垛像人一样，不仅守护着成熟的果实，还守护着成长的心。有了草垛，我就不怕孤单寂寞。

让我寂寞的是，过完冬季，草垛都化成了灰烬。眼睛慌了，心也慌了，大地凉了，水田空闲了，跛子去敬老院了……草垛对草垛说：剩下的事情，问问蝉咋办吧！

蝉虽然扭开了喇叭，但播放的歌曲全是寒来暑往。草垛哭着走了，村前村后的年轻人都随草垛走光了，裸露的田土全被杂草捡了个便宜。

而今，每当捧读一册山河，发现草垛，我就情不自禁地闭上双眼，故乡的山坡坡，是否还有草垛堆成遥远的金黄？

麦 子

麦子印在纸币上，中国人都应该熟悉它。

“大春种苞谷，小春点麦子。”这句话无论在什么地方听，我都不会忘记那是爷爷的爷爷的歌谣。春节刚过，麦子就把大地染成了一块绿色的大布匹，任凭裁缝们在其中就地取材或市场预测。

麦子扬花，布谷三月。打屁虫和花蝴蝶为争取麦子理解，积极地酿着不知为谁的风花雪月。风一吹，麦子就笑，开了几分讽刺，落了几粒忧伤，一只蚂蚁摸进了麦穗的心。

火辣辣的太阳晃得镰刀沾沾自喜。

哎哟……妈妈，你可曾看见我的那顶草帽？早出晚归的太阳公公，照黄了我的脸庞。

那顶草帽扔在收割地，晚上有大到暴雨，你看谁还戴草帽？拿上镰刀，快跟我一起去方土儿。

傍晚，一阵大风刮得昏天黑地，结果连颗雨点儿也没下。天亮了，我们把捆在屋檐下的麦子全部解放，看它们在敞坝里像活蹦乱跳的孩子打滚。

没几天，哥哥拾起一颗麦子，放进嘴里，嘎嘣一声，说：要得了。于是我提着麦子就跑，一小时不到就换回了五把面，外加六个桃子。

全家人都说一年没吃面了，真香。只有妈妈端着碗，没吭气。我问她是不是不想吃，拿给我吃吧！

妈妈说：小六，别忘了，麦子是你小子下学期的学费。

豌 豆

豌豆是乡村四月最朴素的晚餐——它和糯米融在锅里，非常清白。我至今爱着豌豆稀饭，里面放了猪油的，味道硬是不摆了。

豌豆花开得像七仙女的花裙子，胡豆花开得像“八字胡”的燕尾服：这是我对人间四月天的特殊忌妒。

可想而知，植物的主义何等浪漫。只可惜，人不能像植物群落相对生活。

在乡村，有许多植物同我有着血缘关系，自从它们跟随我进城后，理想不知哪天已散落天涯。常把那个摘豌豆花插在头上的女子想起，她粉红的头绳和轻扬的嘴角，她望向远方的目光，我是否已看透？

中午已过去，我在街上转来转去，最后走进一家豆花店。我要找那个叫葱葱的女子，是我表姐。表姐的上头还有一个表姐，叫蒜苗，姐妹俩最喜欢最容易找的工作是进城去饭馆打工。

遗憾的是，穿花围腰的胖妹把菜谱给我看了半天，我竟不知自己想要吃啥，索性点了一碗豌豆稀饭，胖妹的眼神简直是想给我一巴掌，她说：搞错没有呀？本店只有腊肉豌豆。

我说，不错，我就要你给我来一盘不要腊肉的豌豆。

胖妹咬着牙，狠狠地说：你，你可真俗！

我说，不，不是我俗，是一个人的素，两个人的肉，三个人的三鲜，对不对？

胖妹笑得前仰后合，差点把鼻涕都喷出来。她望着我，一声尖叫：想不到你还没吃到豌豆稀饭，就学会了我们服务员叫厨的功夫，佩服。

篱笆

篱笆和高粱秆的婚事被历史拆散后，我们便跨入了一个崭新纪元。

但留恋篱笆的除了我们，仍是那几个熟悉的名字：豆芽、葡萄、三月瓜、向日葵等。一场雨水过后，它们就像蚯蚓从篱笆里面爬出来，向上、向左、向右、向前、向后，不断地延伸……

篱笆是一张陈旧生活的护照。背后有一些往事总在发芽，为了图个方便，我曾用手指头把大姨家的篱笆钻了个洞，只要瞄准表哥不在家，我就围绕篱笆转个大圈子，大姨常从洞口处递给我一个烧红薯，或一根软骨头。

有一回，我路过大姨家的篱笆，便自信地将手放入洞口，没想到另一只大手却从洞口伸出来，速度极快，扭住我的耳朵不放，我向大姨求救，他就扭转得更厉害，且严词警告：再叫，再叫我把你的耳朵由十频道转换成二十频道。

我不叫，我从来就不叫——这个坏表哥。

篱笆，一个家与另一个家的秘密设防。

后来，一块红砖红透了村人的眼睛，堆积如山的红砖淹没了篱笆，红砖垒红了半边天，又高又结实的墙，替换了风中的院门。门上拴着的绳索也变成了一个粗大的铁环扣，里面反锁着。藤条躲躲闪闪地上了墙壁之后，在碎片玻璃的防范下，只好扭曲自己的性格。

古老习俗掺入文明物什之后，动物也像人一样，少了许多自由。但人终究不如动物。

若是谁家还有篱笆，现在会是耻辱吗？篱笆从来就很光荣。

茄 子

茄子是归女人管的，从点种、喂水、收获，女人们的话题从离不开茄子，见面时，寒暄之后，问的就是——

你家的茄子开花了吗？我家的结得卵子吊杆了。

于是女人就有些歉意，别人家的桌上都有茄子可吃了，自留地的茄子才开花，说起就让人笑话。

于是空着手的女人，看着挎篮出门的女人，表情就不自在起来，后悔当初自己怎么没好好侍弄呢。

空手的女人不快不慢地跟在挎篮的女人身后，来到了茄子地里。挎篮的女人弯下腰，用剪刀自豪地剪下几个长长的茄子，站起身，高矮要把茄子送给空手的女人。可空手的女人死活不要，还说，过不了多久，我地里的也能上桌了。

挎篮的女人看着空手的女人：你以为那么容易？茄子不是喂点水，撒点肥，就可以收获的简单玩意儿。

空手的女人望着挎篮的女人：那你是怎么整的，怎么整的，快告诉我。

挎篮的女人不慌不忙地说：天阴了你要给它加衣，天热了你要给它脱衣，若是生病了你要赶紧给它打针吃药。

像抚养一个娃儿那么周详。两个女人异口同声地笑了起来。

看来茄子不仅是茄子呵！女人可以当作娃来养的蔬菜，价格究竟如何呢？

我在市场上拿起了一个一尺半长的茄子问菜农。可他不报价，只让我放下，说：这是外国进口的大棚茄子，谅你也出不起价。

菖 蒲

一株神草，挂满了古典的五月。

我在李时珍的《本草纲目》里找过你，每年农历的五月初五到底是你的节日，还是村人吃粽的风俗？

谁让这么多菖蒲，在房前屋后的竹林坝里安分守己？村人一年到头没有歌唱绿色的概念，更不会去歌唱万草丛中傲然不群的菖蒲，价值越高的植物是不是越容易被人类的眼睛忽略?

留在村子里的人，已没有几个识得菖蒲了。孩子们一直以为，菖蒲就是艾蒿。其实不然，比菖蒲更常见的一些树，他们也叫不出名字，可悲呵。而我更多的思考却是陷于绝境——

第一个把一株草称作菖蒲的人到底是谁?

梭罗在瓦尔登湖畔渔猎，是否看见过这种植物的影子?

我不得而知。

菖蒲——在你圈起篱笆的林子里，你不同任何人争论你的命运。初遇时，你就是治愈暑病的一剂苦口良药，爱者将你覆盖在发酵的胡豆瓣上，让你的清香四溢滋润桌上的饭菜；憎者将你拦腰割除连同柴火化为灰烬，化作天边的一团红云。

在乡间，我多想装扮你的墓地，十里芳香的黄桷树，请不要诽谤它——它香不过你的名气。但五月，我真的好想好想好想为你举办一次盛大的宴席，唯恐又是“遍插茱萸少一人”。

这一人当然是我，也是你。但那会是我吗?那不是你又会是谁?

为什么最亲近植物的是乡村，最轻视植物的也是咱乡村?

冰 糕

乡村少年的冰糕从不沾奶油味。

到了夏天，大人小孩都成了冰糕的俘虏。

遇上最高气温，那个光着膀子，头戴草帽，骑自行车的少年心里最高兴。他走家串户，用湿热的嗓音喊出四个冰凉的字——

“卖——冰——糕——啰——”

五分钱从少年的手上小心翼翼地换回一块令人心花怒放的冰糕，先让手抖动几秒，才撕开那张滑腻的包装纸，然后彻底将圆柱形的染色体全部送进嘴里。

五分钱买不到五分钟的爽，我不到三分钟就在嘴里化完了一块冰糕。这样的夏天当然是痛快的，一块冰糕之后，就可以不下堰塘里洗凉水澡了。之后，立即投入地里的活路，父亲看了，才会满足我下次买块冰糕的愿望。

一天中午刚在床上躺下，就听到卖冰糕的吆喝声。跑出来，不是那个有自行车可骑的少年，是父亲的熟人。父亲递给他一支烟和一把纸扇子，他摇晃了几分钟，垂头丧气地说，遇上倒霉（不热）天，走了一大圈，也没卖出几块冰糕。

“拿出来自己吃，也行呵！”父亲劝慰他。

他说：哪里吃得完呀，还有一百多块。都快化了！话完，他便叫我端个碗来，那天我白喝了三大碗甜得冰心的水。

现在，我很想给他一箱冰糕的钱，可已打听不到他的消息。听我父亲说，他早已不缺那几块冰糕钱花了，他的儿子当了银行副行长。

年轮的颜色

关于少年的记忆，我的颜色比时间更灰。

当兵之前，我用打工赚的钱给母亲添置了一台电视机。这在当时的乡下，是了不起的事儿。这台14英寸的黑白电视机，对于当时即将要去远方服兵役的我来说，只为母亲了却了一个旷日持久的梦；可对于母亲，电视则成了她新奇之后的永久依托。

母亲没念过书，大半辈子和庄稼打交道，赶集上街的机会少得可怜。1985年夏天，电视这玩意儿，刚在我们乡下出现，便成了村人打眼的宝贝。无论天晴下雨，我和哥姐们都不顾父母劝告，大老远点着火把去看《霍元甲》。有时看人脸色，得给户主交上五分钱。但母亲从不去凑热闹，每当夜深人静，她起床开门，听见我们谈论电视里的故事情节，总是一声不吭地把我们看上一阵，许久才肯说一句“人活得还是要有志气才舒心”。

我深知母亲话里的意思，便暗下决心：长大了，一定给母亲买台电视机……

我家买电视是1990年代的事情了。父亲来信说，母亲看不惯电视里的打打杀杀，她不喜欢太多太长的广告，不喜欢折折腾腾的劲歌曼舞，不喜欢叽叽喳喳的动画片。她说，电视里演的故事，多半是给城里人看的，电视里的人讲的话都是像城里人一样怪腔怪调的。母亲去过一回城里表姐家，进进出出都得换上拖鞋，毫无家的自由，以后就是抬轿子来接她也不肯去了。

有一次，她莫名其妙地问我："电视里的人咋就不能像咱乡下人一样踏踏实实地说话呢?"我轻言细语地对她说："那是演戏嘛，戏是演给全国观众看的。如果电视里演戏的人都像咱乡下人讲话，电视台没有了收视率，那样你赔得起吗？"这时母亲便流露出惊讶和陌生的表情来……

后来，母亲每天看完天气预报就早早关掉电视。她说这是为了延长电视机的寿命。

父亲则另有说法，他说看天气预报成了母亲一天中最大的事。自从我远走西藏之后，哥姐们也相继出了远门，但走得最远的还是我。母亲免不了孤独，她想得最多的就是远在西藏的我，她关注西藏的天气的心情远比气象专家强烈得多。

在乡下的母亲，虽然能像把脉一样，把出西藏的"体温"，但她至今没有到过西藏。西藏，我所守卫的城市——居住着三十多万人口的拉萨，母亲只认识她的儿子一个人。

大约是很多年后的2000年了，村里大多数人家都看起了彩电。可母亲仍和她那台搁在写字台上的老黑白相依相伴。我难得回家一次，母亲让我帮她弄弄扯拐的电视，那落满一身灰尘的电视不时地发出刺耳地鸣响，图像总是像家乡的天一样由亮迅速发展成黑，然后什么也看不清了。

母亲问：小六，咋整？我说不用整了，电视也像人的岁数一样，年纪大了，都逃不过病菌的纠缠。这时候，我发现母亲眼里浮动着一片失落的云，淡淡的。她嗫嚅道："好久没看天气预报了，你工作的西藏该是冰天雪地了吧？很冷呀！"那一瞬间，母亲的孤独在我心间浓重地弥漫着。

我知道母亲很想拥有一台彩电。

那是一个零星小雨不断飘零的中秋午后，母亲到车站为我送行。乡场的招呼站没有站牌，没有风雨亭，唯一的标志便是一棵白桦树。雨一直下，白桦树枝头摇晃的黄叶就像母亲头顶的白发，无声无息地飘荡着。

时间煮过的雨，一点也不透明，眼里的浓稠，化不开时间的密度。

风吹过来，我的绿军装在树下很耀眼，母亲的蓝色涤卡上衣，看上去很旧。几片半黄的叶子在裤脚边，细碎地翻卷着时光的消息。母亲一贯地沉默，陪我伫立在白桦树下等车，她只顾为我高举黑色的雨伞，几乎忘了说一句话。直到公路陡坡处爬上来那辆白色长途客车的时候，她才意识到我们母子即将分别。于是，她终于说出了埋藏心底已久、但一直不好意思说出的那句话："我冬月过生，你要把我的彩电弄回来哟……"

我重重地点了点头。

老　屋

老屋有两层含义：一是建造年代久远；二是居住者老龄化。老屋又名：潮水屋基。木头、石子、稻草、竹片与土，构成了老屋的全部。老屋旁边有祠堂，内部的房梁上有着光绪年间的字迹。这个因贫穷威胁着百十号人的大院子坐落在川南荣县一座形如老虎的山脚下。山里供奉着大慈大悲的观世音菩萨。遇收成不佳或病痛不顺，当地老百姓便成群结队提着酒肉，给观世音打躬作揖，祈祷吉祥。他们哪里知道观音菩萨是吃素的呀！于是，山上山下就出现了要吃要喝的风水先生。他们手持罗盘，左看右看，扬言：天有不测风云，凶猛之水很快就要来临，唯恐淹没整个村庄。

老屋里的老人听此噩耗，杞人忧天，一筹莫展。于是不惜钱粮请来巫婆，不分昼夜清理门户。只有这样，风水先生和巫婆才肯勉强说一句——凶猛之水可以“治”了。

当然，这些只是我梦中骑在爷爷肩上听来的故事。严格说来，我从没见过爷爷，也很少关心老屋。尽管它伴我度过了只有歌谣而没有玩具的童年。

十二岁那年，一个饥饿的猎人向老屋走来。他的出现像是天上派来的神仙，大家围成团，渴望将命运交给他。猎人摆弄着锈迹斑斑的火药枪，打量家家户户脸上的表情，突然揪住娃娃脸的我，向大家宣布了一条耸人听闻的消息——这娃儿长大后一定是拿枪的。单凭这句话，猎人就顺利吃到了母亲煮的红薯稀饭。猎人走后，常常吃不饱饭且无妙招走出老屋的乡亲们，则以我能持枪走天涯的前景为荣，主动上门陪我捉迷藏。那时，躲在老屋墙角的我，透过状若筐篮的蜘蛛网，看见父亲和几个男人，正围着一个烟袋滔滔不绝，母亲正与几个女人手持针线，感觉是在纺织一台戏目。他们讲着过去的过去和未来的未来。在他们精彩的演说中，我就悄然去了离老屋很远很远的外地求学，以至于一个人西上高原。

那年，少男少女们读的诗，是“十六岁的花只开一次”。

时间像一把刀，刻不容缓地割走长大的苦涩和沉重。几年光景，恍如半个世纪。我至今不明白，为何居住老屋的乡亲们死活不信我是乘飞机上高原的。缘由是老屋里从未有人坐飞机的先例，飞机这现代化的庞然大物就像隐蔽在天堂里的精灵，在他们心里成了梦都不敢梦的神秘之物。他们唯一相信，天上飞过的每一架飞机都是中央干部视察巴蜀大地的。也只有那时，自己站在麦田里守望和聆听，飞机，或者飞机这个词语才有贴近生活的可能性。天还没黑，他们听说我又从西藏回来了，就趁到井里打水的时间，跑进屋来问我坐飞机的感受，我说飞机就是飞天，懂吗？他们朝我笑笑又无言。我说那这样吧，你们可以想象云朵飘在山涧的样子吗？或者说，你的心也跟着云在一起飘，那种舒服的感觉就像田里盛开的朵朵棉花。有人突然很小声地说了一句，到哪里去看云朵呀？小时候还看过云，现在每天只能看雾了。后来老屋中的年长者干脆说我在讲天书，于是都在怀疑中翻白眼，无言了。我在无言中独自悲伤！

从此，我开始怨恨老屋犯下的这个十分狭隘的错。

其实，只要是跨省的旅程，我几乎都选择了乘飞机。昨天在北京，今天又在拉萨，明天说不准又会在成都。突然发现，我的整个青春似乎都是在天上飞过的，我在飞的过程中，看不见的老屋一直在悄悄沦陷，不得不相信，我用灿烂的年华飞过了沧海。老屋是座隐秘的沧海。当我乘坐空中客车飞回老屋的时候，遗憾老屋已成为一个破碎的背影。新建的小洋楼像星星，密密麻麻地撒落在山丘与竹林之间，有的还在窗前装设了像飘带一样的棂子，我把这种棂子喻化为幸福的旗帜。这里的黎明静悄悄，可能像我这样年龄的人都被理想的春风吹出老屋，挤进了外面的世界。许多人家的搬迁，导致老屋里只剩下了几位老人。他们诚心诚意苦恋着老屋，不再为背太阳过山而汗滴禾下土，他们仅有的力气几乎只能用来扭开那台散布着雪花的黑白电视机。

在度过这样一个夜晚之后，我终于起了个大早，决定去屋外的庄稼地转转。我沿着田埂往前走，翻过一个小山坡，忽然听见一片苞谷地里有人喘息的声音。扒开苞谷林，只见一位白发苍苍的老人在泥土里挣扎，他半躺在红薯堆上，渴望将风雨压倒的苞谷秆扶起，哪知自己年老力衰，劳累过度，坐骨神经的老毛病又犯了，不慎将大团苞谷秆折断也没站起来。作为老屋里长大的孩子，我深知老人的无可奈何。我吃力地把老人背回老屋，我知道老人有个儿子在我小时候就去了新疆，后来，领着妻儿回来，将母亲接走就杳无音信了。如今，老人与老屋做伴，无论如何也不愿再提起他曾有个好好的家。

看来，老屋已习惯沉默。

但是，我的命运和思想在时光中行军，毕竟改变了另一种姿势和声音，有时面对东边太阳西边雨，我却像头雪地里觅食的牦牛，除了沉默还是沉默！内心的苦闷像草在水里游走和拔节。我坚信，老屋的性格与我贯穿始终，我默默地走在童年的山坡坡上，那个逗学生娃的疯子呢？那个卖叮叮糖的大叔叔呢？那一声声唐诗诵读呢？我失落地张望着支离破碎的小学遗址，蓦然回头，居然站在一个从未上过学的乡村女孩面前无地自容。记忆中，她是老屋里纯真善良的丑女！现在，她手持大哥大，一边漫步，一边与人聊天，还不时朝我笑笑，以示幸福的权利握在她手中。望着她那非同乡村的背影，过去那张眼小嘴大的丑女底片，在记忆中越洗越丑，怎么也没有美的感觉了。后来，有人对我说，她刚离婚，跟小镇上的混混好上了。

是不是老屋已无法关闭年轻的心？

老屋，纯纯朴朴的老屋；老屋，实实在在的老屋。它不应被一些不干净的东西沾染啊！是什么力量改变了它单纯的心？为何变得让我和父辈之间的感情越来越淡漠？我恨不得时光复退，有位摄影师将它送进中国博物馆。可惜，老屋的主人从来就没有照相的意识，更不懂使用相机的方法。

1993年冬天，原本的老屋也被衰老的父亲改造成了楼房。旧土没有了，木头没有了，竹片没有了，稻草没有了，取而代之的是钢

筋、水泥与砖。究其原因，父亲说，旧的不去，新的不来，亏你还在部队做文化人。我来不及思忖，自尊心已遭致命一击。父亲的话使我纳闷。

后来，在城里包工的哥哥悄悄告诉我，父亲因听村干部说我在部队舞文弄墨出了名，而去追求名利，所以怪我少了与家的沟通。也就是强调我作为老屋里走出的人，就应不断关心老屋里发生的事。

父亲的话不无道理——

作为儿女，无论离家多远，他们的脚步声永远是父母心底的挂念。有时短短一封信、简单一句话也能成为他们心上的一剂良药。然而，在外当兵久了，一年半载很少给他们写信，也没捎过什么话儿，理应坦然接受指责！

老屋里的人见我表情越来越陌生，我见老屋里的人越来越少。

回西藏前，总算碰到父亲一个好心情。我决定陪他去县城郊外找坟。当我失望地将100元大钞买来的供奉品抛向空中时，那么多烟囱排放的黑烟在翻滚。在我视野里，只有老屋周围热烈开放的小花将人间湿漉漉的亲情无限铺张。父亲的眼光在审视，他意识到坟早已被风的力量化作了钢筋、水泥、砖块。这种痛苦好比我无法再见乡下的老屋。他嚅动的嘴唇在诅咒，我亲眼看见他无助地望尽高耸入云的楼群，又指指轰隆隆的厂矿……他蹒跚的动作，我没猜透，永远也没猜透。

当我陌生地站在喧嚣与浮躁的城市之间，一种空落落的情绪，驱使我将一张张迷路的票根，焚化成时代的遗书。

老屋！请在风雨之后等我……

对蝴蝶蜻蜓的态度

在一朵含苞欲放的胡豆花上，我看见一只红蜻蜓。

它扇动着一对透明的翅膀，在阳光下起起落落。

那一株胡豆花是从我家屋檐下的废墟上长出来的。不知它是从柴垛里滚出来的，还是从母亲床前的豆罐里跑出来的。反正，没有人看见它，它就生根发芽了，而且不是在孩子们嚼干胡豆的时候。

我问，它是多久拱破地面的呢?

母亲说可能是野生的，不管它。

我是看着那株野胡豆开花的，但我没有看见它结胡豆角。那是一个卷纸风刚刚吹来凉意的秋天，胡豆是不适宜在这个季节正常发育的。那几天，我看见水田边飞来的红蜻蜓围着胡豆花，尽情地吻个不停。

蜻蜓把潮湿的花蕊吻干就飞走了。那一刻，太阳一直躲在云里，暖暖的空气突然被一场绵雨凉透了心。我倚在窗前，等待那只红蜻蜓回来。想着它趁雨来临之前离去的影子，我被一场意外的感冒打翻在床，好几天过去，连一个喷嚏也打不出来。

雨一停，天响晴，胡豆花很快就萎了。

红蜻蜓不再出现。不知它飞进了谁家的院门？不知它此时又落在哪一株花上？我披上风衣，跑出门去，朝着它飞的方向望了望，没有谁理我。我失望地停在那株野胡豆旁边，心想，可怜的野胡豆呵，春天是你的骄傲，可秋天就只好委屈你了，谁让你在不该来的季节来了呢？谁让你不长一双会飞的翅膀呢？谁让你不与蜻蜓远走高飞呢？

我坚信，这株野胡豆一定是看见过我的。那一刻，它的眼里除了我，没有任何人。我把目光投向野胡豆的一瞬间，我目中无人，真的。只有唯一的野胡豆。

有时我想，那只红蜻蜓也真够心狠的，它不仅丢下野胡豆不管，就连我痴痴地盼了一个秋天的念想，它也不肯捎个信儿来，要是明年春来早，我再遇见它，我一定给大片大片的胡豆花眨个眼：不要理它。我还要站在我家的后花园里，挥舞双手，大声宣布：我们都不理它。

和蝴蝶一样，蜻蜓也是可以随随便便离开一座花园的，更何况是一株毫不起眼的野胡豆花。比起蝴蝶的自由，蜻蜓要命的是感情不专注，偏爱拈花惹草。其实，蝴蝶蜻蜓，都是一样的货色，它们眼里到处是花园，哪里花香，它们就飞到哪里，它们的眼睛一定是花做的，它们的命运必将迷失在花丛之中。

但它们一生都在伤花之心，然后，一走了之，一了百了。

它们越飞越远，我越追越累；它们的生活越过越轻松，我的生活越活越疲惫。它们可以用翅膀扇动任何一个地方的空气，而我只能用双手在一纸方格里，托起所有接纳我理想又粉碎我梦想的文字。

那么红蜻蜓呢？那只在我看来算得上纯洁的红蜻蜓，她曾有着一对透明度极强的翅膀，一双常常为天空的阴晴哭红的眼睛，一颗水晶的心——

这个赠我怀念的家伙，为何我一长大，她就深藏不露？害得我这么大了，却还像那株野胡豆一样独自枯萎，可悲又可怜！

叮叮糖

叮叮当，叮叮当，像久远的一声呼唤，或一声集合的信号，儿时的伙伴全从记忆里跑出来了。

这清脆的声音不知与我隔绝了多少年。

离开乡下十多年之后，我仍感觉自己走得并不远，在高楼林立的城市中，偶尔从孤单的铝合金窗口望去，还能看见山外的树木和房子，还能想起那一群围着叮叮糖大声吵嚷的老人和孩子，所以，这突如其来的声音让我备感亲切，仿若是寻找回来的一个世界。

我是在二楼的阳台上窥视围墙下的“偷渡者”时发现那个卖糖人的。她肩挑小担子，腰间扎条土布围裙，左手用小铁榔头敲着右手的小铁凿，那悦耳的声音一路穿街过道，如一声声隐去的风铃。那一天，我成了“叮叮当”忠实的聆听者，要不是那越过围墙的音符，我一定会立即对那些早被我判过死刑缓期的“偷渡者”执行死刑。不过，当叮叮当的声音传入我耳朵时，我就把注意力全部转移到了大街上。

多少钱敲一块哟？

四角钱一两。

现在哪个论起两来啦？甜甜的玩意儿，一个人哪能吃得那么多哟？我们以前在家的时候，五分钱敲一块，卖不卖哟？

你们在家是哪一年的事了？我挑着叮叮糖走村串户那阵子，你还没出世吧！现在的城市人，谁不愿意吃干干净净的糖呢？叮叮糖是我自己种的粮食做的，没得添加剂，纯甜，化痰健胃，好处多着呐！

我不是乡坝头的小孩了，你哄不着我。在家的时候，我到收割后的麦地里拣麦子换叮叮糖，学校放农忙假，母亲从不让我在家帮忙，她交给我一个篮子，叫我出去拣麦子。一个星期下来，我们拣回的麦子在屋角堆成了小山，我拣得比姐姐还多，姐姐拣的麦子全弄到镇上换成花花绿绿的布条和丝线。我拣的麦子只换叮叮糖，那时我们走人家也流行送叮叮糖咧。

卖糖人听到我这话，放下担子，坐在扁担上望着我，什么也不说。她的眼神是在回忆，还是怀疑？总之，她的神情像是忽然想起了什么。她就那样一直不停地观察我。

“你卖还是不卖，五分钱敲一块。”

她呆呆地盯着我，仿佛根本没听见我在说话。

我想，她是不是走街串巷第一回遇到我这个讨价还价的小年轻？五分钱，她一定觉得不够买一声叮叮当的声音。我忽然觉得有失做人的起码规矩，时过境迁，谁还在用老眼光来衡量事物的价值？这显然是她对我一言不发的理由。我不回头地走出她的视线，可拐弯那一刻，她急忙叫住了我：

我认识你，信不？

这，这咋可能呢？

这么多年了，你还是保持着一个乡村男孩应有的说话方式，你刚才说的话，勾起我对太多熟悉地方的回忆。你说得没错，那时不仅五分钱可以敲一大块叮叮糖，甚至两分钱也可敲到一小块，吃得你满嘴黏糊糊……

我说，是呵，是呵，现在的钱可不经用了。

说话的工夫，她便从小担子里揭开塑料布膜，敲下一大块，说：小伙子，拿去，五分钱，我也不收了，没想到，在城市里还能遇上你这样可爱的小伙子，难得，难得呵！

吃着叮叮糖，我品味到久违的“甜”，甜到心坎，甜出往事。可我就连一声感谢的话也没对她说。我最怕自己吃人嘴软，所以闭口不谈，只让眼神传递情意。当她迈出沉重的步子朝另一方向走去时，我在想她是否读懂了我的眼神？我眼神里装着的是冰，是火？她每走三步回一次头，我几次想朝她挥手，无奈却怎么也举不起手臂。

什么时候我也变得如此冷漠、如此麻木了。回望来时的乡下，我经常恨自己的嘴巴怎么就不能像城里人那样出口甜言蜜语，逗人喜欢？我可曾经是村里卖糖爷夸奖很会说话的乖孩子，村子里那么多孩子只有我能免费吃到他的叮叮糖，可想我的嘴曾有多甜。

那时候，只要听到半山腰传来叮叮当的声音，我就会飞快地跑遍村子通知黑五、小八，还有润英。可有很长时间，在我想吃叮叮糖的时候，卖糖爷都没有来，我天天环抱着那棵开始落叶的香樟树，透过浓密的竹林，朝沟底下的土路上不停观望，等待他的出现，想一想，他究竟是因为什么不来了呢？

后来，就在端午节的前一天，我才看见他挑着小担，叼着长烟锅经过我们村子。他的背明显比几个月前弯多了，步履也比往日蹒跚，他再也挺不起身板吆喝叮叮糖的歌儿。

我老远迎着他跑去，老爷爷您怎么才来呀！

娃儿，我差点见不到你们了。

您怎么啦？爷爷。

他突然撩开衣襟，肚皮上一条长长的伤痕吓得我倒退了几步。原来，他动了胃溃疡手术，这几个月他一直在医院疗伤，叮叮糖换来的钱全用来治病了，还欠下一大笔账。

他像往常一样，从担子里拣些叮叮糖碎片给我。可我说什么也不接他手心里的糖。我双手颤抖，连忙溜开了。跑过几道田埂，我听见他不停地叫我，老爷爷重复着那句话：你快回来，是不是嫌少了？我跑回家里，扭着母亲要了一斗麦子，换了一大块叮叮糖。

卖糖爷掂着满满一斗麦子，对我嘿嘿一笑，那笑容像月亮光光一样明亮。

母亲把叮叮糖藏在装满麦子的罐罐里，几天也舍不得吃上一块。时间久了，我好几回扭着她要吃叮叮糖，她才肯搭着小方凳从罐罐里取出叮叮糖，用刀子敲下一小块，丢进我嘴巴里。母亲看着我吃得格外香甜，流着口水说，不准偷吃哟，剩下的是走人家送礼的。

走人家前一天，母亲拿出叮叮糖，糖上早已爬满蚂蚁。母亲把那些细小的蚂蚁从叮叮糖上用针挑出来，心疼地说，这如何送得出手呀？小路，你干脆统统吃掉吧。我吃了几块就不想吃了，我看见背过身去的母亲眼里像是眯进了沙子。

后来，我再也没叫母亲用麦子换叮叮糖。

一年又一年，我几乎忘记了叮叮糖。不料，这一年的这一天，仅仅一声叮叮当的声音，就唤回了我乡间年少的许多欢乐。在那里，叮叮糖曾伴着一个天真无邪的少年度过一段青涩的岁月……

出了远门，每次从外面回去我都不忘给母亲买糖，虽然糖的品种琳琅满目，但我始终找不到最想买的叮叮糖。

当我把各种各样的糖倒在果盘里时，我家那几个读书郎争先恐后地挑包装纸最精美的糖，他们不是为了吃糖，只为争抢一纸卡通图案，印在文具盒上。他们热衷巧克力什么的，永远不懂曾经渴望叮叮糖的吾辈了。

母亲捡起孩子们剥掉纸片的糖，问我怎么不吃呢?

我说我想起了叮叮糖。那一刻，我没敢看母亲的脸，只感觉眼里像是进了沙子。

叮叮当，叮叮当……

不知城市里的小巷深处，这熟悉又遥远的声音，还能回响多久?

最后一枚橘子

母亲的屋门前种有果子树。

原本这些挂果的树，一直种在山坡上的庄稼地。自从我和哥姐们长大，纷纷离家远去，这些树就被母亲移植到屋门前的园子里。遗憾的是十多株橘子树，最终只成活了两株，很令母亲失望。但值得高兴的是，这两株橘子树特别为那些不争气的死去的同辈争气，不仅活出了气势，还把白粉粉的花骨朵，扬得满园子扎眼、飘香，果子结得也很让人赏心悦目。

母亲的园子是用竹片编的篱笆墙围起来的，里面除了两株枝繁叶茂、硕果累累的橘子树，还有一株盖过了半角屋檐的柚子树。风呀，鸟呀，草呀，虫呀，鸡呀什么的，都喜欢去沾染它们新鲜的果实。岁月更替，风雨无痕，它们仨就这样以欣欣向荣的气象撑起了一片园子的春华秋实。每每进入秋天，母亲哪里也不去，天天坐在堂屋门口，手摇大蒲扇，一边打量一天比一天秋黄的园子，一边放眼小村旁那条越来越瘦的田埂，看有没有我和哥姐们归来的影子。更多的时候，母亲的眼睛寸步不离地盯着园子，生怕那些假唱甜歌真打醉拳的鸟儿偷袭橘子。

有一年秋天，我打远方的城里买了巧克力和许多进口水果糖回来看母亲。那时，正值橘子瓜熟蒂落的最佳气节。许是离家太久的缘故，家里的大黄狗认不得我了，朝着我一阵乱叫，加之村子里的人越来越少，竹林子里的坟墓越来越多，顿觉一种空寂油然而生，就连园子里的蚊子也瞄准我的臂腕和大腿疯狂吸血，待了几天便觉得心粗气浮。难道这就是我朝思暮想的故乡生活吗？或许是我开始贪恋城里的便利生活了吧。至少躺在沙发上听 CD 时不用担心被蚊子咬，更不愁买菜要到小镇花费半天时间。

可我不能把诸多不适的生活真相告诉母亲。我只说单位还有许多事情等着我做，要赶着回去了。

母亲多有不舍，她很想送我点什么，但始终觉得家里没有一样拿得出手的东西。她踩上板梯，踮起脚尖在房间一角的粮仓里，搜了又搜，然后又爬上楼，把手伸进两个大罐子里找了又找，可终是徒劳。她无奈摇头，两手空空，一声轻叹，两眼茫然地嘱咐我：带一些橘子给那几个漂在城里的晚辈吃吧。其实，她是想让我多吃几个她为我守候的橘子，母亲根本不知道我从小到大就不喜欢吃水果。母亲太不了解真正的我了。

但我却像忽然找到了一个可以打发时光的美差事。

我兴致高涨地接过母亲搬来的板梯，拿着她交给我的大剪子和编织口袋，将树上正在变黄的橘子一枚枚剪下来，轻轻地放入口袋。我从上到下开始剪橘子，不让一枚逃过我的手，很快便剪了两口袋。眼看一株橘子树突然由沉甸甸变得空荡荡，来不及感慨，抬头却发现树梢顶端还有几枚大大的、黄得泛红的橘子。我又上了两步板梯，努力地将手伸得长些再长些，尽可能地够着那几枚站在高处骄傲无比的橘子。哪知，当我的手够着最后一枚时，母亲发话了。

行了，行了，那一枚就不用摘了。

我的手犹如停在空中的纸风筝，摇摆不定。当我缓慢地扭过头看母亲时，她正双手护在额前，那些花白的发丝与她的手掌形成了一个X光，那一刻，母亲像守望天空的古希腊女神。

她呆呆地望着那枚最后的橘子。

我不知她在想什么。这一枚橘子最大，怎么不摘了它？我问母亲。

母亲把头扭到一边，又看了看地上不起眼的草儿，然后转个身，一只手提一个装满橘子的口袋低着头朝堂屋走去。我听见她若无其事地说了一句，留给鸟儿吧！

那声音小得像一只雏鸟的呢喃。

我笑了。这最后一枚橘子是留给鸟儿吃的。母亲真有意思，她比我在远方背着时光想她时要轻松浪漫很多，我不知是不是每个他乡的儿子都容易把故乡的母亲想念得过于沉重或苦难？尽管母亲在越来越空旷的故乡拥有的寂寞，比我在城里面对的各种孤独更为复杂，但母亲永远是故乡勤劳智慧善良的劳动歌者，她处理寂寞的方式远比儿子对待孤独简单、悠然，至少她可以趁父亲去小镇赶集半天回不来时，坐下来与树上吃橘子的鸟儿同唱一首歌。

嫁妆

电视里的人，在给人送药或送信时，命好的可以骑马，或坐黄包车，命不好的只能靠步行，脚步踩得比风声还快。可在快要送到的关键时刻就跌倒在地，口吐白沫，猛翻白眼，当场晕死。姥姥总会睁大眼睛，一声长叹：这下完蛋了！

姥 姥

姥姥老了。

除了电视，没有人陪伴她。

电视里的人，有的喝不了二两酒，却要逞能，倒七八两，至少有二三两用于拂袖了。姥姥看了总生气，脾气坏坏地指着他们骂道：你家姥姥的，浪费的不是你的呀！

电视里的人，听到风生水起的消息，脸色突变，手中不管是金杯，或银碗，甚至是一块美玉，都必须砰然落地，碎得满地惊艳。姥姥总会跺着脚说：哎呀呀，真是不花钱买的吗？

电视里的人，在给人送药或送信时，命好的可以骑马，或坐黄包车，命不好的只能靠步行，脚步踩得比风声还快。可在快要送到的关键时刻就跌倒在地，口吐白沫，猛翻白眼，当场晕死。姥姥总会睁大眼睛，一声长叹：这下完蛋了！

电视里的人，穿着体面的衣裳在细雨中呼喊，在泥泞里奔跑，在望眼欲穿的地方寻短见，可偏偏就是没有人搭理解救。一眨眼，雨水就不顾一切地将人淋了个落汤鸡。姥姥这时一边低头纳鞋，一边抬头，打个哈欠：咋这感冒说来就来了哟！

电视里的人，背对背说话，刀锋对刀锋，眼睛在一条直线上来来回回地拉远拉近，彼此的脚步都在打闪闪。姥姥端着盖碗茶的手忽然颤抖起来，然后扯开略带山气的声音喊：不好了，不好了，大事不好了！

电视里的人，常常被人从高楼上一脚踢飞出去，空中的玻璃马上四分五裂，却看不到碎渣硬生生地把人的皮肤划破出血。姥姥嚼着绵软的饭菜，不忘“啧啧啧”地吼一句：凶，啥社会，人一个比一个凶！

电视里的人，想接吻就接吻，似乎不分场合，有时就连门窗也懒得关，好像敞开只是为了让人看得更明白。姥姥正在择豆角的眼，总会撇到一边去，忽然站起身，装着什么也没看见地来一句：嘿，我又差点忘记吃感冒药了！

电视里的人，二十郎当岁弹钢琴，表情有时眉飞色舞，有时把腰弯得高深莫测，主持人一而再地称他大师。姥姥摘掉老花镜，面对电视不无焦虑地说：小小年纪，大师早得离谱！

电视里的人，甲方正要一枪毙了乙方的时候，乙方的男朋友或女朋友，多数是铁哥们就会立马赶到，然后一个标准的十环，提前干掉甲方。姥姥总会拍手叫道：呀，你这及时雨，来得正是时候！

电视里的人，说打就打，说干就干；恰似我们隔壁一家子三天两头吵吵闹闹的生活。有一天，姥姥指着打打杀杀的电视，自言自语地讲：你们能不能停一停，不要打了行不行？然后，她一本正经地把头探进我书房：你说是电视里的人好，还是电视外的人坏？

我想说点什么，忽然警觉姥姥的问题实在太多太难。在姥姥看来，电视里的人，是不是看上去都有点不正常？在我眼里，其实电视里的人个个都不傻，傻的只是姥姥，而聪明的永远是电视。一直为电视里的人提心吊胆的姥姥今年九十有五了，看电视却从不缺席，她永远劝阻不了电视里的人打打杀杀，吵吵闹闹。白发萦绕的她根本不知道，电视里的那班人刚刚走出摄像师的镜头，就一切恢复正常了，并且要多潇洒有多潇洒。

电视呀电视，求求你手下留情，别再让幸福的姥姥带着一颗苦难者的心在平凡的世界里折折腾腾！有时，她年迈的咳嗽声，轻轻地就能送走世界所有的白天和夜晚。我的姥姥，人生那么多苦难早已被您手中的针线来回穿越，所以我从不打断您处处替人缝合伤悲的语重心长，我知道这陌生化的影像和语境与您的时代是多么格格不入，但我不愿就此看见您悲天悯人的宿命。世界的伤口越来越大，谁能一针见血封喉？电视，你这个什么事都干得出来的家伙，就算你暂时借我一个处方，或一纸不太潦草的灵丹妙药，我只想留住一位世纪老人的芬芳与美丽，还有那一个朴素的眼神！

虽然那是别人的姥姥，但每次我回西藏，她都会提前给我准备一小瓶辣椒酱。姥姥告诉我，那是她亲手做的。那一刻，我真的把她当成了我的姥姥。因为我是个没有见过姥姥的人，在两鬓白发悄然偷袭岁月的缝隙中，这时代背弃的爱和幸福，常常成为一种痛，并往心里狠狠地钻。

怀揣家书的人

旧年的家书，总让人夜长梦多。

睡不着的时候，唯有读书，才能发现那些下落不明的汉字。

比如星星，此时可以照彻一张纸的温度与苍茫。

> 夜读家书，梦的颜色。
>
> 飘过长河，乘坐空中快车。
>
> 飘过雪山，像朵洁白的雪莲，绽放眼帘。
>
> 飘过蓝天，像南方的白鸽子，款款飞落雪域。
>
> 飘过哨所窗前，像翩翩蝴蝶，吻湿哨兵的心。

雪夜里的柴火，以及桌上那杯咖啡，是一种温度。旧年的家书，种在干净的睡眠里，一字一句成活了冬天的暖壶。

总是在这个季节，乘着风来，有哥哥，您不让他写；有姐姐，您不让她写。您偏要用宽大的手掌把一天打发得干干净净之后，在不眠

的夜晚，一只手擦亮那盏枯黄的煤油灯，一只手无力地握起那支苍劲的笔。

这是一位老军人某年某月某一天在雪山下的回忆。

每逢黑夜，他就慌张。哭泣，或者哀求，甚至于发疯。

每逢黑夜，他就望着那几件洗白了的征衣，无济于事。

每逢黑夜，说不清哪个钟点，可我恰恰不在您的身边。

秋风涉过秋水，一只鸟掠过黑夜的咽喉，将一些疼痛的词语一个个筛出。时间的牧鞭，抽痛西藏以西的远方。可您的日夜兼程，抵达儿子的高原时，最后一只山鹰再也无法回到一粒青稞的纯洁与质朴。

阳光湿透的记忆，母亲，您还是习惯在信中说那句土得掉灰的老话：小六，家里没有能力供你上你向往的大学，可你千万别埋怨我们啊！

而此刻，他多想伸出一只手，替母亲拉拉脖子上的围巾。

夜读家书，故乡，战士的思念是一团火，在另一些被思念的文字里，燃烧自己。

夜读家书，打开金黄的村庄，战士的字迹歪歪扭扭，犹如跋涉在弯曲的西部崎路。

那些就连您老人家自己都不熟识的字，像是您老花镜旁不起眼的斑斑点点。虽然那嘱托中的希望和祝福早已词不达意，可那始终是您经营的田园啊。在夜里，一纸背后的思想就像月光下的马，瘦瘦的。粗心的山草已被农妇放倒在地，农人正蹲下身来，把用菖蒲盖了半个月的胡豆瓣揭开，一床金黄，十里飘香，洗掉它身上的黄霉，晒干，放进油罐……

在梦里，离家的孩子常常一拐弯便进入了土地。

二十年前的家书，无论怎么写，不管怎么读，都离不开诗的气质。一有机会就从雪地跑回空空的营房，独自斜倚在床前的桌子上，铺开纸，咬着笔筒子，看着称呼后面的冒号，想着故乡就发呆。班长喊时，我会拖拖拉拉一下，不是不想参加训练，而是我给父亲母亲瞎编的连队故事还没展开……如今，网络时代没有再写家书的机会了，偶读这一页，偏偏是夜，月挂窗前树枝头，城里的月光，洒满故乡的心房，想起怀揣家书的人，可我已不在边关。

人在红尘，家书是抽屉里蒙尘的情绪，拿不起，放不下。或许，人生的悲哀莫过于此：我们还在异乡打拼，父母却在故乡衰老。

表哥绍钦

少年离家，远行藏地，后辗转都市，疏离故乡亲情人事多年，至今常想起表哥绍钦。在一路风雨不断毁灭旧忆的轨迹里，我劝慰自己尽量在物是人非的生活动荡中，莫忘故乡情。思来念去，念及表哥绍钦的时间总是比想起他人多一些，这不是个人的自私所为，只是过往岁月中绍钦表哥与我积蓄的情感能量，在冰雪浸渍的季节越加清晰与醇厚，弥足珍贵。

在我的老家，我们从不叫表哥表弟，我们管这种关系叫“老表”。我家小熊猫第一次跟着我回老家，听到这种叫法她直笑，原因是她认为这称呼未免太土了吧？绍钦是我父亲二姐的儿子。我从没见过父亲的二姐，只见过晚境中咳嗽患病的二姑父。绍钦下面还有三个妹妹一个弟弟，我与他们的交流不多。60年代中期，表哥绍钦考上初中读了半学期，“文化大革命”开始，被二姑父喊回家不再念书。从此，他充当家中的劳动力挣工分，也开始了他的拜师学艺生涯，先是当石匠学徒，后来学会修房造屋的工程计量与盘算，长期奔波在离家不远的市区内外建筑工地，比起那些过于笨重的劳动，他算是拥有了一份不晒太阳能写会算的轻松活。

凭着手上掌握的技术，表哥绍钦一边闯荡江湖，一边打理家中生活。

80年代，乡村中距离较远的亲戚之间有啥事，只能通过写信互相告知。记得绍钦的妹妹嫁人时，他曾写过一封信邀请我们参加。那时，父亲让我把表哥绍钦寄来的信，反复读给全家人听，而后又叫我学写一封信，回复表哥我们将前往他家参加婚礼的事项。

与我僻静的家乡虎榜村落相比，表哥绍钦家所在的建设镇条件算是优越，他们离市区相对近一些，出门就能踏上公路，生活自然来得便利。我的家乡出门只能望山，即使踮脚举头也看不到一条小公路，很容易令人叹生惆怅绝想。表哥绍钦不仅在工地上是一个技术能手，在自家的庄稼地里，他的表现也毫不逊色，可谓上得厅堂，下得厨房，说他是乡村极品好男人一点也不过分。除了在外面找钱补贴家用，一年四季，栽秧打谷，种菜卖菜，喂鸡养猪的事，他从不落后于其他人家。表哥绍钦干活手脚十分麻利，解决事情雷厉风行，有时简直就是快刀斩乱麻。漫长一天里，他做的事情特别多，却从不叫一声累。

表哥与表嫂培养出两个鱼跃龙门的女儿，在邻里乡亲之间很有脸面，其中一个女儿如今在日本的公司已经成长为中层管理干部。表哥绍钦每次来我们家，总能得到乡亲们的交口称赞。他们不仅赞他能干，更多的人是赞他见过世面，能说会道，不怕歪风邪气。

论口才，表哥绍钦在当地算是有点文化的人，重要的是他一直保持着一个农民的思想本色与觉醒意识，这在今日人口凋零的乡村是很不容易的，对于社会上一些不公平的事，他容不得半点虚拟之沙，看不惯的现象与行为，他决不会忍气吞声，必须豁亮地说出来，弄得一些地方领导很没面子，因为国家修建公路工程向农村征地赔付之事，村上领导利用各种渠道一夜之间摆平了所有村民，但怎么也摆不平我的表哥绍钦，他为自己的土地誓死抗争，弄得几夜睡不着觉，最终争得自己的合法权利，有人放话让他小心点，他带话给对方——你们少在光天化日之下轻举妄动。得知此事，我禁不住为表哥绍钦的处境捏了一把汗。当然，我更为表哥绍钦对维护自己土地所付出的艰辛表示钦佩，他没有背叛自己的土地，他与土地的情感令我这个长期远离故土、被异乡钢筋丛林与密集车辆尾气包围的表弟感到羞愧，要理解农民，就要加倍亲近土地，而原本从土地中走出的我却长时间流浪在外面的世界，背弃了自己的土地，我在内心为表哥绍钦挣扎中活出的中国当代农民的勇气与骨气暗自击掌。

表哥话到动情处，声音分贝会无限地放大十多倍，眼神更是犀利无比，他是在演绎事情的经过，还是想求一个事件的真相？那样真诚的眼神分明是一种正义的光芒，而且从他嘴里跑出来的一些江湖轶事，充满了个人独特的见解与令人期待的烟火味儿。因此听他聊天也是一种享受。这绝不是我一个人的偏好，我们家的邻里也有感同身受。有时，村里人还会问父亲，你那个外侄好久没有来了？可想而知，乡亲们还是乐意接受表哥绍钦的。那时，我家乡的人们大多没出过远门，说话总是土里土气，而且那样的话，拿到外面去说，很多人是听不懂的，因此我从小一直改变着自己的话语方式，尽量让自己说出去的话，有更多的人能懂。表哥绍钦与他们交流，说到问题的关键处，目光忽然处于如炬状态，几乎快要拍案而起。他时常带来一些靠近城市的热点新闻，讲到高潮的时候，言语中自然置入城市边沿的腔调，听上去有点流行的意思，当他话锋一转突然停顿下来又十分安静，像是把时代的方向与脉搏把握准确了，这样一来，佩服表哥绍钦的人就多起来。因此，我哥哥十四岁就跟着他走向社会、出入工地。

记得还是上小学的时候，我用粉笔在家中的土墙上写了一行字："有一天，我也会老!"父亲看了，表情有些不爽。父亲想，你小子年纪这么小，怎么脑袋里会装些老气横秋的问题？你是对老子不满吗？当表哥绍钦看了我写的这句话后，饮下一杯酒，目光久久地盯着它反复思量后，对父亲说：舅舅，你不要再说六老表了，他这句话真的写得很好呀，你仔细想想，谁没有老的一天呢？于是，父亲表情松弛了，但什么也没说，只顾埋着头喝酒。

父亲就是这样从来都很不懂我。

后来，在很多场合，即使过去多年，表哥绍钦仍记得我小时候写在墙上的话，他遇到我或恰当的人时，常念及那句话，然后便乐呵呵地一笑而过，他的笑声里像是懂了我——但他不知那是我最迷茫的小学临近毕业时的苍白心境。当时我考得不够理想，誓言不想再念书了，于是一个人跑到田野里去捉泥鳅抓黄鳝，是表哥绍钦把我从田野里喊回家，开导并安慰我——他真的是替我的未来皱过眉头的人。

我在西藏的第二年，表哥绍钦带着哥哥也到了西藏林芝，他们在八一镇帮人拆屋修房，度过了一个无雪的暖冬。临走时，我将部队发的一个迷彩包当作礼物送给他。我知道在漫长的回家路上，表哥在风雪川藏线上望着这个迷彩包就会多一些陪伴！

如今，表哥已过花甲之年，自从表嫂逝世后，他的晚境生活不自觉地添了一丝愁绪，但他仍是乐观、积极地面对现实，只是他不愿再出远门去找活路干了。他的生活够了，国家征地每月解决的社保金也用不完，加之女儿们逢年过节给他的钱也不少，他独自在家乡的生活的确富足，他与我对饮时总是春风满面，脸上洋溢着知足常乐的神情。实际上，他的酒量并不是我的对手，我常常想，是不是酒助长了他内心的孤独与强大？他一个人在老家面对那些失散的土地，内心一定比我在城市里的视野更加荒芜。在想念表哥绍钦的时候，我很是感谢酒能够成为一个老男人的红颜知己，他只要一沾酒，脸就红。在无人陪伴他的寂寞岁月里，想必也只有酒可以倾听他肚子里的苦水。而我们难得一回的见面，几乎很难捕捉到他悲伤失落的表情，哪怕很不经意的一瞬间也没有。

每年，表哥绍钦偶尔也来我所在的成都走走。这座城市里不仅有他的表弟我，还有他的两个女儿。即便如此，他面对这座从川西盆地不断向着国际化飞升而上的城市，仍有无尽的陌生感袭上心头。每次他来，我都未能陪伴。他很不习惯城市里的电梯，他一定背着我们骂过城市所谓的文明，他体会的城市对人是一种捆绑，没有一个人在乡村那么惬意自由，他在电话里对我说，他要回去了。我问他急着回去做什么？他说，回去种菜卖。我说，你以为你还年轻吗？你不能再像年轻时那么卖力地干活了，人生的每个阶段都有不同的事要做，但你无法复制年轻，记住，你当下的主要活法是享受生活，是如何把身体保养到最佳状态……

我们的对话也因了城市背景，而再也回不到历史面前被风吹乱的乡村图谱。但表哥绍钦还在暗自关注着我的进步，过去他总会在电话里直问我当了什么官，我总笑笑对他说，那不是你表弟的追求。后来，他再没直白地问这个这事了，我想，是表哥绍钦懂我了吗？

九月，山野处处，一片灿黄，而城里却不知季节变换。窗外尖叫的蝉声，请你温柔一点，再温柔一点。表哥绍钦，你在秋凉的故乡一切安好？记不清，我们又有多久不曾晤面了？祈盼长袖包裹的冬日，早一天降临，等着你来成都过年，我们彼此把对方灌醉一回，好吗？尽管我们乡村的话语已被城市无情地篡改，但它永远改不了我们之间血缘的事实。在我们无力抗拒城市扩张、信息爆炸的年代，我唯有调整自己的心态——你若懂我，该有多好；你不懂我，我也不怪你！

口琴故事

人的一生，究竟能拥有多少钱，又能消费多少钱？谁有一个准确的定数呢？

没有，谁也没有一个精确的计算，包括那些数字化一生的银行家。直至现在，我都是个特别容易满足的人，对于钱，似乎没有一个核心概念，够用就好，因此生活也就没有丝毫的危机感。钱多钱少，心情都能保持一样的水平，面对现实，也没有任何落差，因为我拒绝与任何人在钱的问题上计较，包括自己。

说来一定会有人笑，小时候，我最大的愿望是拥有八块钱。

八块钱，在我当时看来已经是相当多了，至少它能完成我购买一支口琴的愿望。那支银色不锈钢外壳包裹着绿色齿轮的口琴，矮个子同学只愿借给我摸一摸，从不答应我借回家试吹一曲——这件事使我整个学期都跟在矮个子同学的屁股后面，看着得不到的东西，心痒得难受。更何况那位同学虽有口琴，但他吹不出好听的旋律，甚至几个完整的音符也吹不出来。他只会把口琴捏在手心里，趁下课铃声响过，放到嘴边胡乱地来回掠过，引得同学们羡慕不已。待大家围着他提出欲吹的强烈愿望，他却毫不迟疑地将口琴放回自己的书包里。这让我们内心十分着急，有一种烈火在胸口狂喷的愤怒。其实，我知道自己也吹不出流畅的歌曲，甚至怀疑自己一串连贯的音阶也吹不出来，但想吹的愿望从未断绝，而且从见到它的第一眼，便是那么刻骨与顽强。

因为那是我接触的第一件乐器。对于它，我想我比矮个子同学更适合拥有。

一支口琴，一支后来得知供销合作社标价八块钱的口琴，在我们乡村出现，或多或少证明了矮个子同学当时的家境在我们之间的优越性。

久之，这对我便成了一种伤口上发痒的煎熬。我渴望将自己对乡村世界的梦想，通过口琴的声音去表达与宣泄，遗憾没有一支属于我的口琴，心里那个堵得慌呀！我坚信，口琴的音律一定切合我当时的小小忧伤，我想象当我的口琴对我诉说的时候，万物有灵都能够同我共鸣，那些树梢上骄傲的鸟儿会不请自来，站在我的肩膀上，我越想越忧伤，后来，索性不再理会那个同学了。他每次看我打他家门前经过时，还会掏出口琴在花丛中胡乱地吹几声，但我决定不再多看他一眼，我义无反顾地走过那片竹林与花丛围绕的小径，他一定不知道是他的无知与吝啬，扼杀了一个同学最初的音乐梦想。

后来，我总是绕开矮个子同学家门口走。

一个乡村孩子能拥有一支口琴，这在我们家里看来是永远不可能的事情。事实证明，这的确成了我整个童年的一大憾事——尽管有些羞于启齿，但它并不碍于我们因遗憾而定格的快乐。这种快乐从20世纪80年代初期延续至今，并且有可能终生不忘，它的强大与持久给一代人的精神品格打下了基础。我相信不是所有的富有都能诞生快乐，也不是所有的贫穷都能催生悲伤。

钱多钱少的生活，于我根本说明不了什么问题，只是在我进入都市生活之后，发现钱这个东西好比流水，时刻弥漫着人们水涨船高的生活。周围的人，有动不动就拿钱衡量生活标准的，甚至有的人把钱的数量当作了人生的标尺与价值，似乎离开了钱，什么都不是，这让我感到十分无趣。我并不是觉得自己不太需要钱，只是童年的乡村生活经验，导致了我对钱的漠视态度。换个角度说，我是个对钱没有欲望的人。平时，我从不会费时间去清理我包里有多少钱，也不会估算这个月报箱里来了多少稿费，这一年我的版税收入多少，甚至很多出版人拿我的作品去换得稿费揣进自己腰包，我也没声讨他们的不对，只是我觉得他们应该开诚布公地对我说一声：对不起，我现在比你更需要钱。

时光的停留与消失，对于金融家，都是以钱为单位来计算其速度与利率的，这的确是个超现实的问题。八块钱对于旧时的我是一个小愿望——它的丰富内涵远非一支口琴所能驾驭，它比一曲超强的交响乐更充满想象与辩解，在我看来，愿望的事情与钱的关系不大，原本它与任何数字都无瓜葛，八块钱仅仅是一支口琴过去式的标签或帽子，而现在八十、八百、八千、八万、八十万也不一定能够构建一支口琴的梦想世界了，它们多为一次性悲剧消费品、催眠术，钱能完成的事情，在我看来愿望也就找不到真实的乐趣了。

2015年的一个冬日，我在草堂路工作的地方，收到一件匿名者寄来的礼物，打开一看，居然是一支口琴。掩于岁月的音符，就这样唤醒了长年被蒙昧的心。谁干的这件事呢？想了很久，猜不出寄口琴的人到底是谁，他一定是在报纸上看过我写的口琴故事。这个人让我内心保持了很长时间的美好喜悦。

我迫不及待地要把这事儿告诉隔壁的杜甫，可他的茅屋早已被秋风所破。所以，我总渴望在草堂路听到口琴声吹响。

榕树掩映的路面上，常常一个人也没有。一只白猫的出现，在红墙下像是从旷远的世界走来，浅浅的阳光，打在灰色的树干上，我滞留于此的身影，总是被孤独的光线，拉得很长，很长。

他是一个坐在山坡上吹口琴的白衣少年，还是一个留着络腮胡子年长的口琴大师？她是一位戴着老花镜读报的奶奶，还是一位扎着羊角辫、裙摆飘飘的少女？似乎一切都不重要……

当我心怀感激地打开那个黑色盒子，抚摸这支亮锃锃的口琴，便听到身后逐渐清晰盈耳的潮声，如浪花朵朵簇拥的一条小河，一直通向与海相若的开阔奔腾。

想丘陵

丘陵，《现代汉语词典》里解释为地形的一种，指地势起伏不平，连接成片的小山。老家川南属于丘陵地带。从一纸地图上看，就像一张被风吹皱的旧报纸，飘落在高高矮矮的小山之间，让人有一种捕捉画面的兴奋感。首先捕捉到的并不是一个完整的村落，而是立在林梢叽叽喳喳的鸟儿，还有遍地的花草、风、炊烟，稻花和鱼，梦和作物。每当走在回乡路上，鸟儿们就会扑扇着翅膀，用秘密之音去通风报信，似乎在告知背对荷塘摆龙门阵的人，少爷回来了！

多年以后，谁也想不到大地上的事情变得更加遥远。这些可以让灵魂出窍的声音，这些鲜艳和茂盛的物种，这些被风和太阳叫醒过的生命，枯萎在一个穿着中华立领的年轻人熟悉又陌生的返乡路上。

证严法师说：地球老了。

丘陵的样子，看上去已不再年轻，但她的确年轻过。

上小学时，常从同学的作文本上读到千篇一律的句子：穿过一片丘陵，就是一望无际的大海。后来，走出那片丘陵，才发现河流拐弯的秘密：实际上，丘陵离大海还很遥远。幸好，那时我的作文里，没有使用这看似靠谱却又缺少生活经验的句子。否则，现在我准用怀疑的眼睛嘲笑我自己。那时离懂事还有很长距离，而现在我已经拒绝原谅自己！

真正懂事，是在高原。余华写《十八岁出门远行》，而我从十七岁的雨季赶来，一心只为去高原看海。经过长时间的跌落与跋涉，我在高高的喜马拉雅山脉向着迷人的海追去——海在亿万斯年的海底沉默。我看到点点晶莹的星光和蓝幽幽的湖面。那神秘的色彩对我产生的不仅仅是诱惑！还有念与想的力量冲撞。冰块在蓝天的折光中熟睡，我听到美人鱼在我梦中呼吸——海也累了吗？当我追到尽头，看到的只是光焰万丈。海走了，留下蓝天落下的几滴眼泪，装在旷野的一个个空瓶子里。海边枯萎的水草丛，窜动着一群流浪的乌鸦和藏獒，旁边竖着一块白底墨字的牌子，上面写着：哲古镇。附近的房舍被各种花纹的石块，一层又一层地包围，仿佛威廉古堡。远处，看得见瘦得皮包骨的野牦牛朝哲古走来。它们究竟闻到了什么气息，是干枯的湖滩上点点粒粒的盐吗？它们低着头，围着海边懒散地转来转去，终究转不出一个崭新的世界。它们在迷茫的世界里寻找迷茫。我绝不能像摄影师那样通过镜头把它们拉入眼底，我懂得它们眼神燃烧着重复的消失与欲念，我不能干摄影师自认为聪明的事情，他们喜欢把动物的处境拿去四处炫耀和无情地拍卖。我知道它们再也找不到曾经的海了，这是眼前多么绝望和悲伤的事情。我伫立其间，抬头看见一路深渊。是进还是退？海在哪里？每次停滞不前的时候，眼前总会出现一双红狐的眼睛，它让我低下头来沉思：少小离家，乡音变味，那片丘陵还能心平气和地接纳一个迷茫的孩子吗？

我不知那些呱呱乱叫的乌鸦，年轻时候在何方行吟？乌鸦看海的眼睛，一定认为海老了，而海看乌鸦的眼睛，必定认为乌鸦老了。只是我梦中的哲古，在我涉足的旅程中，已提前老去。海，几乎不愿让人知道她曾有过年轻的时候，海总是以死的结局来毁灭所有的证据。风，从海边走过；云，从高原掠过。当一代又一代的戍边人打我眼前永远不回头地离去，我已习惯把高原的残酷和寂静当作生活的基础。而此时的那一片丘陵，早已进驻思念的海洋。屈指算来，看似漫长却又短暂的军旅生涯，我也曾因工作出差多次顺路返乡。但这种随随便便的返乡，比起十八岁当文书时的专程探亲，感受截然相反，一种是作为普通返乡者的大同小异；另一种则相对独特，好比自己成了丘陵的客人。

打那起，我就从心里怀疑丘陵是不是随着我的离去而移居到了别处。它们与我的从前真的不存在任何关系吗？于是每次回家只能躲在屋子里，生怕不慎从外面带回来的语言破坏了丘陵的结构，生怕我棱角不再分明的军衣影响了丘陵自然流动的空气，生怕我的举止行为不小心伤害了丘陵的本来面目。我想，我一定成了丘陵的局外人。面对丘陵里增加的男人和女人，还有婴孩，我已叫不出名字。他们经历的所有事，我都不在场。但他们却清清楚楚地知道我是谁家的少爷。他们老远看见我就会停下来送我一个微笑。而他们的微笑又不时地让我想起那些从丘陵里消失的微笑。印象越清晰的人，此刻越容易变得模糊。有时真想走到他们面前，听他们说说丘陵的乡音土语。可就在等待他们木然的表情时，我选择了转身从容地走。而且尽量走出无牵无挂的样子，尽量不要再有十七岁离家远行时那种不敢回眸的心跳。我走了很远，停下来。他们还站在原来的地方呆呆地看我。不知他们会对着炊烟笼罩的旧房子议论我什么。他们不知道我下次多久回来，我自己也不知道。但我清楚，作为一个离开丘陵就开始想丘陵的人，我强迫自己省略了太多家长里短的生活。

我不知这是否是每个远行者都要面对的矛盾心理。

在高原，与丘陵有关的梦全部种在军人上路后的风雪夜。久之，面对西藏无限的冰冷；面对阳光与荒原的诱惑；面对仿佛一幕幕风景移动在阳光乍泄街头的朝圣者；面对一杯越南咖啡或龙都香茗；那些梦的种子在哗啦啦翻过兵书的灯盏下，刚要发芽，风雪降临，便使她们夭折在丘陵的梅雨天……而尘埃落定的拉萨，阴影每天下午从起起落落的黄昏诞生又消失；缺氧的鸟儿站在屋檐之上看见了什么，它低头不语，我审视它半天，无语问苍天。另一个九点钟的早晨，眼前的十字路口拴着好大一对羊，它们的耳朵各自打上了一记红和蓝的印，那么多路人围在一起赏给它们食物，在白色的阳光下，人们就像关心一个在迷宫里找不到方向的孩子。还有一个正午，数着念珠、摇着转经筒的人们，从另一个方向赶来，他们三五成群地踏碎小巷里的光芒，与我不期而遇。我虽然在场，仍然摆脱不了局外人的身份。我长长的影子立在他们用身体丈量过的影子里，我是他们眼中熟悉的陌生人。他们是我用心赞美的住在天堂里的人。一天又一天，一年又一年，一个又一个画面在生命中整合又分散，但有一个声音始终在心里从未消逝：丘陵，丘陵，下落不明的丘陵，你还在静静地等我回来吗？

除了阅读兵书，我常常平静地趴在书桌上，对少爷的十六岁念念不忘。杯中的菊花，呈现昨日的秋事，那一朵朵慢慢微笑的花儿，仿佛在我抬头的瞬间，散落天涯。旧日的伊人，随一片秋叶被风刮走之后，只剩下了一个印在空信封上的邮戳。如果可以为一个邮戳写一个纪念的名字，我想我写下的一定是“秋天”二字。那年秋天，发生的事情太多、太突然。我翻出了那张古老的唱片，将它放进 CD 机里，我想陪着她去寻找两个人的秋天。我们究竟把秋天丢到了何处？来时的脚印，被风沙吹乱，而脚印里生长的风景，宛如丘陵里一棵棵长满秋天的泡桐树。树下没有太多留恋的余香，只有她因我上高原而直奔南方都市的惊人消息。从此，两人再无任何音讯！光阴去了，只有秋天还在。那么多梦和金灿灿的落叶，像一枚枚永不腐烂的艺术标本，它们覆盖了青春，覆盖了旧情，覆盖了我的叹息和思量，还有秋日的私语。

这个秋天在没有战事的高原来得太早太早。

山峰像高原男人裸露的手臂；河流像高原女人披散的发卷；经幡如同生命招展的旗帜，召唤着未知的远逝与期待的降临。那些被康巴汉子的红头穗高高顶在空中的孩子，在刺目的阳光下，嘴唇早已干裂出血，白发飘摇的嫫拉（奶奶）用黑黑的手指在孩子嘴边抹上一层亮锃锃的酥油，她生怕充满毒素的紫外线从嘴里跑进孩子的身体。满地锅庄的踢踏舞步，还有人堆里突如其来的一句乡音，都很容易让我在这个想念的季节想念丘陵。我知道，不是每个有着丘陵情结的人都会像我一样想念丘陵，就像蜻蜓偏爱独立在水一方的荷田。想丘陵，就是得了一种不可抗拒的土壤病；纵然高原可以让他衰老，但他可以通过想念丘陵来延缓衰老，甚至变得更加年轻。想丘陵，就是把一段可能有限的距离想得无限和不可能；想丘陵，就是想那些思念无法裁剪的一个人从秋天出走的意象。

一个人的出走，导致两个人的散场。一个村落的嘴巴，由此飞短流长。丘陵里闲着的人，常常拿他俩的话题当馒头吃，早上吃了，中午和晚上还要再吃。

而丘陵里的主人不为秋风所破——身体越来越单薄的她如同一位什么也干不了的老人，坐在竹林环绕的青山绿水间。实际上，她也不用再干什么了，因为她的未来，全被当兵在外的少爷包下了。她一天天坐在丘陵里，坐老了岁月，望断了秋水，她的少爷还没有回来。她等待少爷给她带的那个人还没有来。

年幼时，我爱站在丘陵的山坡坡上眺望，那时候梦比天蓝。长大后，才发现日子总是青了又黄，我倚在西藏的菩提树下默默记诵，中间是看不见底的万丈深渊。至今记得丘陵秋收季节那一轮睡在酒樽里的明月——和蛙声一样地透明。每当乡亲们腰酸背痛地将大亩大亩稻谷放倒后，我便光着脚丫，卷起裤管，踩在稻田里虔诚地赶追那些无处可逃的青蛙。那时候，稻田里似乎有很多很多的青蛙，像我们村落里有很多很多的少爷一样。青蛙的声音恰似少爷们变声期的音质。它纯真得比世界上任何一种乐器发出的声音都动听，它是自然界里最忠实的聆听者和陪伴者，它才是行走的月光与白衣飘飘的柳如剑。

我曾捉到一只大青蛙。母亲帮我用稻草把青蛙的两只后腿扎得紧紧的，于是青蛙就愤怒地鼓起大大的肚皮，还不停地呱呱乱叫。青蛙每叫一声，我的心跳就加速一次。母亲见我对青蛙痴迷，便问我想不想吃青蛙的大腿腿？我使劲地摆摆头，趁母亲不注意时悄然把青蛙放回了村口的古井里。从此，我白天陪着青蛙坐井观天，夜晚枕着清凉的蛙声周游世界！

不知不觉中，青蛙已离我而去。现在走在丘陵的田埂上，就连青蛙的声音也听不见了。一种孤寂油然而生。再后来，我发现不只是蛙声听不见了，正在消逝的还有田野和田野里到处疯长的向日葵和折耳根。走进距离丘陵二百多公里的成都，在一个名叫大面铺镇的城乡接合部，我偶尔听见过几声蛙鸣。来到一个人工湖边的柳枝下，静坐了几个夜晚，可它们单调的声音无法走进我复杂的梦里。忽然有一天，我看见一个穿花裙子的女孩走在透明度极高的广场，我朝她走去，我看见有关丘陵所有秋天的植物都呈现在她的裙子上，包括那些朴素的中药物种向日葵和折耳根。她牵着一只牧羊犬在浣花溪公园的水边东张西望，她的心事沐浴在秋天里。她的心情不好也不坏。她的发丝像风，她的手机里飘荡着秋天不回来的歌声，她经过我身边的高跟鞋碾碎了九月最后的童话——她就是和我走失至今的秋漓。

而念想中的丘陵助长的唯有改变，比路更陌生，比海更熟悉……

昨天的昨天，我知道，穿过一座座山，前面就是我的丘陵。今天或今天以后，山与山之间，已架起了纵横的高架桥。桥的下面是地铁。若要回一趟丘陵，我就得费更多的时间与头绪，该选择一条什么样的路线，甚至担心走错路。我永远忘不了第一次从高原返回丘陵的那个秋天。我穿一身迷彩服，背着印了“为人民服务”的黄挎包，搭错车辗转了许多乡村与城镇。当我振作精神，自豪地迈开步子走出火车站，吸引了月台上拥挤的人群。他们仿若一位导演精心安排的群众演员。我在他们的目光里飞奔，一直奔到家门口，却没有回头看他们一眼。身后，一个捕蝉的小男孩举着蒙了蜘蛛网的竹圈圈向我撵来，用灶烟味薰过的声音问我：“你是哪个？你从哪里来？”我来不及多看他一眼，只顾心潮澎湃地敲门——“妈，妈，我回来了！”

这是多年以前，想丘陵而想起的如同一条肥胖的虫子从喉结里爬出来的声音。那个小男孩裤兜里装得满满的蝉声还在耳畔萦绕！一个村落的蝉声足以伴随一个孩子长大，然后伴随他成人离开丘陵的同时，也就开始了伴随他长达一生的念想。这种声音好比舞台上的交响乐，而第一个让我登上舞台表演的是我永远的丘陵。我在高原发表第一篇文章就是从想念丘陵开始的。那是我的第一次想念，自从踏出丘陵的门，我便自然地获得了想念的智慧，学会念想便慢慢知道成长是怎么回事了……陕北汉子喜欢用高亢嘹亮的嗓门唱《想亲亲》，很彻底，很放松，相当于对一个喜欢的人进行淋漓尽致的爱意表达，而丘陵的潮湿与地理体温，还有含蓄堆积的旧情感，极不适宜用歌唱的方式来解决内心的问题。我以为喑哑的蝉声最能代表我这样的人想念丘陵的声音。有些话，哪怕只有一个字，对有些人一辈子也说不出口。蝉声的背后，蕴藏着无限的玄机，充满无限的可能，那些忽然从空空的稻田里飞起来的鸟儿，好像在小心翼翼地给人家说，丘陵，丘陵，你听见了吗？你快来看呀，少爷从秋天出走的那条田埂上回来了！

丘陵里所有的人都朝我聚拢来了。他们问我，为什么又是一个人回来的？我说，一个人回来才方便呀。而听了这话的母亲，久久地愣在墙角边，她的脸像干枯的荷塘。

从此，我习惯于聆听异乡生活中的各种声音。特别是雪域的风声最能给我生存的启迪——它很难把人刮歪，顶多让一些残渣模糊过我的视野，很快，眼前的世界又清晰了。那一刻，我看见了远方的丘陵，竹林中绽放的一朵朵野菊花，像一双双眼睛，在风中等我。我用正步穿过秋天的操场与营房，然后飞快地低着头，行走在别人萧瑟的屋檐下——

三千次想起丘陵。

三千尺热泪长流。

真正想丘陵想得彻骨，想得忘我，想不明白的是活在当下，我既不在丘陵，也不在高原。丘陵与高原各自以半个故乡的名义将我分裂在城市中央。即使我遇见过丘陵里的秋漓，却怎么也叫不出一声她的名字。我知道，要想在没有血脉关系的城市中安下心来，塑造一个完全不同的我，太痛、太难。想丘陵的时候，不得不想想秋漓！因为生命中不能缺失太多人生最初的情感，因为那是怀旧而沧海桑田的九十年代的事情。

水　田

水田的名字是死去的二爷给取的。

二爷很羡慕别人家人多力量大的劳动场面，特别是栽秧打谷的热闹情景，二爷最是眼红心动。人口多的大户家庭不请人就可以转动打谷机，二爷羡慕极了。生下儿子，取名为水田，二爷渴望丰收，渴望一天有一顿白米饭。

但水田的成长并不让二爷满意。二爷失望的目光又盯在了瘦骨嶙峋的水田身上：连根稻草都不如，何时才能踩打谷机哟！

水田七岁那年，天天饿得在家翻箱倒柜。几间房子找遍了也搜不出一颗籽儿。水田只好到坡上啃别人家的高粱秆。那种甜甜的高粱秆是可以弄到乡上去卖钱的，从高粱扬花开始就有人把守得紧紧的。水田往往嘴里正啃着高粱秆的时候，别人就会从他嘴里把流着甜水的高粱秆拽出来，然后狠狠抽上他几棍子。水田只会喊：我饿！求求你们，等我吃饱了再打嘛。

人家说，你去吃山上的苞谷秆吧，没有人会打你的！

于是水田就跑上山，放心大胆地吃完了一小块地的苞谷杆。那时的苞谷杆刚处于含苞时节。我至今没吃过那种青青的苞谷杆，估计不会有多少甜的水分，印象里常有农药的味道弥漫在遍地泛绿的苞谷林。水田一次吃了个够，连肠子都从屁股里流出来了，还有一丝青红青红的血。二爷见了就骂：死吧，死了，老子再生几个。于是拎起水田装在挑土的兜箕里就往竹林里扔。那时的水田看上去连只奄奄一息的动物都不如。

二爷说生就生了二妮三娃和四妮五妮。

不过水田却没有死。水田在竹林里呻吟了三天三夜，把那些带血丝的肠子缩回肚子，就奇迹地活过来了。有人看见他在竹林里和一条蠕动的肠子挣扎，回来就挨家散布水田成了蛇（后来，这个人成了村里著名的造谣者）。以后，水田在乡邻的口舌里无论是做事和讲话，都不再有人把他当正常人看。水田在村人面前的言行举止，也从不分轻重和高低，几十岁的人了，说出话来还像个孩子。

农忙时节，二爷天不见亮就赶着他的牛去帮人干活。水田就背着背篓出门满山给牛找草吃。遇到牛在田里撒尿，二爷就会对牛说：慢点，你慢点嘛！可牛从不跟二爷商量，只管哗哗啦啦，急得二爷朝着山上大声地喊：水田，快把粪瓢拿来。有时，水田去了别的山上，听不到二爷的喊声，二爷就从水田里跑上来，三脚两脚飞回家拿粪瓢。当二爷接到满满一瓢尿时，准会对着牛开心一笑。

有时，牛也会昂起头，对二爷哞哞哞地叫上几声。这时的二爷就赶紧拉牛绳子，一鞭子抽下去，吆喝一声：傲嘛，我打你看你还敢傲？二爷生怕牛在水田里跟他“疯”，这样的局面吃亏的是二爷。所以只要牛有一点高傲情绪，二爷的鞭子就会落到实处。多数时候，牛是不愿配合二爷工作的。牛老了，牛比二爷的模样老多了。牛想，我早该退休了，你二爷还在用我，真是没良心。被二爷指挥的牛常常在水田里指挥二爷。二爷老了，二爷只能骂牛不听他的指挥。

牛也只是在田里得意过一回，把二爷的大半个身子顶进了稀泥，要不是水田跑来叫二爷吃饭，二爷的命就丢了。水田一气之下就把牛饿了个三天三夜。那三天，水田不时把目光扯向牛棚：你牛，老子比你更牛。

自从发生那事后，二爷就很少下水犁田了。如果在没有水的旱田里干活，牛，只能听从二爷的指挥。这时，路人很容易听见二爷从鼻孔里放出好听的歌来——那是二爷在对牛说话呢：牛呵牛，你那么牛，上了岸就不牛了吧。

牛听了，内心一阵悲痛，那双舍近求远的鼓鼓眼看都不看二爷一眼。牛真的累了；牛，跪在土地上，昂起头，一声嘶鸣，无论二爷怎么拉牛绳子，牛都站不直身子了。牛吐出一地的血！二爷，跑前跑后找来不少伤风御寒的草药。二爷急了，仍未能救活一条牛命。

水田站得远远的，看着死去的牛，又时不时地望望伤心欲绝的二爷。水田表情总是不温不火的，偶尔，他会突然想起什么事，不带声音地喜形于色。但他内心真的明白自己因为何等事情而笑吗？也许他什么都没想起，只是让面部皮肤做了一回运动。多年来，我一直不敢证实他内心的光明。

牛死后不久，二爷也死了。二爷死时，像牛一样吐了一地的血。发丧那天，我看见披麻戴孝的几姊妹当中，只有排行老大的水田跪在

地上，无论二妮怎么拉，水田都不肯起来。

二妮嫁到街边上生了几个孩子后就丢下家人独自跑去外省了。年深久远，人们对二妮的印象就模糊了。也许生命真的有一种感应，二爷死了，二妮突然回来了。二妮又带了三个孩子。人们惊奇，谁给她赶的信呢？四妮和五妮嫁到外乡后，没什么大事从来不回娘家。

只有水田和三娃在家待着。两条光棍，成天没有好心情地你看我，我看你，相对无言。兄弟俩把一个家吵成了两个家，他们各自守着自己那一亩死不了人也救不了人的水田，心里常常长出毛来。牛死后，他们只能靠自己扛起锄头下水翻田。

三娃学过石匠活，可一直碰不上村里修房造屋的人，眼看那些钢钎和耳锤一天天生锈，三娃像打石头那样张大嘴，干吼两声，带上那些叮叮当当的“宝贝”就出门了。头几年，还有人看见他回来的影子，听见他大声地喊水田：“把口袋里的肉拿出来，煮起。”这些年，就连他的名字也被人忘得干干净净的了，包括水田。

前几年，我回家打听三娃的情况，有人说他去二妮的所在地河北安了个家。现在，我站在苦瓜藤疯长的屋檐底下，看见蜜蜂捉弄的黄花，问起三娃，那个抽了一生叶子烟的老人说，这么多年了，哪个还晓得哟。水田接话说得更直白：管他哟，出去就忘了回，反正他的那份公粮没人替他交，到时上面理抹起来不关我的事。

在一个地方生活久了，谁关谁的事呢？我在想，人，就其生命而言，独自的概念越来越重要，而琐碎的生活却不能像生命那样独自立着。独自在外的人和一个地方总是息息相关的。我离开一个地方，到了新的地方，身边的人和事可以不闻不问，但我会使劲地与曾经待过的地方过意不去，我总想得知一个地方和一些人的命运与境地之间的关系，一个人离开一个地方太久，谁还会想起你呢？虽然我在外面的城市闯出了点在别人眼里还算成功的事情，但我从没有骄傲自满的心情，我稍许自卑，背后站着的一个个被大山压弯的背影就会立起身来——他们成了我思想的火花，精神的后盾。

我努力关心他们，但我无力改变他们，他们一直改变着我。这就是我与一个地方的逻辑关系。

一个冬天，冻干了水田里的水。

水田没有钱到水库里放水救自己的那几块水田。

水田无法继续种田。水田很快就成了人们眼中的闲人。但水田是幸运的，村里的水泥板厂跟他签订了劳务合同。几次遇到我，他便喜出望外地说“下班了”。那语气仿佛可以拉近城市与乡下的距离。好景不长，厂倒闭了，村干部蹲进监狱。水田成了挨骂的“对象”，无论哪户人家丢了什么东西，水田听对方骂的都是自己，但他不敢接嘴。因为他知道往后低着头求别人的事还多得很。水田四处借粮计划日子，邻居知道他有借无还，借了一两次后都不肯借了。水田只好到处帮人干活，随喊随到，不仅有烟抽，还可以打牙祭，他愿意。不过农忙的时候，喊的人多了，他也就装作听不见了。

这就是我熟悉的陌生人——水田。在我的乡下，他同样渴望爱与被爱。他用酒精麻醉过自己和一个女人的心。

那天，有位粉了花脸的女人在村子里迷了路。她遇见水田就丢魂一样地喊：大哥，告诉我，你快告诉我，城市在哪里呵？

水田看着她，笑，不说话。

女人又说：城市很好玩的，城市里到处都看得到男人和女人抱在一起亲嘴。

水田嘿嘿嘿地笑。

女人问水田，你家在哪里？如果你不去城市，我也不想去了，我们结婚，好吗？

水田像在梦里，眼前的女人成了仙女。水田领回仙女，把她放到床上，村里的老人们一个个都站到了水田的门槛上，生死要让水田交出这个女人。老人们都想把这个外来的女人拿回去交给挂单的儿子。水田急了，卷起席子，拉着女人的手就跑。老人们手拿棍棒全体出动在后面紧追不舍。水田和女人跑过一座山，影子就不见了。

三天后，人们在苞谷林里发现水田和女人醉得不省人事。原来，女人的家就是山那边的。因为她离家出走多年，被找回来就疯了。父亲得知，很快就跑来将她捉回去关起来了。

后来，水田得意死了。水田对那些渴望结婚但却找不到女人的老男人说：你们连我都不如，我都要结婚了，那个女人说了和我结婚的。

后来，我再见水田就笑他：怎么你还没结婚呢？

水田说：我去晚了，那个女人早被人领走了。

后来的后来，我再没见到水田了。我见到的只是水田的水田，枯黄的一根稻草立在龟裂的水田里，我想，那是我认识的水田吗？

仇恨老鼠

我走出那片庄稼地的时候，老鼠正狠狠地啃噬着母亲宽大的掌心。

母亲一边挖地，一边心疼着地下残留的玉米、谷子、黄豆等出自她勤劳之手的梦和希望。她常常扯开略带山气的嗓门高声宣布——听着，你们这些不劳而获的家伙，统统见鬼去吧。

很快，那些听见自己被判了死缓的老鼠们便慌忙逃窜起来。但在母亲眼里，它们无论从哪个方向逃都是一种危险。母亲是个地道的庄稼人，她说庄稼地又不是什么动物园，哪能像放牧一样哟！

我来不及扭头，就听见两三只老鼠惨死在她锋利的锄头下。母亲仍是不解恨，连一些嗷嗷待哺的老鼠崽也不放过，只要它们将头探出地面，母亲就点燃柴火将它们烧死。

母亲终于报了仇。但她生怕它们的尸骨带来后顾之忧，于是就干脆剥光老鼠的皮，掏空老鼠的腹，然后将一滴汗水一粒粮换取的肉体宰进锅，送上桌——

她彻底将老鼠的全部赔给了庄稼和土地。

这是母亲的乡村哲学。

但对我来说，是一桩极其痛苦的事情。

母亲挖完那团土的时候，不知从哪里钻出一只体积特大的老鼠。它秃顶，背脊上伤疤未脱，残腿缺趾。它蹲在凹凸的土堆上，一副恼羞成怒的样子观望着我们，显然多了一副为难兄难弟报仇雪恨的英雄本色。我猜想它眼里挂着的泪水一定是在替死去的孩子伤心。

我算是弄懂了——总有一天，人死后进了阎王爷的陷阱会有怎样的下场。

人们听到母亲在打老鼠，都放下手中的活赶了过来，一声接一声地喊——打。于是，母亲瞪大眼睛，将锄头举得比任何一次挖地时都要高，我来不及思忖，一下子抱住母亲的腿，撕心裂肺地喊："不能打呀，老师说的'保护动物，人人有责'。"那一刻，所有的旁观者向我投来不解的目光。我苦苦哀求母亲放过它，不料，母亲狠狠盯我一眼后一脚踢开了我。她说："小六，人吃的粮还不够糊嘴呢，国家的公粮交不够，你吃的红薯稀饭也保不住了呀！"

我依然坚信老师的话："保护动物，人人有责。"可母亲不管这些，可怜的老鼠成了她锄下的冤死鬼。她荷锄上肩，一把拉着我的手，说：走，到学堂把学费退回来，不用读书了，这样只会越读越傻，好坏不分。

不知走了多远，我突然坐在地上就不走了。我对母亲说：不读就不读嘛，免得老师天天放学留下来催交下半期的学费呢。

母亲听后，愣了半天，而后改道将我带回了家。

我真正弄懂母亲的乡村哲学，是别离故乡的二十年间。其间的青春岁月风雨交加。当然少不了老鼠的袭击。依我的性格，老鼠这不起眼的玩意儿根本就不值得一提，可这些玩命的家伙非要和我抬杠不可，为了让眼睛进入书的境界，我做出不少让步。譬如，一包方便面，几个包子，一盘玉米粥，几条火腿肠等等。这已不亚于一些时尚家庭饲喂宠物的成本了。

可这毕竟是蓝色星球上的老鼠，而非一般的明星玩具，这些小摆设于它是丝毫解决不了问题的。

春天还没来，它们就吵着要花，比人还着急。

它们简直是藏在冬天里的春天——随心所欲。有花的当然献花，而我全当作这是一条没有逻辑的哲理，谁说春天花不开呢？

老鼠自然成了我的绊脚石。

虽然，我头顶充足的阳光。但老鼠在我客居的这座空城里好像比我更具备抗氧的功力。走在阳光里，我常无意注视着它们的千姿百态，感叹微观的生命和它们的巨大潜力。它们需求的远在人之上。异乡的生活，母亲对我嘱咐最多的是要做一个干净的人。我想干和净实在是个完美的组合。但又有多少人能不为物像所动呢？

那天，好笑的是在我居住的小木屋旁的一座寺庙门口，一个人因踩死了一只老鼠而迎来了无数双眼睛的责备。

我还听说，在庞大的宗角禄康菜市场，一个卖土豆的妇人因打死一只偷吃土豆的老鼠而门庭冷落。

在茫茫青藏线上，我亲眼看见一位司机遇见老鼠也要减速或停车让道。

在这个充满慈悲的地方，我认为，只要是人，走到这里都会爱心倍增的。但这里是蓝色星球，老鼠得天独厚地被蓝天护佑着。不是人们没爱心，而是人们实在是无法包容它们的所为——老鼠可以在白天四处浪荡，到大街小巷自由呼吸，有的还搭乘货物车去旷野安营生子，谁伤了它们谁就将得到上帝的惩罚。

横眉冷对没有用。退一步更没有海阔天空。烦躁的心境难以煮字疗饥！

那日，合肥出差归来。推门而进，一片狼藉，感觉像被人搜捕过。后来发现崭新的棉被遭到了老鼠七零八碎的撕咬，就连平原上的母亲托人带上来的腊肉也被吃得精光。让人无法忍受的是著名评论家雅赠的《文学，民族的形象》也被啃坏了。人到底是人，而不是兽。人的幸福是由精神支配的，可精神一旦遭受分裂，我想，人还能诗意地栖居大地吗？

多年以后，我理解母亲痛恨老鼠的行为却是在历经鼠灾之时。这是不是人生暗藏的秘密？当母亲的利益遇到老鼠的洗劫时，我年少无知，辨别能力极差。而我成长岁月里遭遇了老鼠，母亲和父亲几经周折，将一箱灭鼠药抬到邮局，但被工作人员严肃地挡在了门外——邮寄此物，用意何在？

其实，母亲像恨仇敌一样恨老鼠。读懂了老鼠，你也就读懂了庄稼。读懂了老鼠，你就会懂得，原本我们贫穷的不仅仅是生活，还有灵魂。

贫穷而能静静地看着老鼠在阳光下与你共处，不去伤害它，你也就不再鼠目寸光了。我知道，你该是快乐的。

于小曼回来了吗

她是一个不到三十岁的女人，一个孩子的母亲，是靠听男人唠叨过活的女人。在乡下，像她这样的女人我还可以找出一个来。

比如我在另一篇文章里提到的那个张嫂，她们有个共同的品性，那就是村人们所说的——讲话不知道高矮。

初次见到她，是在我家的院门外，而且那天是大年初三，天上飘着雨，路很不好走，我在水池边等待那几个洗手的孩子。他们打老远的城里来，很不习惯乡村的土路，身上沾满了泥土。

突然，一个女人尖叫了一声，孩子们都循声抬起头来。不远处一个女人背着一个背篓站在雨中歇斯底里地怒吼，她的男人坐在屋檐底下一声不吭地干自己的活，连看都没看她一眼。

那是别人家的事，外人不宜多言。这是潮水屋基村子的规矩，我选择回避，也算是对人家的一种尊重。站在原地不动，感觉自己是在欣赏竹林里的鸟鸣。

孩子们听到那个女人的声音，便争先恐后地朝她跑过去。我在后边阻止他们。几个孩子听到我的声音退了回来。但还是有一个小姑娘不肯回来，因为她从没听过这样的声音，对于在城里长大的小姑娘，这粗鲁的声音难道会是一种吸引？此刻，她就站在离她不远的地方，可以看清她的脸。

那女人的声音越来越大，像是在诉苦，又像是在忏悔，更像是在哭泣。雨点就那样飘着，仿佛只为打在她的头上。她的头发湿漉漉的，没有人为她撑伞。

站在不远处的小姑娘看得一头雾水。

许多从外地来村子里的客人，都被她的声音唤出了门。我平时回家的机会少，村子里的人很少把我当村人看，好像我不是这个村子里的人，年老的还认我，年幼的就不理我了，更别说外地嫁到村子里来的媳妇，她当然不认识我，我也认不得她。

我站着，一动不动地站着，心想那个在屋檐底下干活的男人为何还不还她的嘴呢？她骂了那么久，好像已经很累了，但就是没有人还她嘴，屋檐下还坐着一位不算老的老人，也在干自己的活。

她的声音越来越急，急得她直跳脚。可那男人的表情依然沉默，沉默得像什么事情也没发生一样。

她终于旋风般转身，大步走出了竹林掩映的小院。

我以为事已至此，那个在屋檐底下干活的男人一定会停下手中的活，一把拉住即将离去的她。可是没有。她走了。他看都没看她一眼。这样的场景真有点出乎我的意料。围观的人们小声地指责着屋檐底下那个表情麻木的男人。

事情从开始到结束，我看见的只是一个由侧影渐渐转化的背影。

还有她的小背篓。

我问那个看了半天热闹的小姑娘，她都骂了些什么？

小姑娘学着她的模样，双手叉着腰，学得十分到位：是，是，是我于小曼不要脸，我于小曼当初自己问着路到你张家来的，老子走，走得远远的，有本事你就再找一个像我于小曼这样的人回来……

站在水池边上看热闹的人们哄笑起来。

只有我一个人默不作声。她居然有一个如此好听的名字——于小曼。同时，我也觉得，这个名字在我的乡下听起来蛮新鲜的，不像村子里的幺女、水田、葱葱、蒜苗……这些名字无论怎么听你都感觉土得掉渣。而于小曼这个名字听起来倒很诗意，和那位与康桥有关的诗人之妻名就差一个字。但我不明白，于小曼声声句句为何谩骂自己？

于小曼从哪里来？又将去向何方？于小曼如此绝情地走，到底是为了什么？于小曼怎能丢下自己的孩子？我见过那个不满三岁的小女孩，脸长得像那个屋檐下干活的男人，圆嘟嘟的，眼睛里有一汪灵水。可是她不知她的妈妈已经走了，因为她被奶奶带着走人家去了。

剩下的是我家堂屋里小小的议论声。

如今村子里的人都很注重隐私，谁家发生了什么事情不像以前那么容易走漏风声，因为村子里只有零星的几户人家了。所以议论的结局很难有一个正确的答案。总之我听来的那些话，让我对这个好听的名字产生了一种诗意被抹杀的难过。

我早该知道，用诗意的眼光去认识一个村子是多么危险的尝试。换一种方式，换一种眼光去认识如何呢？我知道这种认识不该针对于小曼一个人，而是一个村子里的人。比如那个在屋檐底下干活的男人，其实他比我大不了几岁，我们几乎算得上一个时代里成长的人。按理说，我应该知道他太多的底细，但我知道的却只是浮在他脸上的“男士霜”，好像我只知道他的幼年和他的过去，他的嘴一直都很甜，人也很勤快，有很多女孩子的父母都喜欢他。但现在的他在我眼里成了比于小曼更陌生的人，因为于小曼让我看到了乡下女人最真实的部分，她受委屈了，她挨了男人的耳光，她只能尖叫，只能啼哭，哭还是一种软弱吗？不，许多时候，我认为人类的哭声是等待世界挽留的武器。

可谁来挽留她呢？

一个男人？一个家庭？还是一个村子？一个世界？一个女人的离去，连狗也没有发出一丝声音来，村子一旦失去了狗叫声，其状态和死亡还有什么区别？

于小曼眼睁睁地走了。

她的世界没有挽留她。

她要去的那个世界，也不会有人挽留她。她的妈妈早就嫁人了。她的爸爸看见她回来，依然会介绍许多熟悉和不熟悉的女人让她喊阿姨。听说她的家在我们村子里很多人都没去过的县城边上。这是我后来知道的。

许多时候，我都在心里问：“于小曼回来了吗？”我已经很久没有回故乡。我也不知道。只是偶尔会想起，想问一问这件事。可时间长了，渐渐地也就淡漠了。

但我万万没有想到，于小曼一直被人深深记在心里。

那个效仿于小曼骂人的小姑娘的妈妈，有一天突然在我跟前问了一句：“于小曼回来了吗？”

我一听，呆了。默想好阵子，表情无比吃惊，许久才说出话来：你只去过一次我老家，居然记得于小曼？

于小曼回来了吗？

我看着焦急的她，想起离开我们村子的于小曼，眼前首先出现的便是她的背影和那个小背篓。我想，在一个女人面前，小小的背篓能装下她多少的心事？又能承载她多重的悲伤？

可毕竟于小曼还是走了。

这都是事实。不管她回不回来，她的举动都已改变一个村子的气场。

一九九二年的初恋

一九九二年，村里来了一个名叫三三的小女子，她跟我们村的九爷好上了。九爷好赌，总以为打麻将也可过得上层生活。于是一天到晚，从不管田地里庄稼的死活，坐上牌桌赌他个天翻地覆。三三也就跟着他天天混迹左村右舍的麻将场。

有一天，三三与姐姐在村口聊天看见了我。三三看样子比我小多了，她盯着我的眼神好比咬定青山不放松的架势，直到我低下头，转身跑开她的视野。很快，姐姐回家便告诉我：三三提出，要给你介绍女朋友。

是三三的闺蜜。

当时我听了，心里十分慌张。

尚无初恋记录的我，什么也不懂，可还是有些好奇地去镇上赴了约。当时的罗姑娘已经二十四了，穿着黑白条纹的毛衣，牛仔裤，脖子上捆着一条粉红色的纱巾，将她涂了粉脂的小脸映得水一样红。她看我时的眼神有着尚未成熟的樱桃般羞涩。面对她，我始终是慌张的，记不清第一次见面两人说了些什么，只记得我们走了一条很长很长的马路，然后各自走上一条分岔的路就回家了。

然后，便是鸿雁飞来飞去了。

有一次，罗姑娘提出要来我家看看。父母知道后，想提前做些正式准备，但遭到我的极力阻拦。我反感这样约定俗成的乡村爱情习俗。一开始，我就在背弃乡村一代代长辈继承的生活习俗。我说，我还不太懂这些，请不要把认识一个人的过程弄得如此复杂。我劝说了父母大人，可罗姑娘在约定的时间里并没到我家。

我一直追问着她为何失约，期待她早日解开悬念的谜底。这一等，就等到我离开家去西藏的前夜。罗姑娘在信中的情绪十分悲伤，她悲伤地诉说着她悲伤的境遇，原因是她的姐姐嫁在市区，姐姐在市区给她物色了男朋友。在她去姐姐家时，那个她不喜欢的男子，强行与她发生了关系，她说她再无颜面来见我了。她惭愧死了，她的叙述里充满了苦水与内疚，信没读完，我的泪水便打湿了黑夜里的纸张。

这一切，姐姐应该比我提前知道，因为这封被打开的信是姐姐交到我手上的。我怀疑姐姐掩藏了其中的一些秘密，她知道我明天就要去远方服兵役了，她从席子底下拿出那封开过的信时，手有些发抖。我看信时手也不停地发抖，就这样，第一份不懂爱的恋情便在临行前随着泪水抖落。

之后，我便遗忘了恋爱。这件事，在我的世界里，像一块雪地，长达数年的空白。

作为一名真正的战士，不管征途的号角将他吹向何方，其身心都能随遇而安，把苦难酿成精神，把效忠家园当作成就梦想和功名的唯一。

而作为战士之母，无论儿子离她多么遥远，宽阔的思念就像大海，里面装着的永远是儿行千里的牵挂，眼睛里无限制地凝望着中国西藏，尽管没有战争，但她依然想着和平年代的硝烟是否依然弥漫。

那时，他只是西藏边防一名普通的战士，在茫茫雪域深处，已度过数载军旅时光。记得那年回乡探亲，他把这些年来的部队生活给母亲一阵诉说之后，母亲最担忧的是儿子的个人问题。于是口口声声硬要亲爱的儿子抓紧时间找一个。因为十村八里的伙子们几乎都结婚生子了，这些事情在母亲眼里当然是一种不可抗拒的诱惑。

部队规定的假期一天天逼近，母亲也越来越犯愁。一个鸟语花香的午后，母亲突然叫儿子准备准备，说是村子里有个姑娘要上门。思来想去，儿子怎么也找不出推托的理由，只好编着谎言对母亲说:“我早就有了她。”

“真的?”

“嗯!”

儿子神态自若地补充了一句:“就是当兵走时，来我们家的那个剪短发的女同学。”

其实，母亲早已想不起，儿子当兵离开家时，家里来没来过女同学。于是只好对儿子说:“好，就随你的吧，下次必须给我把她带回来。”

……

又一年，他出差路过家门。母亲向儿子招手，并问:“你给我带的人呢？”他突然暗自感到母亲望着他的眼神少了些什么，几次用迟缓而沉重的目光看着他，欲言又止。

按家乡的习惯，二十出头的小伙子找个对象，并不是很费劲。年龄一旦大了，无人问津就会成为左邻右舍七嘴八舌的热门话题。其内容多半会是有关你人品和家庭的长短。

晚饭开始，母亲端起饭碗就冲儿子说："你下次再不能一个人孤零零地回来了！别再让我看见你就心酸。"

"哎，没想到她已经结婚了。"

"结婚？和谁结婚？"

"说来说去，还不是嫌当兵的没啥钱，她当然要跟一个可以做她父亲的人生活。"

"你说啥……"

他无语。

母亲走到炉台边，盛了一碗热气腾腾的鸡汤，语重心长地对儿子说："你年龄也不小了，她既然这样选择，你也该为你和家里面想想了。"

晚上十点过后，他在床上辗转反侧，窗外朦胧的月光穿窗而过，他回忆着自己十年来的军旅时光，除了自己在怀念的雪地上撒点野，又有多少时间折叠个人的情感？而此时远在西藏的雪山哨所，上等兵鱼儿正在点击鼠标，与"传奇"过招；士官曹美人正哼着只有他自己能听懂的小调，在哨位上晃动；列兵鲍嘟嘟正抱着《孙子兵法》在那里"之乎者也"地与孙武将军神侃；归队的时间还剩下一个星期，他不知如何面对离队时给兄弟们许下的承诺：归队时将带回他们的嫂子。

然而，残酷的现实，他只能咬牙面对。

过了几天，他雷厉风行地踏上了重归西藏的旅程。走在乡间的土路上，他像黑白电影里的那个戴小墨镜、提一只黑皮箱、只顾朝前走的演员，他在心里告诫自己：别回头，别留恋，别悲伤……他看见家乡，看见朴素的家乡一展无垠的庄稼闪烁着丰收的喜悦，止不住热泪盈眶。那些欢歌的苞谷、野草和再生的晚稻成了一颗年轻的心远去的怀想。

谁也不知他在过去的军旅时光中，拒绝了多少在纸面上对他表白的姑娘。

站在那个标志为一棵树的招呼站牌下，他终于忍不住蓦地回眸，家的身影仿若瘦在了母亲的背影里。瑟瑟秋风中，他望着陡坡处翻过来的车，低头拍打着泛白的军用挎包，喃喃自语：这年头，你还能找到一份合适的爱情吗？这么多年，你究竟找到了什么——

“战士战士战士，一个小小的游子，战士战士战士，可以为人民出生入死，战士战士战士，捍卫着人民的尊严……”面对母亲的心愿，他无言以对，那些被风雪吹散的军营歌谣再一次冲撞他的脑门。

后来，我还经历过一场曾被某杂志追着采访的爱情。有些阴差阳错，也很有些戏剧冲突，在他人眼里，或者称得上轰动，但毕竟都成过去了，我统统拒绝了媒体的采访。我把那场惊心动魄的经历，深深地埋进喜马拉雅雪地，我不愿详尽书写她的原因，是它终究不适合我，也不适合她！这或许根本不是理由的理由吧。关于爱情，我懂得太晚太晚，甚至反应迟钝。而当一切渐渐清醒，爱与痛都成回忆！

梁三的嫁妆

比起内蒙古大草原上纵横交错风中撒欢儿的群羊，故乡丘陵零星站着的羊显得那么力单势薄。它们形单影只，像宣纸上几个散落的墨点，很不起眼。只是孤单的视野中，它们最易让主人辨认，它们清寂的样子更加贴近村前屋后的气场。这种气场一直萦绕着我出门在外的温和性情，它派生出一种故乡精神，多年以后还能够让我生出许多神圣又温柔的怀念。

那时，我们的土房子里不仅养羊，还养兔、鸡、狗、猪、鸭、鹅等畜禽。大人们为鼓励孩子早日长大成人、自力更生、当家做主，便让孩子们自己动手养牲畜，等它们膘肥体壮，便捉到镇上去卖，得到的钱都归孩子自己支配使用。如此模式培育出孩子生存的主动性与勤劳感。

我每天放学回家会去山坡上割一些青草，我养的兔子产量十分高。每当那些兔婆婆临产前，它们都会在地下偷偷打洞，然后紧张地从四面八方衔一些干草垛到洞底，同时，它们还会将身上的毛不顾疼痛地咬下一些，放进洞穴，为即将来世的兔崽们取暖。这是兔婆们对兔崽爱的信仰。有时，一个兔婆产的兔崽有七八只，最多的十多只，看得我心花怒放。我们将它们放入垫了暖被的箩筐里，按时邀请那些头上被红墨水打了记号的兔婆来给兔崽们喂奶，然后看着兔崽们水红色透明的肌肤，一天天长出毛来，禁不住用脸去贴近它们光滑的肌肤，甚至忍不住要将它们放入怀中，孩子般的宠爱一回。

除了感知兔与人之间的亲昵与温存，当然还有羊。

在我看来，羊是我们房子里的生机与灵魂。它是可以像人一样说话的。我几次听见羊学着一个妇人的声音，唤一个男孩子的名字——那是邻居家梁三养的一只羊。那时梁三还是一个辍学在家的白衣少年，他因为养羊，已经存了一些令同龄人羡慕的私房钱，他在门槛上坐下来数钱的眼睛，眯成了两条细缝儿。据说，那是梁三养的第三只羊了，梁三与羊的亲密关系就像孪生兄弟。阳光下，羊在坟地里吃草，梁三就躺在羊的肚皮下双手抱头望天，好像他不是娘生的孩子，他是和羊一起长大的兄弟。羊移动脚步，梁三在地上也跟着滚动身子。梁三一边望天，一边用十指替羊来回梳理毛，他生怕羊不耐烦，还特意将坟前墓碑上的名字念给羊听。梁三的声音正处于变声期，他念出的名字暗沉沉的，可能只有他的羊懂——因为那个名字也是羊。

其实墓碑上写的并不是羊的名字，只是坟墓的旁边葬有一只死于难产的大母羊，梁三眼前的这只羊就是从那死去的羊腹中掏出的小羊羔。这只羊的毛像是被抹了清油一样，亮光光的。它的幸存最初是由梁三一碗一碗的米汤灌喂换来的。梁三用脸贴近羊毛，眼睛微闭，表情沉醉——实际他心里在祈祷：羊啊羊，千万不要再有任何闪失。

羊朝家的方向咩咩咩地唤几声，梁三就站起身，跟着羊咩咩咩地唤，直唤得天边的斜阳在山连接山的中间拉直了线条，看上去宛如蓝焰，然后，梁三一脸灿烂地牵着羊回家了。

那是我听过的故乡丘陵黄昏里最美的声音。

一个穿白衣的男孩子与一只清亮中透黑的羊混合发出的声音，让我看清了一座古老房子干净又高贵的血统。我们那里习惯叫房子，不习惯叫村庄。许许多多的人家挨在一起的房子叫大房子。那些牲畜，就在房子与房子之间的巷子里自由穿梭、生儿育女、闭上眼站着睡觉。

梁三的羊是最具有人性的一只，羊走在梁三的前面，梁三遇见人打招呼，常常是“咩”的一声，算是作了回应。梁三遇到不喜欢的人，就从鼻孔里发出短促的“咩”，看都不看对方一眼，若是遇到自己很不喜欢的人，梁三连“咩”的一声也忽略了，他的世界里似乎只有他的羊。有时与梁三打招呼的人听见他学羊叫声，而不是正常的人声，便会骂他一句屁眼虫。这时，梁三会得意地连续发出几声“咩——咩——咩”，当骂梁三的人回头看他时，梁三已经像羊一样高昂着头跑出好远好远。只有羊跟在梁三身后。在梁三“咩”的声音里，羊常常会忽然停下来，回头望望与梁三的距离。望着望着，梁三便出现在羊的前面了。羊的眼神有些落寞。梁三把羊牵到指定的吃草的位置，拴在树桩或遮阴的竹林间，便去山坡上干活。临走时，梁三还会蹲下身来，慢慢地、轻轻地把羊身体的每个部位拍遍。当山坡上的妇人呼唤梁三时，梁三便会懊恼地发出三声“咩”，一声比一声长，此时，羊偏着脑袋望向梁三，梁三已经彻底跑出羊的视野。

羊咩咩咩地唤了三声。音质很轻、很脆，像风不经意碰到了笛孔上的膜。

羊呆呆地望着梁三奔去的方向，一个上午，或一天，就这样被它站着望过去了。每每黄昏，梁三又会放下手上的活路，跑来接他的羊。这样的习惯从没被打破过。梁三去接羊，那庄重的样子好像一个刚刚下班正去学校接孩子的家长。这时，梁三的羊早已经站着睡着了。梁三轻轻地咩了一声，好像在说，喂，伙计，你该醒来了。羊睁开眼，打了一个响鼻，不停地朝梁三怀里钻，天地旋转，人和羊的声音便填满了一条绿色浩荡的山冲。

山坡上干活晚归的人听见人羊交错的声音，又在骂梁三这个屁眼虫了。其实，梁三不是屁眼虫，他只是一个学会了像羊般轻声呢喃的孩子。他渴望早一天走出这座房子，因为他害怕自己的未来会像哥哥的命运那样成为光棍。羊让他懂得了早熟的好处就是存更多的钱，他知道羊的快乐成长对于他意味着什么。

有一天，一个声音忽然打破了黄昏的秩序——那是梁三的声音。但更多人说是羊的声音。当三重奏的“咩咩咩”声飘荡在大房子的上空，所有的人和牲畜听到后都开始抽搐。梁三在地上抱着他的羊打滚，他滚过泥潭，滚过黄荆条，仍没滚回羊的性命。梁三咩咩的声音在柔软的风中越来越微弱，他的嘴里吐出一团一团洗衣粉似的泡沫，直到那个骂他屁眼虫的人赶来，狠狠地摁住他鼻梁下的人中，梁三醒过来，又一阵气震山河的“咩咩咩”，这回不是三重奏，而是九重奏。

在梁三快乐的期盼里，羊就这样突然停止了成长。羊再也不能陪他一起咩咩咩地叫了——那是一个狂热的夏天午后，梁三正在山上撕

玉米棒子。竹林里的羊因抵不过高温的热浪，不停地在几株竹子之间打转，转来转去，能活动的范围越来越小，拴羊的绳子与竹子纠缠在一起，羊来不及向梁三发出“咩”的声音，便口吐白沫，窒息而亡。

房子里的鸡们、狗们、鸭们、鹅们，能飞会跑的都赶来了，山冲那边的人们也赶过来了，所有的目光都齐刷刷地落入梁三和羊的眼睛里，世界上再没有一种多余的声音，羊和梁三像是安静地睡着了，只看见梁三嚅动的嘴唇里滴落着一个又一个无声的“咩”字。

黑夜难受地收光了。

……

梁三被山里女人招亲上门那年只有十七岁。听说他离开家，身上披着的唯一值钱的嫁妆，是一张羊皮。

丘陵里的故乡，几年没回，转眼又瘦了几圈。涛卷云飞，花开花落，房子不再是过去的大房子了，倒的倒，塌的塌，碎的瓦片拌着泥浆慢慢地堆积成废墟。房子里的人少了又少，地上跑的飞的也不多见了，太多往事从完整走向残缺，任凭风的描绘，也打捞不起流失的雨，一次又一次回乡探亲，一次比一次感慨凋零，我有多久没见到梁三，就有多久没见到羊了。

不喜欢草的母亲

这件小小的事情，就发生在这个悄悄来临的春天里。

这些年，我经常到外游荡，遇到养眼的花草树木就会花钱将它们买下，抱回高楼里养起来，就像好些人热爱豢养宠物，有的草儿甚至是我从城外的山中采挖回来的。还好，这些草木不负我望，长势诱人，且也喜了更多宾客。一年四季，家中都可见绿，尤其阳台更是绿得让人赏心悦目，有远道而来的朋友居然夸我是植物们的好医生，原因是他们觉得心仪的花草从来没有被他们的爱种活过。

有一天，我在给植物们松土喂水时，发现一个废弃的花盆里生出了星星点点草芽，它们低矮的样子犹如油菜籽刚冒出地面的嫩芽。看着它们醒目刺眼的样子，我做了顺水人情，给它们也喂一些水。哪知，相隔几天时间后，它们便一头窜出盆沿，变得绿油油、活脱脱，让人格外兴奋，真不知它们还会长成什么样子。常言道：吃了人家的饭，就得长给人家看。想必这盆野草是在还我的滴水之恩吧。于是，到了给植物们喝水的时候，我会特意先关照它们。

可自从母亲住进我的城里，这盆长势迅猛的野草的命运就发生了逆转。

母亲常年住在乡下，与庄稼打交道是她生活的全部。可以说，母亲的命运从来没有离开草。母亲年轻时，每天早出晚归，风雨无阻，当满身的露水被太阳吸干后，她便扛着草向生产队保管室走去，她要找保管员称一称草的重量，上了五百斤才算完成当天任务，可以换取劳动工分，得以艰难地生存——这是母亲卷起裤腿、冒着生命危险从那些悬崖峭壁上割回来的肥肥的牛草。后来，拥有自家的土地后，母亲与草的关系更加密切。为了获取一个好收成，母亲绝不允许草儿们影响庄稼的生长。母亲没有朋友，庄稼就是她最信赖的朋友。在一个农妇眼里，草就是她和朋友亲密的敌人，草就是庄稼藏匿的毒，这是乡村哲学，也是母亲的哲学。只要发现田间地头的草稍有猖獗，母亲便发动父亲扛起锄头与她一道去除草，就像理发师手持剃须刀，一棵一棵地剃，直到庄稼地变得平平整整、干干净净，直到过路的人，向他们和庄稼投来美丽的微笑。母亲继续穿行在分行的庄稼地里找草算账，她时而佝偻着身子，像一个寻找草药的医生，时而举起锋利的锄头吆喝一声，一锄将新发现的野草干掉，她的行为好比打黑除恶的英雄，在那些蓄势待发的庄稼面前，她必须展现一回英雄本色，然后将零乱的草堆放在一起，等待风和阳光把草晾干，燃成灰烬，化作肥料，让土壤更肥沃地供庄稼生长。

在我的乡下老家，庄稼地里若能看到草儿的影子，必将引来过路者的七嘴八舌，人们多数会责备女主人的生活太过潦草、懒惰，太不会搞干（过日子）。母亲不允许听到关于她的闲言碎语。她只希望看到她庄稼的人个个都微笑，正如她的庄稼时刻望着她微笑一样。此时，庄稼地里的母亲早已装满比诗人更富才情的哲学思想。母亲是大地上最伟大的诗人，庄稼就是她最美的诗。这是对庄稼人最佳的认可，也是对母亲最浪漫的赞美。因此，母亲的庄稼地容不下半棵草。有事无事，母亲都顶着草帽在庄稼地守着，就像猎人守候奔逃的动物。

我真正赞美草、依恋草也是进入城市之后的事。在我的城里，建筑每天都在疯长，其速度远远胜过草的生长；马路年年都在扩建，只是越来越难见到草，路边缺少了草，总感觉眼睛里少了点儿什么，似乎永远修不完的就是街道了，莫非街道就是用来反复改造的城市摆设？因此，我的城在轰鸣的街道边日夜经受喧嚣的折磨，那些被铲出地面的草儿成了无家可归的孤儿，它们是穷人，它们是不幸者，它们在城里没有可靠的朋友，它们总是被搬来运去，最后连根也生不稳，就因为它们的名字叫草，所以最容易被拔掉；在高空的梦中，窗外的风暴常常将我惊醒，我听见草们的呻吟、哭泣、呼喊，它们仿佛在向我招手。与草相依，是我保留的草根的唯一气息，草是这个城里我最核心的朋友。

因此那一盆野草突然被连根拔起，晒在阳台上，奄奄一息的模样，足足让我惆怅了片刻。在我眼里，没有了青草的花盆，泥土顿时变得苍白、空虚，光秃秃的，光景衰败又无力，掏空了绿色的花盆又成了死花盆。似乎原本在草的沉浸中获得的宁静又被自然推向了旷野的城市。我想这样的事，也只有闷在家无事可做的母亲干得出来。因为母亲看不顺眼草，她不愿草占据她的生活，在母亲眼里，草就是荒芜，草就是灾难，草就是一无是处，她不知道她的儿子正需要草一样宁静的生活，她更难理解草对于一个出生于农家却被困于现代城市生活的理想者来说有着多么重要的意义。

我丝毫没有责怪母亲的意思，只是在几天后的一次谈话中，若无其事地提及了此事。我说，嘿，妈，你把那草扯了哈！母亲说是我扯的呀，这些天天乱长的草，一天比一天长得多，害怕以后不好收拾哟。我说，扯得好，扯得干干净净的，妈，你还是改不了勤快的老习性。坐在一旁看电视的父亲听我难得地夸赞母亲，转过头，乐呵呵地笑。

我笑不出来，我在想草。活在这个城市的每一个角色都可以是一棵草，或许大家都有开花的机会，只是总有些人根本等不到花季来临，他们总是倒霉、纠结，被人算计，最终夭折——多年以来，正是那些不开花的草让我看清了大自然最本质的生活。同时，我看清的还有我自己！当古老的一切被机器碾碎，宁静便显得极其珍贵，当人被卷进城市的速度之后，那些仍然渴望返身向慢的人，就有了草的气场。我常常提醒自己，面对纷繁的生活，要像草一样冷静，不要忘记地平线，草就是“慢”，草就是乐趣，草就是底蕴，草就是宁静。而这种贴着地平线思考的慢和这种宁静中的乐趣，正是草的精神气节，当然不是说人要刻意回避所有的应酬，有意义的聚会其实是人内心的一种需要。城市越大，人心越被挤压，是大城里的小时间和快速度剥夺了人的兴趣和宁静，人不知不觉成为快的追随者，也成为信息时代的抵押品。何为慢生活？就是懂得品味一棵草的心情。或许，这种心情只会赋予那些认真和孤独的人，赋予那些让自己慢下来的人。

当人的灵魂被野草塑造时，得到的或许就是整个春天。

母亲不懂这些，她只懂比草更难的永远是生活。她害怕重蹈覆辙，她不让草耽误孩子的生活，因为孩子是她一生不离不弃的庄稼。

背对父亲

人，没什么也不能没有历史。

因为有愧于父亲，我必须翻开这一册苍黄的书页。作为“责任”的代名词——父亲，我也曾怀疑他有愧于我从未见过面的祖父。父亲是个兵，前世的账本在下笔之前，我就发誓不再追根溯源，那仍将是遥远的痛苦、徒劳的工程。但我与父亲之间的这笔“账”，已沉重地堆积在书桌，如不拂尘，容易凝固案卷。有一天突然忆及的时候，它已飘逝得再也无法拾取。

岁月撕开夜的伤口，思想总是死灰复燃。

幻想做成功儿子的诺言不知许了多少年；

幻想做孝顺儿子的惆怅不知愁到哪一天；

幻想做完美儿子的梦想不知梦过多少夜。

这个梦，一直伴我走过花季。直到昨日长风横扫三百六十五张纸片，我才恍然大悟：我又长了年岁，幻想的花朵凋落多少？我为什么还要举着虚假的面具继续幻想！幻想啊幻想，你欠父亲太多太多。

其实，父亲的账本已在数年前被我携上高原。屈指算来，它深锁在心坎已十载有余，今天终于忍痛翻动，尽管已零乱如发。

父亲朝着天空吐烟圈的时候，我离开了他。起初是在离家很远很远的异地求学，后来是在异乡的午夜一阵漂泊，再后来就是那天穿着空荡荡的军装挺进茫茫青藏……

父亲第一次向我挥手的动作帅得掉灰，他手指间的“五牛”正冒着一缕五光十色的雾气。他好像没有看我，又好像在看我。每一次想着他曾有过的年轻，这个世界上就多了一个经典的背影。

总以为夜以继日的伏案，能唤起父亲更年轻的微笑；仿佛我心灵跋涉的文字都是为了擒捕一个久远的童话。

总以为身在他乡，就会有报恩日子；仿佛长大成人离开父亲只是为了破译一个词的内涵与意义。

总以为一路奔走，能为父亲开出一朵亮堂堂的晚霞；仿佛我已看到不远处那火花涌现天边的道道霞光。

那可是晚霞？我究竟看到了什么？天空的表情总是不阴不晴。当“总以为”成为“终以为”的现实主义，我却惊心动魄地绝望了。父亲在不经意中衰老，他早已抡不动手中操持了几十年的“武器”，看见他秋风中飘摇的白发我就汗颜地背过脸去，背对父亲。这显然是一个极其被动的动作。我的笔尖由此指向“被动”，因为除此以外我不知道还有什么词可以更准确地描述我不由自主移动的身躯。那一刻，我好像忽然想到了好多事情，又好像什么也没想到。本以为我手中那些大大小小的证书和阳光叠韵的诗篇是可以减缓岁月沧桑的步伐，哪知我太虚荣，父亲太务实。

我欠他的这些早已无法形容。

总盼望有一天衣锦还乡，能给父亲沏上一杯悠悠岁月酒，然而无论怎样，我努力创造的结果依然离他的期待很远很远。

譬如那年六月，同乡入伍的战友捧着一本红通通的优秀党员证书回乡溜达，正好碰上父亲六十大寿。聚会的客人和父亲见了不禁眼红，而我当时正在四季与雪相依的边防仍然保持天真和梦幻。父亲得知很不高兴，怪我眼前利益不要，怎求得了未来。多年以后，我才可以想象父亲当时黯然神伤的模样——他把一支点燃不到一秒钟的“五牛”干脆地丢在地下，用脚狠狠地踏在上面。

当懂得回忆的时候，时间已把懵懂洗白。我开始清醒地认知世界和自己。时间在停止，青春已流逝，我记住了十九岁在边地的彷徨和无助，是一缕月光给了我温暖如春的慰藉。而今，忧伤也好，幸福也好，正如我厚着脸皮还不清父亲的“账”一样，日子依然变化多端地影响着我的生活、身边的人事，日常生活的烦琐已不容我伤感地对父亲倾诉内心最直白最渴望的话语。我怎能面对父亲呢？父亲的生命履历同样记载着远征西藏的绿色岁月，当年他欠祖父的或许比我现在欠他的更多、更多……

能做完美儿子的人一定可以让自己的父亲永远不老，就像山上那些常青树一样。然而是冬天来了吗？几片被风移动的叶子，在空中旋了几圈，“哒——”一声抖落在地。这细微的声音不禁让我抬起头来，阳光冷冷地，我拉了拉脖子上的围巾，望着掉光了叶子的枝条，疑似昨夜我失落的梦。

我的确是希望挣更多的钱，让父亲和母亲的生活好过些，也让自己的生活好过一些。我曾在父亲面前吹过大牛皮，说：我以后要用稿费给你买一架声音最棒的钢琴，让你天天干活累了就坐下来弹奏世界上最美的曲子，到那时……唉，结果到现在我的钱连钢琴的琴键也买不到。想起这些永远未遂的心愿，真令我疲惫不堪，自然知道老了的父亲更情愿我有时间多回去看看他，可我总是忙，忙不过来。

得知父亲丢掉自己干了一辈子的那几亩责任田，恋恋不舍地从田间走向城市时，是手机里刚刚传来的短信。哥哥接连发了几条消息说，父亲决定离开村庄到我所在的城市，每天在厨房里等我坐双层巴士下班回来一起吃饭……

我在想，父亲来到我身边的时候，我能不能面对他把我记下这些“账”的本子统统撕碎？又或许我的父亲压根就不认我这笔账呢，甚至骂我这个忧伤的年轻人多此一举：父子之间存在的只有历史，至于账嘛，我是从来没有听说过的了……

为此，我还是只能背对父亲。

在西藏的时候，感觉时间过得很慢，可一旦进入城市，时间的流逝就让我感到无限的恐慌，无限的时间从我眼里像轴承般滑动，滑动，滑动，摩擦着心灵的痛痒，年轻的心也有流血的时候。

到如今，父亲也没有进入城市。我只算个城市里的乡村寓言者。

常常一个人站在窗前，看着不断冒白汽的开水，手握一把苦苦的荞面，伸出头去看楼下喧嚣的人群，他们当中当然没有父亲的身影。当喧嚣继续喧嚣的时候，当太阳的光芒每天准时从窗口跑到邻居的屋檐上时，我总会许下心愿：愿我的父亲继续年轻，天天健康，好让我继续放心地在他面前赖“账”，放心地在外面飞来飞去。

有时，在我忽然转过身来的时候，眼前就会浮现一艘船，上面坐着我的父亲，我听见他摇桨的声音，摇呀摇，摇呀摇，摇曳在乡下与城市之间的大海上，他向我招手的动作笨得像我第一回出门远行的陌生。

我痛下决心，三十岁以前背对父亲，三十岁以后面对父亲。

何首乌

甲午马年春节我没有回家过年。不是我不想回家，只是成家以来我第一回不知道家究竟在哪里。面对一年中的头等大事，我该何去何从？岳父所在的县城离我的省城有三百多公里，他倒是提前发出邀请让我回他身边过年，并说好派车来接我。然而，想着妻子工作的时候正是春运高峰时期，怎能丢下忙碌辛苦的她独自一人回去？于是干脆留下来，带着孩子守在家里，成为她与旅客开往春天的守候。

妻子的工作是跑动车，她对待工作的那份认真细致的态度已催生了头上不计其数的白发，但她无心顾及那些恼心的白发。常听她说，动车乘务员的工作细节要求比空姐还严格。说完，她拉着粉色的小提箱便匆匆出门了。

当我开始讨厌过年的时候，我不得不承认自己的生命已历经沧桑！过年总让我的念想四分五裂。

几个月前，父母以不习惯大城里的生活为由离开我所在的省城后，并没有回故乡，而是折中选择离故乡不算太远的市区租赁房子居住生活。看样子，他们已经熟悉了小市井里大菜市的气息，每天游走在一棵葱、一朵莲花白或一块肉结账的小日子里，连幽深巷子里的磨刀老汉和卖老鼠笼子的小贩都成了父亲熟悉的朋友。父亲没事总给那些小生意人带买主去，有时他们会站在地摊前，手里比较着一个个铁笼子，摆起谁家的笼子昨夜又关了一只老鼠而呵呵呵地笑。

然后，他买完菜，经过一个摆地摊卖中草药的老者身后，便会久久地停下来。

终于有一天，父亲从老者那儿知道了何首乌可以治白头发。

与父母的租赁房隔条小河的坡地上长满了青冈树。树下生长着越来越多的高楼，密密麻麻的高楼。里面住着哥哥与一个女人。而哥哥的女人和孩子却住在另一个乡下，那里离这市区有十多公里。

哥哥是我们家中最早离开家的人。他十五岁就跟着那些壮汉进城做苦力挣钱补贴家用，那时我念书的学费多是哥哥的血汗钱。比起我，哥哥更不善表达。自从告别军旅，一年之中，难得与哥哥见上两三次面，我们却总是哑弹来，哑弹去。哥哥只知道干活，在工地上有“拼命三郎”的绰号。哥哥面对世界的表达方式是酒，而我在迫不得已的情况下则多以文字为主。从在西藏提笔写作的那天起，小时候的语言天赋完全丧失在远方的文字里。

现在的我，与年少的我已判若两人。面对浩瀚的天宇，我常常为自己的无知谨慎得无话可说。更多时候，我拿沉默赌岁月。我不会主动去交朋友，但朋友不交自来，我一生中最多最好的朋友注定是文字。哥哥的朋友都是像他一样懂得工地上的那点简单事儿，又没什么城府，他们在一起从不计较人性的弱点。

累了的时候，哥哥与工友喜欢在小街边弄点猪耳朵、花生米，大碗大碗的烧酒喝得昏天黑地，然后傻傻地倒在路边。那时，哥哥一个人喝两个八两不是问题，超市里的那种干面条买一把煮了还不够他一人吃。这些是他后来当上工地老大的资本，但也为他现在的身体状况埋下了祸根。

很不愿意说哥哥身边的这个女人，搞不清那个女人是不是趁哥哥喝醉的时候潜入他内心的。哥哥从不与家里的任何人谈论那个女人，我们对他们的事知之太少，可事实明摆着的是老老实实的哥哥有了情人。这是故乡的玉米和麦子等农作物完全看不明白的现实，更是我们蒙在鼓里的现实。哥哥一直是庄稼们信任的忠实朋友，也是我们心目中老实的榜样，他怎能在风吹麦浪时越雷池？因为此事，哥哥成了我在时间背后越想越陌生的人。据说那女人最初只是在哥哥的工地上老老实实地煮饭，后来渐渐帮哥哥管理账目。哥哥对数字比我更陌生和迟钝，因为他只上过三年小学，那个女人比他多上三年。哥哥包下的工地都是别人包进包出多次的活路，弄不好下了苦力还要倒赔钱。嫂子当初就是因为这才不与哥哥继续工地生活的，嫂子卖猪的钱也拿给哥哥当工资发给了工人。

哥哥伤了嫂子的心。

多年以来，哥哥只熟悉工地生活，他闻惯了泥土与尘埃的味道，就像我钟爱墨水的清香一样。哥哥烦恼的时候就喝酒，酒成了他无言的朋友。我遇到人生困局时，文字总是我最青睐的战友。在工友们嘴里，哥哥是赚了不少钱的包工头，他辉煌时有一百多号工人靠他吃饭。几十年的苦力生涯，市区周围大大小小的基建工地都洒下了哥哥的汗水，可哥哥却没有在洒下汗水的地方拥有一扇小小的朝北的窗。在我那渐渐长大的侄子承认当年在工地上除了煮饭偶尔还送他去上学或理发的女人与爸爸有着分不清的关系后，他们的父子情受到严峻考验。

侄子毅然去了杭州打工。他不愿意再看到家里的常景残情，抛下正生病住进医院的爸爸。我几次接到那女人打来的电话，她遇到哥哥的事情总会选择给我打电话，她希望从我这里为她的身份找到准确的答案。但哥哥从不在我们面前说出他的尴尬与无助，即使生病住院，他也没有一个口信。他的沉默究竟代表了什么？是为了保守与那个女人之间的秘密？

无人知晓。

女人在电话里描述了哥哥严重的病情，同时也宣告了她一个人的无力，在未得到我任何答复的情况下，她发誓要与哥哥守候一生，哪怕让她卖掉自己的房子凑医药费，她也愿意，她只期望哥哥有一天能给她名分。她更希望我能督促哥哥给她解决名分。

哥哥和女人之间的事，是我遇到的比复杂文字更难解决的事。因为完全看不明白他们的事。父母和我的三个姐姐也看不明白。无奈之余，我只好把此事告知给大姐。

大姐和大姐夫听后束手无策。大姐夫埋怨哥哥当初不听他的话，因为看不惯哥哥与女人的事，大姐夫离开了哥哥的工地。大姐说哥哥得病都是因为乱喝酒。她记得哥哥有一次喝醉了给她打电话，让她把腊肉香肠煮好等着他去吃。

大姐知道他又醉了，并不把他的话当回事。

我们五个兄弟姐妹的家隔得有些远。我是最后一个从童年的家中分出来的，在岁月的长河中不断迁徙二十多年后，我在远方已成长为一个人的自然村，而最初的村庄，早已崩溃。炊烟不见了，牛羊离散了，水里的鱼儿枯死了，山坡上的麦子越长越野了，所有的芳草将往事一幕幕倾倒，又竖起，又倒下……

一直忠实于土地、依赖于庄稼的大姐与大姐夫四年前第一次乘坐飞机到了上海。在飞机上，一个坐在旁边啃着大苹果的老外把他们看了又看。他们也把那个大苹果看了又看。老外与他们久久的对视引来了空姐警惕的旁观与久久的审视。大姐无视空姐的存在，苹果的香味促使她从编织袋里取出一个洗得亮光光的大红苕，也开始拼命地啃。大姐因为从没坐过飞机而兴奋得两天忘了进食。

此时，她真的饥饿如虎了。

老外看着大姐猛啃红苕的动作，眼睛瞪得比苹果还大。他呆呆地看着大姐手中的红苕，一言不发，直到他手上的苹果无声地掉落在地。许久，他终于发出一声尖叫——Fleeceflower Root（何首乌）。机舱里醒着的人都被这一声尖叫吸引。老外在众目睽睽下缓慢地从包里取出又一个大大的苹果，递给大姐。他一边递，一边指指大姐手中的红苕，又指指他自己手中的苹果——他想用苹果换大姐的红苕。可是大姐听不懂英文，她不知老外究竟在表达什么而只能摇头，不愿接受老外的东西。

……

下飞机了，老外站在电梯边看着大姐渐行渐远的背影发呆。

大姐和大姐夫擒着几包家什高高兴兴地去给上海老板看守大门、

打扫卫生、喂狗，偶尔在园区捡点废纸壳卖，这样的生活让他们的确感受到了中国式的底层微幸福，他们每次说话的那个意思是不愿再归故乡了。

四年了，大姐与大姐夫已经四年没回故乡，他们打算再过三年，多存点钱回故乡看看。我为他们的坚持确信自己找到了幸福的源头感到高兴，或许在他们心里，一生除了生存，无所谓他乡与故乡。逢年过节，他们从没有打电话问候亲人的习惯，这与冷漠真的无关，因为他们还没有习惯在电话里诉说思念，像所有故乡人一样，他们习惯了把难以启齿的爱或思念闷在心上，只是我在下班路上有时会忽然想起他们告别故乡远赴几千里的现代大都市已经四年不曾谋面，便急起直追地拔一个电话给他们，我并没有什么重要的事找他们，像我这样被同事理解为从不串办公室的“闷骚”型人，在电话里更说不出爱与思念。

我年轻时写过不少烂诗，除了在纸片上，我还在真丝哈达上写下过爱。可是当我真正懂得爱，却说不出口了。生怕这个字说出，风就为它涂上了釉。在我的意识里，心里藏着的爱总比说出来的爱干净、保暖、安全。大姐与大姐夫不回家过年的理由很简单，也很真实——土地上的活，让他们不仅赔了苦力，还倒贴了钱，在外打工，不仅每年可以存些钱，也远没种庄稼那么累，他俩以每月加起来能拿到3000这个数字而幸福、满足。

我能感受到土地曾经给他们带来的沉重与阴影，他们并没有抛弃土地，在他们的心里，在庄稼人的骨骼里，他们永远抛不开土地，但土地却在他们离开故乡的日子里抛弃了他们，然后悄然跃上一沓红色文件与白纸黑字的合同，最后名正言顺地划掉了他们是土地主人的身份，这是故乡土地变革的悲剧，农民不再做土地主人的悲剧。但他们并不知道悲剧是怎么发生的，他们还在别人的城市里踮着脚试图把重心练就得稳一点再稳一点地去爱老板们抒情、歌唱与谩骂的城市，实际上他们的努力是在用另一种劳动方式修补或改变土地在他们心中的创伤与疼痛。

直到元宵，我才回到父母身边，召集哥哥与两个姐姐聚了一次。这也算我们重要的“年”吧。我为只给了哥哥两百块钱感到难过，我能做的只是查问哥哥的病情，陪同他去医院输液，然后带走他的病历。我记得在我接到那个女人焦急的电话之后，我立马求助军内医学界高明的相关专家询问有关肾衰的治疗方法，专家说哥哥正值身强力壮的中年，只要注意饮食起居，完全有能量战胜疾病。

我不停地为哥哥祈祷！

饭后，我和姐姐去父亲每天转悠的菜市逛了一圈。姐姐在父亲的带领下买了一个关老鼠的铁笼子。不知不觉，我们就跟随父亲走到了那位卖中草药的老者身边。父亲给我买了两个大大的何首乌，让我拿回去给妻子治白头发。我双手把玩着这看上去和故乡随处可见的红苕相差无几的何首乌，只是它比光鲜的红苕多长了一身皱纹，看上去十分沧桑。

老者把何首乌放进秤盘后，报了一个价。可父亲看了老者一眼，对老者比画了两个指头，声称自己是每天路过此地相见的人。姐姐在一旁仍嫌父亲的还价太贵。老者看了父亲几眼，又看姐姐，他脸上皱巴巴的纹路与何首乌的表情不分两样。最后，老者依了父亲的还价，成交。

趁天色还早，我便提出不如回老家走一趟。两个姐姐欣然允应，毕竟我们一起回老家的经历极其难得。父母暂住的市区离老家有三十多里路。一路上只看到形销骨立的山水，不见过往熟悉的人。田野里杂草萋萋，小花儿无名地开着；山坡上，有几缕淡淡的柴烟向着浅得发慌的天空无力地滚去，那是孤独的庄稼人正在翻新春天为播种积肥。不远处，几个陌生的少年从橘子园里钻出来，他们手上并没有红红的橘子，而是各自拿着手机在把玩游戏。附近的商店里，几个零星的妇人围着男人们看打麻将。

旁边那幢格外显眼的楼房就是外甥的家。

我让外甥先把车停下来，车上载着从城里一路跟随我们回乡的父母。我和父亲慢步走到山坡上，张望着不远处那一幢被竹林掩隐的旧居——那是我的出生地。而母亲和姐姐则被熟悉的人们拉到一边拉起家常。父亲走在前，我跟在后，稀落的油菜花挡住了父亲的半边身子。父亲年轻时的身材只能勉强算中等，可如今老了却一天比一天单薄瘦小。然而，在我的心里，父亲的背影总有着一种岁月更改不了的伟岸。我们彼此都没说话，只是朝着那个地方凝望着。我在凝望的时候，用手机悄悄拍下了旧居，其实我是为了拍父亲的背影。父亲身着毛蓝色的风衣，双手插在衣袋里，他独自默默地背对着我。父亲在想什么？我背对着旧居，也背对着父亲，淡淡的雾霭弥散着荒凉的花香！我蹲下身子，看着那些在枯枝中绽放的野花，尽可能地幻想父亲年轻时的模样，可无论时光如何倒回，我最初认识的父亲都已苍老，像静静的何首乌一样，难道此时年老的父亲还想贴近对面曾经人丁兴旺的村庄吗？

我们的村庄已经回不去了，那儿除了坟墓，找不齐半桌人了。

虽然我们站在面对村庄的山坡上，可空空的心境却背离故乡太久太久。我们，包括哥哥姐姐以及母亲心里都被一个敏感和巨大的词汇——“流浪”充满，姐姐们还好，但是我、母亲、哥哥、以及父亲，我们都没有勇气再回眼前的旧居，雨水和无边的寂寞早已把那耀眼的红砖土瓦涂改得又败又阴——那曾是父亲和哥哥在我当兵离开土房后齐心协力在村庄里修建的第一座楼房，那是他们当初的荣耀和辉煌。可如今空空的楼房却毫无疑义地指涉着我内心的孤独，也指涉着父亲内心的生活：那还是我的家吗？

此时，望着川南的阴雨天，父亲已看不清通往家门的那条路。他尽可能地不让我看见他的眼。我看见父亲被油菜花包围着，他眼里的油菜花让他的脸发红，眼睛发黄。我懂了，世界上最孤独的人是父亲！

终于，我忍不住转身向着开车的外甥挥手喊了一声：走！

等——等。

姐姐和母亲，还有两个外甥女正对着一片绿绿的缠藤在搜寻着什么。我跑过去，摸了摸那些披在山坡上长得像庄稼人用来喂猪的红苕叶。姐姐说，这不是何首乌吗？此时，父亲也走了过来，他折断一根，放到鼻子边嗅了嗅，然后摇摇头。路边一个举着锄头翻地的庄稼人听见我们的议论声，停下来，朝我们摆摆手，说，不是，要是何首乌，早被人挖到街上去卖了。原本，我打算弄一枝拿回城里栽进盆子，可听了庄稼人的话后，我把摘的那一枝扔在了路边。

姐姐回头望了一眼那株根须泛红被我丢掉的藤缠，眼里装满了失落。她正在为一天比一天多起来的白发感到失落！

回到城里的那个下午，阴霾的天空飘洒着雨丝，我正蒙头大睡，忽然一个急火火的电话赶走了我的疲惫。没事的时候，父亲一定不会随意打电话来，这是他的习惯。

父亲急火火地说，何首乌千万不能直接泡水服用，会拉肚子，你一定要先煮熟，再切片晒干，加点蜂蜜泡开水服用就安全了！我顿时清醒起来，想这一定是那个卖中草药的老者告诉父亲的吧！

晚上，我把我回乡得知的哥哥病况告诉了远在上海的大姐。她听后，忽然像发现了什么似的，高声叫道——何首乌。

何首乌？我只知道可以用来治白头发，哥哥这病也行吗？

何首乌降血压、补肾……不信，你去问医生吧。大姐说，这是一个外国医生在飞机上告诉她的。当时，还有人替他们做翻译呢。

我迷迷糊糊地嗯了一声，挂掉电话的一瞬间，忽然看见手机里的自己，一头白发。

江　湖

我去大姐家穿的新衣服，是母亲从邻居那儿借来的。邻居小伙伴与我同年同月生，只比我年长一周。那是一件毛蓝色的中山装。走得太累的时候，也舍不得在路边的花田里坐下来，我生怕灿灿的野花染黄了这身借来的衣服，而还不回原主。

七岁出门远行

如果时光能像卡带那样倒带，我最愿意定格的是七岁那年的夏秋之交，哥哥领着我第一次去大姐家的经历。

那时村子里每家每户的人口都多，有的人家甚至有十七八口人。印象中，我们村子里嫁人的女孩，结婚的年龄都很小，包括我的大姐。

我去大姐家穿的新衣服，是母亲从邻居那儿借来的。邻居小伙伴与我同年同月生，只比我年长一周。那是一件毛蓝色的中山装。走得太累的时候，也舍不得在路边的花田里坐下来，我生怕灿灿的野花染黄了这身借来的衣服，而还不回原主。

哥哥拉着我的小手，说，走快点吧，过了远处看得见的那条马路就离得不远了。我踮起脚尖，看通往马路的小径还蜿蜒着远得很呢，于是央求哥哥背我一程。哥哥耐不过我的纠缠，背着我就像背一袋粮草——他从竹林人家抄了一段近路，虎生生到达那条马路，然后把我放在路中间，指着前面的竹林，说，那就是大姐家了。

因为过于兴奋，我平生第一次听见自己怦怦响的心跳。

大姐看见我和哥哥到来，满脸堆笑，没有吱声，跑进屋里用山楂花瓷盆给我们打了一盆热水，将香皂在毛巾上摩擦几下，然后再把毛巾在脸盆里透了又透，继而用力扭干，递给我和哥洗脸。接着，大姐在蜂窝煤灶上煮了两碗荷包蛋，放上红糖，端给我和哥哥吃。

大姐夫个子小小的，是砖瓦厂的烧窑工，他看我和哥哥吃得津津有味，于是伸手扯亮墙壁上的电灯，我和哥哥仰望着发亮的25瓦灯泡，仿佛仰望一个奇异的世界，灯光的闪亮与寂灭来得如此突然，我们的目光被久久牵引。咱家里的煤油灯与这电灯差别大着呢！难怪那么多邻居伙伴都嚷着想来看大姐家的电灯。

大姐家的屋门口，码放着几排泥瓦和泥砖，我穿行其中，怎么数也数不清，它们排兵布阵的架势看上去十分壮观。但在阴雨天里，它们只能躲在稻草衣下面，悲伤哭泣，它们等待阳光的心情可想而知，惊恐、忧虑、急切，它们恨不得早一分钟被阳光吸干身上的水分，然后争先恐后地被光着膀子的大姐夫，用拖车拖进红火火的窑子里密封烧烤，一周后，它们就以脱胎换骨的姿态获取崭新的生命意义，继而怀着美丽的心情，迎接主人前来认领与挑选，它们再也不必担心什么，个个都将有美好前程，远方等待它们的不仅有正在长高的华丽大厦，还有乡村一年年多起来的红砖小屋。

出窑的日子，我终于见证了它们的蜕变！

窑子的竹林边，有一条没有铺石子的土路，上面铺满了被烧过的煤渣，来来往往的货车运着灰色的瓦与红色的砖，每次从那些黑灰褐红的煤渣上面狠狠地辗过时，我心里便会产生一种响声，不是因为激

动，而是因为孤单。那些被我数过的大面积的砖和瓦被运走以后，空空的窑子边只剩下了我一个人。有时，发现几个小孩一路欢呼地，吊在滚滚浓烟的拖拉机上经过窑子，便情不自禁地想去追赶他们。可那一刻，我只好奇地把他们飘在胸前的红领巾盯了又盯，我不能让他们看见我的向往与失落。我知道我不仅追不上他们，甚至连那些曾经表情落寞的砖瓦坯胎我也追不上。我的家乡没有公路，也没有窑子，除了一座形如老虎的大山和几缕弯弯曲曲的炊烟，再也看不到如此鲜活自由的风景。

大姐家的公路旁还有商店，门口坐着一个戴草帽卖冰糕的年轻人，每天围着他的都是像我一样口袋里没有钱的小孩，有时我们在他身边守得太久，他便会从泡沫冰箱里取出几支快要融化的冰糕分给我们。吃完冰糕，我们就用包装冰糕的纸，逗大地上的蚂蚁和地壳虫。

再走出几步的堰塘边，是一座光荣院，里面住着很多无儿无女的孤寡老人，当然也有一些失去父母的孩子。他们每天在院子里有说有笑，又唱又跳，如同一家人。我站在远远的一棵树下观望他们，一个无腿的少女，被一个老人用轮椅车推着，少女双手挥舞地唱着《鲁冰花》，满脸幸福，周围有一个盲童放飞的风筝正围绕着他们旋来转去，那风筝飞得低极了，我想走过去帮那个盲童放风筝，却又迈不开迟疑的脚步，对于他们，我终究是个外来的陌生人。

田野边，有一家养蜜蜂的北方人，因为花期已过，他们开始收拾家当，准备转场到更远的地方去。养蜂人的生活极其简单，很少看见他们像当地人一样炒菜吃饭，似乎每天手上有一团面食就足够了。他们讲着我不太明白的北方话，我站在那些蜂箱边，看着水田边结满果子的梨树，嘴里甜得直吞口水。

一天午后，趁大姐他们都去几里地外的坡上干活，我独自跑去田野边摘了三个皮子青青的梨子，脆甜脆甜的，味道好极了。结果，到了晚上，姐夫和大姐把我狠狠训了一顿。他们在训我的同时，不断有人来敲门，大概是说梨子的事情，而且声音越来越激烈。他们一定是听养蜂人说了此事。原来，那根本不是大姐家的梨树。姐夫拿着手电，悄悄出门，去亲戚家摘了三个大大的梨子，还给对方，还向人家道了一个深深的歉。其实，我是很不愿离开大姐家的，可因摘梨事件，难有脸面待下去，大姐更怕我在她家闯祸……

我不知养蜂人为何要骗我说那是大姐家的梨子树，他们还鼓励我多摘几个。

想想大姐那里有的，我们家一样也没有，这的确让我无法不难过。虽然这看上去只是隔了十多公里路的另一个乡，可地理环境的差别，远远不只是电灯与煤油灯的事情，它在一个小小少年心里投下的阴影，比风雨中年久失修的烂尾楼更破坏风景。

回家不久，我便正式去山坡坡上的学堂念书了。记不清是怎样离开大姐家的，只记得路两旁红苕堆上的小苕花开得像粉嘟嘟的眼泪。哥哥哄我别哭，他把他在田里捉到的几条鳝鱼用稻草拴着交给我，我才破涕为笑，摇头摆尾地回了家。

那条蜿蜒的通往大姐家的小路至今伴随我的记忆，永不消逝。后来，随着哥姐们相继结婚成家并有了孩子，我在一个人的远方学会了孤单长大。

卖鸡记

我八九岁时，川南丘陵地带的虎榜山下的牲畜得了严重的瘟疫，死的死，埋的埋，烧的烧，整个村庄烟雾沉沉，惨不忍睹，陷入一种死亡笼罩的气息。

在竹林里，我亲眼看见一只肥公鸡在风中甩甩头，便像中了风一样倒下，再也没有站起来。村里人的表情染上了一层阴郁，故乡丘陵地带的天气原本不太明亮。

那天正背着书包去上学，忽然被忙活中的哥哥叫住："小六，今天不去上学了，跟哥进城去卖鸡。"没等我回答，哥继续道，这些鸡再不拿去卖，就完蛋了。我明白哥的意思，其实我是在替村里危险的牲畜们伤心，谁能拯救这些天性自然的生灵呢。哥只上过三年小学，算数也不好，于是进城的买卖总喜欢叫上我。

我们这次去的不是平常赶场的小镇，而是一个名叫"贡井"的市区。印象中因为那天并不是小镇的逢场天，但我们家的鸡又必须尽快卖出去，生怕沾染瘟疫后遗症，否则结局便如同其他人家的牲畜一样。

村里去过贡井的人少之又少，唯有几个卖猪肉的。像我这样的孩子当时更多的只是对贡井的想象。哥挑着一担鸡，埋着头马不停蹄地朝前赶，汗水打湿了他的衣背。我紧紧跟在后面，心里一直在激荡。我看着哥肩上十几只鸡的漂亮羽毛在飞舞，而面红耳赤的鸡比随风起舞的鸡毛更激荡，眼睛朝着大地不停转动。鸡们第一次离开村庄，去那么遥远之地，贡井等待它们的到底会是什么?

或许令它们兴奋的是总算避开了一场瘟疫。

父母把我们从乡里的招呼站送上车后，长长地松了一口气。当时他们的目光像那些进城的鸡一样兴奋。约一个小时后，我们来到了贡井的农贸市场。哇，这里真是人山人海，各种叫卖声混在一起，人声鼎沸，尽显市井世俗，来来往往的买主也不少。为了快点卖出鸡，哥哥喊的价都低于市场价，因此顾客很快便将我们围得水泄不通。哥只管称秤，报给我数量和重量，看都不看我一眼。我忐忑不安地掰着指头给买主算账。因为从没见过这么多的人，平时也很少遇到算账的事情，所以速度很是慢。后面排着队的买主很不耐烦，直催站在前面的买主。有的甚至直接插队，火速买好鸡就走人。显然，那时秩序混乱起来了。其中有几个不怀好意的鸡贩子在人群中捣乱，原因是他们想以更低廉的价一次性收购我们的鸡，我们不同意。于是他们有的提着我们的鸡，东看西看，什么也不说，便又狠狠地甩在地上，直甩得我心生生地疼。

我心里止不住那个慌啊。这时，又有一个瘦精精的男人在我们的鸡里挑来挑去，一会儿嫌这只太瘦了，一会儿又嫌那只太肥。男人问哥，你这些鸡是下过蛋的鸡吗？哥看着他，用沉默的眼神做了回答。

哎哟，这不是最上味的鸡了。总之，他一时半会没有选中自己满意的鸡，仍在自言自语，唠叨不停。我看着这个欲在鸡蛋里挑骨头的长舌男就来气，可贡井离家几十里，这里人生地不熟，我咬咬牙，胆怯得一句话也没说。他哪里知道，我们的鸡这么便宜卖是有着巨大的难处呀？

哥盯了男人几眼，说，要买就早点买，不要耽误别人买呀。哪知，男人哼了一声，提着哥哥称好的一只鸡转身便走人了。但他并没有走出哥哥的目光。哥几步上前拉住男人的衣领，你买鸡还没给钱呢？男人转过身，一手指着我，那意思分明是把钱给了我。哥问我是否有这回事。我慌里慌张地摸摸身上的几个口袋，里面都是钱，我一脸无辜地摆摆头。哥继续找那男人理论，断定他买鸡没有给钱就走人。于是两人便抓扯起来。

劝架的路人越来越多，有老者听了哥哥的叙述，要为此事讨一个公道。我守着那些还没卖完的鸡，悄悄蹲下身，看哥与人打架，很紧张，生怕哥打不过那人。哥狠狠地抓住那男人的头发，转过身朝我蹲着的地方气势汹汹地走过来，我的身子在颤抖，牙齿也在上下打架。看热闹的人越来越多，哥说，老子十五岁就在贡井混了，你们想欺侮我，来得太晚了。哥的胆量让我狂乱的心安分了不少。那男人在哥的手里，像只猴子。哥说，今天你必须说清楚，我弟并没有收你的钱，你休想在这里蒙混。

男子赌咒发誓地说他是一定给了钱的。

老者建议哥带着男人去市场管理处解决。

差不多一个小时过去，挽着衣袖的哥气喘吁吁地独自回来了。他说，市场管理处的人给解决了公道，对方掏了一半的钱。

这期间也有人来买鸡，我蹲在鸡身旁，像一只胆小怕事的鸡。我只能发出小小的声音“不卖了，不卖了”，算是回拒了买主。

哥回到我身边，我悬着的心总算落了下来。直到下午，我们把剩下的鸡卖光，然后去吃了一碗热气腾腾的抄手便回家了。路上，我与哥盘算着每只鸡的重量与价钱。我把身上每个口袋里的钱都掏出来交给哥。可无论怎么算，都多出七元钱来。我想承认，那个瘦得像猴的男人的确给过我钱，但又怕哥责怪我不诚实。最终哥接过那七元钱，看了又看，然后久久地望着我，忽然笑了一声，马上又严肃地收回了他的笑容。

一路上，哥什么也没说，快到家时，他突然停下来，背过身迟缓地把七元钱递到我手上，说，以后不能犯这么糊涂的事了，冤枉好人呀。

我不知如何是好，手里紧紧捏着那七元钱，心里像爬满了蚂蚁般堆起密密麻麻复杂的情绪。它们像买鸡人一样萦绕着我剪不断理还乱的心事——那个在我们的鸡里挑三拣四说东道西的男人成了我的泪水。我无法忍受我们的鸡在城里受到比农村瘟疫更残酷的凌辱。

还不到天黑，此事在村子里很快便像雾一样散开了。似乎人人都知道我和哥去贡井干了一件惊天动地的大事。虽然他们不问详细的情节，但他们的笑声与哥一个样，刚笑出声，很快就又收回笑容了。

那一刻，我只感觉天气有点阴，而我的心情太灰太灰，我替那些便宜进城却没好命的鸡伤心，也替一年半载养肥鸡们的父母伤心！尽管心里有那么瞬间的复仇快感，可之后便是久久地伤心……

糖的表情

小时候，糖是我最珍贵的礼物。

虎榜山下的村子周围没有商店，买糖得走很远的路到乡上去。从村子到乡上要走一个多钟头，途中要经过好几座村庄，常遇突然从竹林里嗖嗖钻出朝人猛扑的恶狗，我几次被吓得魂飞魄散，手足无措。

但这仍未打消我往乡上跑的积极性。

我不知自己为什么一直向往那个入乡的路口，常常是什么都可以不想却总免不了想起那个地方。有事无事总爱朝那里跑，许多次我只是躲在许多比我高的孩子背后看着那个卖糖老人的背影，久久不肯离去，当我即将要看清他脸的时候，夕阳正好蒙上我的眼睛。

有一回，我在家乡的坡地上捡到一张漂亮的玻璃糖纸，忽然一个人就朝那个路口迈开步，可跑到半路上又被赶场回来的大人原路带回。还有一次，我气喘吁吁地跑到那个路口，摸摸口袋没有一分钱，只好把脸撇到一边去，一个人踱步到人少的墙脚，远远地望着卖糖老人的侧面。我发现他的白胡须多像《射雕英雄传》里的那个洪七公呵！那一刻，我真想接近他，可我却不敢多瞟他一眼，生怕他知道我是一个买不起糖的苦孩子。他朝我看过来的时候，我就假装在欣赏那些从屋顶上落在草地里觅食的小麻雀，眼睛却在躲躲闪闪地看那些玻璃瓶里躺着的花花绿绿的糖。

小孩子独自从村子里跑到乡上去，这在大人们眼里是一次危险的远行。父亲听多了别人告发我一个人跑乡上的事，狠狠虎着脸，下了一道死命令：以后再有人给我说你一个人跑那么远的地方，就把你关起来！父亲还说，乡上车多人多，如果遇上人贩子把你弄去卖了，怎么办？

父亲说这些话的时候，总是忽视我的存在，他一边干活，一边自语，从不看一眼我的眼睛。

我低头不语，心里恋着糖。

后来，父亲上街常常要在那个路口停一停，找“洪七公”买几颗糖。我摸着那些油渍渍的玻璃纸包裹的糖，半天舍不得拆开吃上一颗。姐姐见此情景，噘着嘴，望一眼父亲，然后抬高眼睛瞪我几眼。这时我便担心手里的糖会不翼而飞，于是赶紧丢一颗在嘴里，让它慢慢地从嘴里甜到我的心上。姐姐看见我吃糖的甜蜜神情，急得团团转，她在屋里四处搜索，终于在母亲的衣袋里搜出一枚两分的硬币。

姐姐看了看我，我没说话。姐姐说把你手里剩下的那颗糖给我吧，这两分钱我全部给你，至少可以买一大把麻花的。我这才把那颗捏了几天的糖给了她。然后把嘴里含着的糖吐出来，用我平时收藏的最精美的糖纸严实地包裹起来，等姐姐吃完了，我又拿出糖来在她眼前稀罕。

糖，总是吃了还想吃的，糖，仿佛是永远吃不够的，这种吃糖的方法，不仅可以延续我内心的渴望，还能赚取姐姐的钱。姐姐同我一样经不起“甜”的诱惑，可我那时的忍耐力毕竟不如现在，长时间没得糖吃，就想去那个路口看一看。自从父亲下了那道死命令后，母亲的眼睛就时时把我盯得紧紧的，生怕我跑出去就回不来。

于是，我盼着父亲上街。只要父亲走出门，我就悄悄地跑到山口望父亲归来，猜想他上街都买了些啥。有时看着他回来了，老远跑去，翻腾了半晌，连一张糖纸的影儿也见不着，我的心顿时像熄灭的火焰，焦头烂额地在原地打转转。

父亲惆怅地望着我，半天不说一句话。

我呆呆地望一眼父亲，父亲只好苦笑着脸，许诺下次上街，一定给我和姐姐一人买一把糖。我们听了心里好高兴，天天勤快地干活，开始等待父亲下一次上街。可父亲总也不上街。时间久了，姐姐就在母亲面前唠叨：家里好长时间没打牙祭了，隔壁家的锅里炖的骨头好香呀！

其实，姐姐的愿望是想早点吃上糖，但她故意说成想吃肉，这正好中了母亲的心意。于是母亲就会催父亲快点上街买肉。

父亲出得家门不久，我和姐姐在家几乎是掰着指头挨到中午的。什么时间父亲走到哪个位置，我和姐姐都计算得很精确。可到了十二点半，父亲并没有准时到家，我们跑到山口望父亲，看着赶场的人一拨一拨地走过，唯独不见父亲。我们饿着肚子，跑过又一座村庄，看见父亲，姐姐像是飞起来。姐姐从来都跑不过我的，可她那天跑得我即使是坐火车也追不上。姐姐拉住父亲的手要父亲快把糖交出来。我几步撵上之后，吊着父亲的手腕，唯恐糖被姐姐一人夺走。父亲沉着脸，一声轻叹：你们姐弟俩一天只知道吃糖，卖糖的人死了，上哪里给你们买糖呵！

“真的，真的，真的吗?”姐姐急急忙忙地问父亲。

父亲重重地点点头：“早上，九点钟。血被车辗了一地，好多人都不敢看那场面。”

我一听，索性坐在地上哭开了，边哭边蹈脚，伤心得连鞋都蹈掉了。姐姐拉着我的手说，弟弟不哭，卖糖的人死了，以后我们不吃糖了。

回家的路上，沉着脸的父亲拉着我们的手，一句话也没多说。

我和姐姐很快把卖糖人死了的消息给村子里的小朋友传了个遍。我们都很吃惊，大人们一如往常地干着自己的活，只是在我们的争吵声中，偶尔说一句，死了死了，以后你们就不要盼大人买糖回来了嘛。那天，我和姐姐的心里都很不好受，尽管饭桌上有我最爱吃的子姜肉丝，可我上桌不到五分钟就放下碗筷上床睡觉去了。

以后，父亲上街回来我就难得老远跑去迎接他了。反正卖糖的那个人已经死了，我常盼着的那个地方也渐渐地淡出了记忆。不知不觉中，我的牙齿也比以前长得好了，我发现我不怎么爱吃糖了。在父亲眼里，只要孩子不爱吃糖了，就是他长大了，懂事了。

看着比我小的孩子找上街归来的父亲要糖吃的时候，我已经背着书包进了山顶上的学堂。山风拂过，山雨欲来。望着山顶下的村庄，我渴望快快长大。放学路上，我总是一个人走走停停，时而被一只飞鸟牵引视线，时而为一声虫鸣停住脚步。久之，一天我忽然听到了一句父亲给孩子说过的话——

“卖糖的人死了！”

我脑海轰的一声巨响，眼前的虫鸟全没了踪影。多少年来，在孩子们的欲望面前，父亲谋杀孩子欲望的成功经验是多么残酷呵！孩子的欲望仅限于要过像糖一样甜甜蜜蜜的生活，孩子的思想就像一颗晶莹剔透的糖，父亲们面对一颗甜甜的糖，为何要抛出死亡的答案让孩子无法承受？

我们除了伤心哭泣还能怎样？那时花开，我们在哭声中长大；那时鸟鸣，我们在谎言中相信死亡；那时死亡，我们在离别中忘却……

一句话，一句苦涩的谎话成了一代人成长的背景。糖是苦涩的谎言，像青青的草莓一样散发出浓浓的酸味。当我不再为死亡而哭泣的时候，我才发现村子里的父亲们，话都如出一口，一样的表情，一样的无奈，像一个窑洞里烧出来的一坨黄泥巴。

是谁最早发明了这句真实的谎言？

当我发问的时候，我已经背离了一个时代。我想那个卖糖的“洪七公”现在应该死了。这当然有别于父亲们嘴里抛出的“卖糖的人死了”。我问父亲们：你看见卖糖的人真的死了吗？为何我又见到了他？我真正看清他的脸的时候，他已经弯腰驼背得手拄拐杖了，嘴里已没有几颗牙，他当然不会再叫我回去让父亲拿钱来买糖了！糖也已经消失了，曾经买糖的娃娃他一个也认不得了。只有买过他糖的娃娃还记得他，那一绺胡须成了我永远难以草书的“糖”。

走在回乡的那个路口，我想这年头还有谁会由一颗糖而忆苦思甜呢？这究竟是卖糖老人的责任，还是吃糖孩子的把戏？一个人站在原来的地方，突然感觉到越来越不年轻的日月，不知该如何轮回？

如今，那么多精美的各种风味的糖摆在面前我却全没了胃口。我常常指着那些果盘里的糖，笑着脸逗村子里的小孩子：娃儿，吃不得，那是苦的呵！

两条鱼的江湖

善玉是个比我还孤独的孩子。但他从不承认自己的孤独，他说孤独的人只可能是恨水，这是他读《似水流年》时，无意中表现出对张恨水的崇拜。

那年，他十三岁。

我曾怀疑他是否明白自己的身世。起初，我以为他在这个世界根本就不知道自己的父亲到底是谁。后来，我知道，我知道的一切都是假的。但我还是在一次放学路上悄声地告诉了他：张善玉，你不是你爸爸亲生的。

他一声不吭地看着我，久久地，最终张牙舞爪地给了我重重一拳。为此事，后来的后来，我一直后悔不已。

但这并没有妨碍我们继续做好朋友。我们从小学一直同班到了中学。那些萤火虫儿到处乱飞的夏天夜晚，善玉常常发动一些探秘活动。在星光下，我们一阵风似的从这座山刮到那座山，然后，背靠背，像两个江湖英雄，伫立山顶上，感觉是站在了梦幻与星空之间。

山下成片成片的玉米秆在轻风中摇曳，我们一起欢呼，一起吹着自在的口哨，还齐声高唱“攀登高峰望故乡，黄沙万里长”，兴奋得仿佛成了武侠片中的主角。

善玉在中学二年级那年，因班主任对他作文的评语不公，一气之下从学校背回了所有的书本再也没有返校。原本成绩平平的他在作文方面一直坚持语不惊人誓不休的自我表达与发泄，可班主任批阅之后总会用红笔送他“两把带血的大刀”，旁批上分明写着：不知你从哪里抄来的，真是古今中外混淆是非，可你本事再大也无法生活在古代。

善玉第一眼看了心痛，第二眼看了心碎，第三眼看了决定离开学校。

现在想起这事来，我仍不敢说那是班主任的错，还是善玉的才情太过出众。总之，善玉每次看了班主任给他作文的批语就很不开心，最严重的一次是班主任布置写一篇游记，善玉写的是我们家乡附近的一座水库，而且他还独出心裁地创作了一首打油诗作为题记，行云流水般的想象仿若可以把人带入仙境。班主任阅过之后，摘下眼镜，提笔一挥：不就是一座小水库吗？哪里有这么美？善玉看过之后，哗的一声把作文本撕了个粉碎，然后望着班主任，咬牙切齿道：我不相信你这样的老师也教得出才华横溢的学生……班主任看着善玉发怒的样子，顿时气不打一处来：我更不相信你这样自认为有才的学生还能成为第二个张恨水。当时电视里正在播放《啼笑因缘》。

善玉辍学之后，每天就待在家帮妈妈干农活。闲不住时，他便在墙上写诗作画，把张恨水著作里的人物名字安在他画的那些人儿头上。更多时候，他独自躺在山坡上与羊一起聆听收音机里讲述的故事。善玉家与我家离得不远，他住在山嘴上，我住山嘴下。自他离开校园，我们就很少碰面，遇上周末，两个人有什么事就在自家门口吹口哨，直到风吹满山谷，荡出我们交织的哨音。

善玉是个缺少父爱的孩子，他的人生缺少大人精心的设计。这是母亲对我讲的。母亲说的“大人”其实是指善玉的亲生父亲，传说是一个县官。不过，善玉并不在乎这些，很小很小的时候，善玉就跟着妈妈来到了他现在的这个家。年少无知的我时常为他内心的失落与孤立而惆怅，但也只能惆怅，帮不上任何忙。那时，同学们常拿他人生的“缺口”攻击他的自尊，因此少不了打架斗殴，善玉常被高年级的同学抓破脸，撕裂衣裳。这时的他更害怕前来劝架的我被人打倒在地，双手死抓着对手的衣襟……

我能够说的只有两个男孩之间洒落在青春路上的星星点点的欢乐和忧伤，我说不出来的是长大后的分离岁月为何一转眼就到了今天。而那种别离的忧伤一直是隐形的，且持续不断，它潜伏在故乡的丘陵地带。

作为儿时的伙伴，我是在善玉十六岁那年去西藏当兵的。记得当时，他从几十公里外的建筑工地赶到火车站送我，弹一个响指潇洒地对我说：哥们，早日衣锦还乡。此后，我不断收到善玉的来信。那阵子，军训的疲劳常被他笔下的“故乡一切依旧，勿太牵挂”等优美的句子冲得烟消云散。然而，许多真相证明我被善玉蒙蔽了。

第二年，雪山杜鹃红似火的季节，同村的阿兵一纸苍凉地告诉我，善玉瞒着他妈妈独自去了深圳。我想，青春年少，绚烂理想，精彩世界，善玉一定是寻他的梦去了，就像我千里当兵走西藏一样。好在深圳的四川老乡特别照顾他，替他找到一家公司当保安，及时解决了吃饭问题，而且每个月还可以拿到八百多块钱。但好景不长，善玉在公司工作了不到半年就下落不明了。读完阿兵的信，我赶忙写信安慰善玉的妈妈，并多次给善玉所在的那家公司去信打听他的去向，但每次都杳无音信。不谙世事的我，当兵在外，面对现实，无可奈何，但我仍坚信这世上一定还有好人。

远离故乡，我在异乡不断扪心自问：善玉，是不是因为我的离乡带来了你的孤寂，造成今天友情的变幻。

……

在我即将启程回乡探亲的那天，渴盼犹如半个世纪的忧虑，终于在善玉久违的一纸便条上消逝了。那年，我第一次坐在飘着雪花的西藏上空的波音飞机上捧读善玉来自桂林的讯息——依然是过去那种抒情的语言，象鼻山、漓江、游船、观光的人群在我脑海里即刻成了一幅美丽的画卷，那不是桂林的山水吗？在善玉的文字陪衬下，身处壮观的绝世山水何以宛在水中央？

婉约桂林，我如何面对？

往事并不如烟，春梦了无痕。在一个非常寂静的夜晚，我倚着西藏夜空的点点星辰，重读善玉的旧信，虽有点滴漂泊的寒意，但却多了一份踏实。善玉在信里说，这些年来，他为了寻梦，轮换了十多个不同的岗位。除去计算机操作培训费外，准备用平时积攒下的五万多元回家盖楼房。善玉还说，城市里有些老板简直不是人，完工后便人间蒸发，任凭你如何寻找……

于是，我写信鼓励他，生活永远是进行时态，记忆可以磨灭旧事，但新的生活自然又生长出来了，挡也挡不住，什么时候厌倦了外面的世界，就带着梦想早点回家。

眼下数年又飞逝，善玉回家了吗？反正我是多年未回最初出发的那个地方了。模糊中算来，我们有十二三年没见面了吧。

我在漫天风雪里听说他从遥远的南方回到阔别的故乡，同一位合意的女子结了婚——女子的前夫落水淹死了。他俩的不期而遇让身在西藏的我有些兴奋。不知为何，我总感觉他俩似曾相识，但我却找不到从何说起的理由。若张恨水先生愿意，我很想托他替善玉重新安排一场轰轰烈烈的爱情。毕竟善玉的女人遇到伤心的事就喜欢面对高山上的那面湖水，大喊大叫，恨水，恨水，恨水。那一刻，其实善玉比他的女人更难过。他背对着她，也背对着湖水。要不是因为她恨水，也很可能没有他们后来的故事了。

但她并不知道他崇拜张恨水，更不知道张恨水究竟是谁。

当他们的孩子一个又一个来到这个世界，他们就一次又一次向着驶向远方的列车轰隆隆地奔去，在他人的城市里寻找自己的脚印。我知道，这并不是一件容易的事。远方欠年轻的梦想太多太多，可城市欠我们的，或我们欠城市的太少太少。

事实上，自从我们离开故乡，就意味着我们欠故乡太多太多。尽管故乡不会埋怨我们，但历史终将用代价去偿还……

一去不回的善玉，此时你究竟在何方行吟？故乡的草垛一定又开满金灿灿的野花了。不知为何我一直得不到他的只言片语。即使我们彼此都有了对方的电话号码，可两个人依然可以长时间习以为常，无音无讯。直到有一天，当我再无兴趣喝下一杯不加糖的咖啡时，突然发现男人之间最伟大的友谊早已被城市拥挤的步履碾得不堪一击，支离破碎。

善玉，我说的这些，你一定比我更懂。你曾说我们小小年纪怎能想太多未来事情，想得太多就过得太累。我说不是我愿意想太多太深远的问题，这从来都是上帝的旨意。

善玉，此刻，我想你是否会在异乡风雨的街头想起我用燃烧的柳枝在你家的土篱笆墙上画的那幅画。还记得吗？画中有人拴马，垂柳边的水里有两条透明的鱼。风风雨雨之后，是不是一切都无所谓见证？曾经，你这个偏爱解读张恨水名字的家伙总喜欢用手搭着我的肩走在故乡那些少有人走过的青石板路上，看着水中的倒影突然抬起头笑逐颜开地问一句：那厮为何与水过不去呢？

我只是笑而不答地伸过手来抚摸你快要爆炸的头发。

可现在，我很想知道，善玉，你真的与水合作了吗？曾经爱水的是你，恨水的也是你，水决定了鱼儿的情感与命运。城池里的水太浊，我们或许已经不再是过去那两条透明的鱼了。故乡的那一汪清泉干涸了以后，像我们这样的鱼，只能在各自的远方，相望于江湖。

蚂蚁搬家要落雨

小时候，我最亲密的伙伴就是蚂蚁。

闷热的夏天，黑五、小八和我常约在房前屋后那片竹林掩隐的空地上乘凉，打碎小瓦片和沙子“办酒酒”。那欢天喜地的样子，比起现在随便上桌吃到大鱼大肉的心情真是好多了。

只要我们玩舒畅了，蚂蚁自然有骨头啃。

我们曾经根本不知道烦恼为何物，成天在房前屋后跑来跑去，像一颗蒲公英的种子，像一只无人牵扯的风筝，像一天到晚游泳的鱼。只有天快下起雨来的时候，风才知道，我们一天到晚都做了些什么。

那个喜欢穿粉红连衣裙的小女娃有着一个我们男娃觉得一点都不时尚的名字：润英。不过，当时我还是比黑五、小八认为她的名字好听。说她名字不时尚，是因为当时还没开发出“时尚”之类的词来。

其实，润英是我们几棵树中间唯一的一棵草。“男娃是树，女娃是草。”这是我六岁那年就独出心裁的惊人之语。男娃们都愿意承认自己是树，不肯承认自己比女娃矮半截，像草。

于是我们男娃聚拢和散去都齐声地喊："男娃是树，女娃是草。"喊多了，内心自然就生出一种自豪。

只是润英听了，脸上很不光生。她在我们的喊声里噘起小嘴，用手狠狠指着我："凌六哥，你们男娃尽欺负我一个女娃，我要向大人们告你。"

我说："你告不倒我。这不是男娃欺侮女娃，只是我打的一个比方，就是你长得很像草、我们长得很像树的意思嘛，真是小气鬼！"

润英瞅我几眼，气呼呼跑回家告诉她妈妈去了。

长大后，我常揣摩孩子的话。"男娃是树，女娃是草"就其字面上看，八个字有点像一句乡村谚语。我至今为幼时不经意的"脱口而出"感到惊讶，但并不自以为是。这充其量只能证明：那时的乡下，小小的心灵已能区分性别的差异，且有一种延续家乡传统观念的自觉性。

我们的"酒酒"通常是这样完成的：黑五搬来石头搭灶，小八找来绿草当菜切，我捡回一些树枝当柴火。我们心里清楚这是一场虚拟的酒席，但我们做起来却比大人们还认真——我们简直就是一家人。

润英常趁我们忙碌之际，跑进花丛追捕蜻蜓和蝴蝶。当我们办好"酒酒"，通知润英就席，只见她的网兜里躺着好几只大蜻蜓。

我们像大人们喝庆丰酒一样，围成圈，端起一块白瓦片在每个人手中传递。我们一边传递，一边发出"真香"的惊叹。"酒杯"传了一圈下来之后，黑五就像喝醉了一样地喊："别理我，我没醉。"

于是小八和我也跟着装醉，大有斗嘴动手之势，闹得大地一片生机盎然，吵得树梢上麻雀喳喳叫。

待最后一道“菜”上桌时，我们拥挤在喉管里的音量才稍微减弱。这道“菜”最有特色，名字叫“花瓣饭”。它是我们一场“酒酒”里最高规格的“特色菜”，用“六月七”（一种好看的花）的六片叶子与七朵花拼贴而成，真可谓色美味香。

“酒酒”要完了，我们不忘酒杯一碰，邀请蚂蚁出洞。

润英将她网兜里的大蜻蜓分给我们每人一只。我们将其碎成几份，喂给各自看中的蚂蚁，并让这只蚂蚁捎带蜻蜓的一只脚回去调兵遣将，以示有好东西等着它们倾巢出动。

一场人类指挥的蚂蚁内战就这样开始了。

我独自指挥的褐黄色蚂蚁为我军，黑五和小八两个协同指挥的黑蚂蚁为敌军。我军收到信号后，以最快的速度拉出了长长的队伍——它们大小形态各异，有卵、幼虫、蛹、身量较小的工蚁、颇像战士的大蚂蚁，还有一些刚刚披上“婚礼服”的雌蚁，她们在爱情生活中总是插上一双诱人的翅膀。它们很像人类，崇尚集体力量，但人类往往不如蚂蚁，因为人类多数选择单兵作战。

不过我倒是欣赏它们勇而好斗，出入皆成队伍的纪律意识。这群蚂蚁完全就像一支军队，它们集合在一起，完全可以把一只胖蜻蜓抬回家，不过半路上，它们受到了敌军的阻截。

敌方的蚂蚁虽然队伍稀稀拉拉，但全是些米粒大的黑家伙，我方的蚂蚁小得就像细细密密的油菜籽。润英见势不妙，悄悄撕下一只蜻蜓的翅膀援助我。

我军小分队杀开一条血路，打道回府，再请二万兵力出洞。漫长的队伍赶到后，自动整编，诱敌深入，分兵合计，进退分合，章法有序，杀得敌军措手不及，结果是黑蚁战败，阵亡数超过褐蚁的四倍。

黑五和小八的表情，像是偷吃了谢家坳打了农药的青苹果，闭着口，满肚子不舒服。

我军打了胜仗，蚁群抬走两只胖蜻蜓打牙祭去了。

润英同我在战幕后，学着上学去了的大娃娃喊过的乡谣，高声齐喊：“蚂蚁搬家要落雨，蚂蚁搬家要落雨。”

多少年以后，我坐在窗明几净的楼台上，手托腮帮，想着童年的细节坠入沉思。

我的目光已无法回到大地深处，我的心情难以留意一只蚂蚁的独自行走。

一些生命信息执意要闯入我的生活，它告诉我，你把城市比喻成爱情的废墟，太无视我们的存在了。

看来蚂蚁并没有终结，终结了的只是一句乡谣。

我的愿望是能把“蚂蚁搬家要落雨”的句子延伸出一篇美文，这种决心仿佛是天堂在召唤地狱之魂，有种巨大的力量拯救我的记忆。

不过它还是出现了，我看见它背负着受伤的爱人，仓皇乱窜，不知往哪里去是好，我的眼睛一直跟随它，最后它把我的灶台当作避难所，但那实在是蚂蚁的地狱之门。

等到黑夜降临之后，我还是取消了燃气做饭的打算。

于是，一个人蹿进麦当劳。

落满灰尘的吉他

多少年以前，故乡的小路上，走过一个背吉他的人，这是一道令我久久不忘的风景。

后来，吉他一直是我异乡生活的精神伴侣。

在她的六根青丝里蕴藏着迷彩河流与珍珠瀑布。在一阵和弦的伴奏声里，目光常常停下来，眷恋一个地方犹如歌唱一位情人。随着大拇指撩动第一根单弦，一头黑发便在风中如花盛开。

那校园、军营、城市的唱词，常常在墙脚下为时光的倒影送别——

和中心校的男老师在一起，我有个贪玩的星期六，而且老师每次伴随吉他唱完所有曲目，下着雨的星期六就已经成为响晴的星期天了。老师随意的性格就像音乐与我们随行，那时我们顶多十五六岁，总以为二十五六岁的老师是万事通，待我到了老师那样的年龄，自己却像个孩子，当然也能够做十五六岁孩子的朋友。

和新兵连的老班长在一起，吉他不叫吉他，东西南北兵都跟着老班长叫——我的女朋友。日子久了，老班长和“女朋友”的故事，就在雪花歌唱的边防线上弹成了传说。老班长在新兵同志的眼里从不威严，也不像其他的老兵一开口就把新兵同志吼得目瞪口呆，炫耀资格——相比之下，拥有“女朋友”的老班长平和、温存，有时表情简单得像一名新兵，抱着“女朋友”坐在山泉叮咚的营房外，不知不觉就回忆起一场黑白电影的某个细节。

和城市的歌者在一起，吉他的声音有一种体验过青春的伤痛，而又依然故我的茫然。扎着马尾的年轻人，尽量选择十字路口，把腰弯下来，再弯下来，让一种声音聆听所有的声音。有时随意拨弄一个单弦，暗示别离的惆怅和独行的浪漫。镜片下那双郁郁的眼神，时而在远景中游荡，但一切都来不及规划。山外的高楼遮住了他的视野，咖啡馆妖艳的女郎给了他一转身的华丽。

我明明知道吉他和我有缘，我明明知道再执着一些，吉他将有可能成为我声音的点缀，也许这就是我一生中的残缺之美，与吉他错过，我明明被吉他之弦所律动——但是活在理想边缘，我却把曾经的最爱遗忘在青春深处。

等我想起一种久远的声音之时，时光早已成了一块落到实处的毛玻璃，吉他浑身染满的尘埃，突然让我觉得弥足珍贵，看见它仍高挂墙角，我恍若看见了自己模糊的故乡轮廓和往事迷蒙的色块。因为在逝去的年月中，时间不仅带走了碳素墨水写就的一封封家书，就连村子里小芳那又粗又长的发辫，也被后街男孩剪得凉爽多了。当年的我和今天的我，已经隔了十多年的时光。岁月的利器和棱角在一颗明净的心上，注入了太多的污垢，很多过去从未留意过的事物，事情的细节始末，又让我回忆起来。

童年时用狼毫勾勒过一幅小猫的图画，少年时第一回在掌声雷动的舞台上唱过一首小草的歌，放学路上突然下了一场雨，影集里一帧用彩笔添枝加叶的照片，一个去过之后就永远不可能再去的地方，又在眼前一一浮现。

怀念同窗的面容，一个名字，一次重逢，都有了与当年不同的视角、视点。站台的宽窄、末班车速变了，坐在你身边的人也变了。一切都来不及改变，一切不得不改变。细细品味：吉他上的尘埃为什么不再经过你手指的抚摸？那本《致爱丽丝》的曲谱——页码的位置和原先弹奏它的人，到哪里去了？旅行、爱情……一些来去匆匆的过客，携带着岁月的风尘，城市连接郊外的高架路上，有着太多甲壳虫的影子。原来，他们的脚步是那样抒情又沉重，因为浮在尘世的生命，都因最终的尘埃落定而变得生动可爱起来。旋律是值得反复弹奏的，但已完全走南闯北——那些弹奏它的人的影子，已失散多年。

忽然有一天，在尘世里，遇到一位女子，写诗，写散文，写小说，也写歌词，是某媒体的高层管理，她居然与我有着相同的吉他情愫。我们举过红酒杯，她说她想弹吉他，而且约定一个夜晚，在人潮人海的十字路口，她说好久好久没弹了，手发痒，心也痒，她做了几个日夜的充分准备，可她终究没有勇气面对人群的目光。

她在微信上约我为她壮胆站台。

我愉快地答应了她，我想弹吉他，可总挥不去蒙面的尘埃。

纯羊毛爱情

这个故事发生的时候，正好电视里不分白天黑夜地上映着日本影星山口百惠和三浦友和主演的电视连续剧《血疑》。当时，男孩正坐在直播间急得焦头烂额地寻找新词汇来应付一条条热得发烫甚至冒火的电话热线。尽管如此，男孩还是要不时地多瞟几眼电视——只为三浦友和身穿的那件毛衣。

突然，一个柔软的声音被导播接进了直播间。男孩立即问候对方："喂，你好。欢迎你走进'阳光热线'，请问需要什么帮助？"

"我想和你交个朋友，可以吗？"

女孩得到男孩肯定的答复后，傲慢又偏见地问："你长得像三浦友和吗？"

男孩感到纳闷，干吗非要提这种怪怪的问题，于是便有些不高兴地答道："其实我很讨厌那个家伙。"

女孩很着急地冲男孩喊："不许你这样伤害我的偶像。"

"可是他天天穿着那一件毛衣让我羡慕得跑遍了城市的所有商场

和大街小铺，都没有找到呀，所以我有点恨他，不过，我倒是挺喜欢那个山口百惠的。”

女孩嘻嘻地笑了。

女孩说：“我正在编织一件三浦友和那样的毛衣。”女孩的笑声清脆极了。男孩顿时感动得拍手称快，情不自禁地从旋椅滑到了地上。但嘴里却在不停地呼喊：“太棒了，太棒了。”男孩不停欢呼的时候，早已忘记了自己是在主持节目。谁料，女孩脾气坏坏地甩出一句：“棒棒棒，有什么棒的？你以为自己真的就是那个三浦友和？不过嘛……”

男孩赶紧问：“不过什么，你快说呀！”

“不过，只要你有五分之一长得像三浦友和，毛线衣就归你啦！”女孩的语气娇滴滴的。

男孩纳闷得有点喘不过气来：“干吗非得像他才能穿那种毛衣，这太不公平，我思故我在，我就是我。”

“难道像山口百惠的女孩编织的毛衣，不应穿在像三浦友和的男孩身上吗？——嗯？”女孩突然反问了一句。男孩来不及搜索反诘的凭据，感觉自己快要成哑巴，急得从牙缝间挤出些字正腔不圆的：“是是……”男孩不知自己到底都“是”了些什么，最后只听见女孩呼了一声——“我在自由路等你。”

女孩桃子脸，酒窝窝，小虎牙，日本头。

围着白毛线围巾的男孩走出直播间就朝女孩奔去。他的白围巾在冷风中冒着白色气体。男孩想看女孩的眼睛，男孩绕着女孩转了一圈，女孩只给男孩背影。男孩急不可耐，反转半圈就与女孩的眼睛碰撞在了一起。女孩迅速低下了头，女孩脖子上松弛地环着一条粉红色的扎染纱巾。女孩支支吾吾地对男孩说什么一直都是“阳光热线”的忠实听众，说喜欢男孩很宽广又富磁性的像著名配音演员丁建华那样朗诵诗歌的深沉嗓音。女孩还说知道男孩许许多多的过去，等等。

男孩笑了。

男孩问女孩：“你到底都知道些什么？”

“知道你住什么街的门牌号，知道你喜欢喝咖啡，知道你在家是爷爷奶奶爸爸妈妈哥哥姐姐宠爱的老幺……”就连男孩的父亲从西藏部队转业到某某单位任什么职务女孩都知道。但是，男孩为什么一边上大学一边做DJ，为什么羡慕三浦友和的毛衣，又为什么对山口百惠感兴趣，她却一丁点儿也不知道。直到男孩说他该回家了，女孩也不敢正面与男孩对视一眼，或挽留男孩去她家坐坐，更没有邀请男孩喝咖啡什么的。

所以，男孩不屑一顾地眯着眼睛瞟了女孩一眼。也许女孩那低头的温柔和弯弯的细眉足以让一百个追风少年为她一千次倒下。可她为何这样冷漠地对男孩而只顾坐在那里赶织三浦友和的毛衣？为何不愿起个身来与男孩握个手，或让个坐？为何明明知道男孩喜欢咖啡又不主动请男孩去咖啡厅？是不是嫌男孩长得不像三浦友和？想起这些，男孩不禁感到有些失败和自卑。

男孩的日子照常被课堂和广播一天天带走。只有一些干枯的夜伴随着与初恋无关的寂寞被一杯杯不加糖的咖啡消解。孤独时，男孩就对着窗外的月亮喊——带我去月球。可无人理他，那么就为自己播放一曲摇滚，或独自跳一段桑巴舞吧。就在男孩翩翩醉舞的一刹那，午夜的电话突然响起，而且是一个熟悉的声音，莫非——是她。

男孩绝对没听错。

女孩对男孩说：“今夜，今夜我想请你喝咖啡，好吗?”

男孩强压住心底感情擦燃的火花，没有过分激动，只平静地说了声：“你等我，马上来。”

男孩抓起沙发上的风衣就往女孩家跑。

女孩的小屋里早已被烛光包围。原来，那天是女孩过生日。桌上早已备好一杯热乎乎的咖啡等着男孩。男孩打量着女孩低矮又狭窄的小屋，糊满了废报纸的墙上挂有一把吉他，下面是一张床和小桌，还有一个袖珍的RADIO。男孩的心情陡然生出一些苦涩的意境来。男孩万万没有想到，生活给予一个漂亮女孩的竟如此简单!

谈话中，女孩让男孩以后管她叫小翠。

小翠是从乡下进城来寻梦的。她说着，顺手递给男孩一沓蓝墨水抄写的歌谱。小翠神采奕奕地望着男孩，嘴角边自然地飞出了动人的心曲。

男孩呆呆地望着小翠，竟说不出一个字来，感觉另一个世界所有的声音在顷刻之间消失得不留一丝痕迹。此时，男孩的世界里仿佛只有女孩那飘雪般的旋律在旋转，那是他人生第一次听到的最美的歌曲。男孩眼里扑闪着圣洁的花朵，他忽然站起身与小翠告辞。刚走出小巷，男孩便听见风中传来的吉他声。那既美丽又伤悲的旋律来自女孩的内心深处。

男孩回眸向小翠挥手，昏黄的灯光下，他大声地呼喊：“小翠，等着吧，我一定帮助你圆梦。”

酷暑天，男孩揣着小翠写的歌曲，不顾汗水湿透衣服，为她四处奔走：“老师，你看这首歌可以上电视晚会吗？”

校园生活，闪亮日子，即将结束。一天，长期在文艺部门工作的父亲突然把男孩拉进书房郑重地说：“浩楷，毕业后去爸爸战斗过的西藏锻炼锻炼咋样？”男孩思绪万千，他望着日渐苍老的父亲，久久无言以对。父亲布满血丝的双眼分明是在为他的前程作期待的审视。

男孩思忖再三，终于一字一句地说：“要我去西藏可以，但是您要答应我一件事，在去西藏服兵役之前，必须帮一个长得像山口百惠的女孩圆梦。”

后来，事情真如父亲设计的那样，男孩义不容辞地赴了一回西藏之约。火车驶出故乡的那天早上，高音喇叭里一遍又一遍地播放着那首《再见吧，妈妈》。送别的人群在那悲伤的歌声里流下了泪水。

火车即将启动的瞬间，一件毛衣从窗外塞进了男孩的车厢。而后，只听见一声凄厉的哭声飘荡在月台上空。男孩探出头，看见小翠躲在人群中，不停地朝他挥舞着双手。小翠那齐整的发丝刷刷地飞舞在风中，男孩感觉这样的分离就像电影。接过毛衣，滚滚车轮扬起的尘埃一点一点地模糊了他的视线。而小翠仍在艰难地追赶着缓缓前行的列车。一步、二步、三步……小翠终于追到了男孩的窗口，伸出手去和男孩紧紧相握。男孩刚想对小翠说什么，突然，前行的列车快速启动，一股巨大的力量狠狠地将男孩与女孩的手分开了。男孩拼命地把头支出窗外，他看见了一个字——悔。男孩看见毫无准备的小翠来不及站立，只能独立左脚往前连蹦带跳。一眨眼，男孩的思绪便久久定格在女孩脚上。男孩简直不敢相信，美丽得像山口百惠的小翠竟是跛腿。顿时，一种负罪的自责波澜似的压上心间——男孩，悔。他无法原谅自己，男孩此刻才明白女孩当初不肯接纳他的缘由。而最初男孩却是多么的无知轻狂啊……

男孩，悔。

岁月犹如白驹过隙，青春的花开如雪山上的红杜鹃——热烈、美丽。

身在西藏边防，男孩常常念及他的小翠。就在参加完那次大规模的艰苦演习之后的前夜，男孩迫切地将探亲消息在长途电话中告诉了已经是小城里著名音乐人的小翠。当时，小翠在电话里激动得语无伦次，她说："你快回来，我为你写了好多歌，等你回来，只要你喜欢，我就天天为你弹唱。"

男孩决定娶小翠。

男孩盼归的心儿像神鹰一样朝着那阔别已久的家园飞去。依维柯从西南平原驶过。男孩看见车窗外家乡的盐矿正冒着浓烟。男孩终于可以大胆地将一千零一朵玫瑰插在小翠的窗前了。男孩多想让小小的小翠感受一个强有力的边防战士穿着三浦友和的毛衣紧紧拥着一个长得像山口百惠的漂亮女孩，步履铿锵地走上红地毯呵……

男孩带着无比激动的心情抵达故乡新建成的车站时，已是华灯初上。父亲开着车，一路闯过红灯，一句话也不说就把男孩带到了医院。就在男孩回来的前夜，小翠发生了车祸。

男孩泪流满面。他不知为什么，造化如此弄人。

男孩声嘶力竭地哭喊着：小翠，小翠，我回来了，为什么我乘飞机也追不上你离去的脚步啊。醒醒，你醒醒啊——

我的小翠!

……

如今，许多年过去了。都市的人，满世界人的，都不喜欢穿那种竹针编织的毛线衣了，只有一个人还固执地穿着，也许是想让路人明白他是一个怀旧的人，就像三浦友和怀念他的山口百惠一样，他发誓就这样将一件毛衣穿到底，直到胡子拉碴，直到一头黑发长出两绺白花花的发丝，他依然穿着那件毛衣，那件毫不过时的三浦友和穿越了一个时代的毛衣。

你看见了吗?此刻那个穿着“三浦友和”毛衣的男人，正走在通往咖啡馆的路上。你看见了吗?如果说这个男人就是我，你肯定不会相信。但你完全可以凭此去想象，那时我所崇拜的爱情绝对是纯羊毛的!

风雨抹不去生活的炭痕，越纯真，越恒久，放在今天，我依然可以说它比艾米笔下的《山楂树之恋》更美。

蒲公英

原本我珍视那些花儿乱开、枯枝吐绿、大地焕发青春，容易让人产生幻觉的季节。这样的季节在故乡总是层次分明，拿捏有度，让人赏心悦目。柳眉儿开始纷纷扬扬，浮水清波白鹤亮翅，田间地头的胡豆、豌豆、葱葱、麦苗，还有油菜花花总是青青、郁郁、黄黄又黑黑……每当春风剪掉一冬长袖，我都会因想起一位戴着眼镜、一袭灰布长衫的先生——他背着手、玉树临风地停在我放学必经的某个路口，等着与那些刚刚在老师那儿背诵过《匆匆》的孩子相遇。

他很想揪住那个落单孩子的大耳朵，问一问：你能说出你爱春天的理由吗？

事实上，很多个春天都过去了，我只是生活在幻觉里。我的耳朵一直在长大，可我没有像大人们说的耳朵长得大就要当官。我至今为他们相信的谬论感到不可思议。总以为只是乡村的大人会有这样说法，可城里的人对此也持同样的说法。还能相信谁？我只相信天真的人，即使迷失在茫茫冬野，也能带着新的信仰重返花径之路。

无法重返天真的人是不幸的，先生一辈子也不再与我相遇，他无法揪住我的耳朵了，因为我的耳朵早已习惯风的寂寞、地铁的喧哗和嘈杂的人海。但每年总有学子会在春天与先生相遇，接受春的启蒙与观察，或者描摹、赞美，这是学子们躲不过的春天细节，他们死缠着书本里的春天而忽略了自己身边的春天，因为先生笔下的春色太令人刻骨铭心，有的甚至为了走进先生的春之世界，不惜用一个春天的时间残害另一个春天的自己。

这的确是春天制造的假象。它容易让人东想西想，却想不出一点头绪，成绩优秀的学子多数是喜欢先生的，成绩恶劣的学生当然不可能喜欢先生，因为他们过早地意识到纸上的春天都是假的。我属于成绩不好也不劣的那一类，我的目光清澈、心灵干净、意识敏感，我坦然接受了现实，但我不相信穿长衫的先生也会造假，因为他创作之初的本意一定是真诚和善良的，只是老师不仅要我们一遍一遍地背诵有关先生与春天相联系的诗篇段落，还要一句一句地楷书抄写，否则试卷上的阅读试题只能以零分告终。

我的彻悟或许有些晚。

那不过是先生个人的春天，老师为何要强加给我们永不相忘？身边的春天都没搞懂，老师们哪里懂得欣赏文学里的春天？他们只管拿着教鞭抽打春天里的孩子。许多孩子因背诵不完先生笔下的春之句而被他们扣留至夜晚才准回家。由此，我记住了年少春天的细节，只是它毫无花香或审美的成分。

最终，先生去也，给我留下印象的不是先生的春有多美丽，而是一个背时的背影，我在异乡多年的跋涉中把所有春色摔碎后，只记住了一个身穿小马褂、违反交通规则而翻越铁路栏杆的老父亲的背影，那是一个时代的背影，也有点像我父亲的背影。我注定无法走进先生满色春风关不住的园子，因为春色太浅，美得只能在纸上让我遇见，像科尔沁草原让我忘了摘下的那朵格桑花，在这个迷离的春天里，我再也想不起它清晰的脸。

有一个名字里带“春”的男孩，每次都能顺利背诵完春之句而幸运地提前回家，他不仅因此得到女老师爽朗的微笑，还得到过男生和女生的飞吻。他每次都提前回家，给我们带来的无疑是重重的打击。家长的反应是，看来你们几个都比不上春的聪明，春的成绩真好呀，每次都很早放学回家，还能得到老师的表扬。

若是在今天，春一定是“万人迷”。

春有一头低矮的浅卷发，像干田里收割后的水稻茬子，他背诵春天时的眼神总是处于一种低飞翔的状态，白衬衫挽起后露出白胖胖的手臂，谁也不知他的手心和手背上藏匿着春天的密码，那是一条条蚯蚓般曲折的圆珠笔画痕，有同学误以为那是他憧憬的春之山水图景，他背诵文章时的表情常常传递给老师一种飘飘忽忽的气息，实际上他是在偷看掌心上的秘密。有时，他会猛然抬起头，用水汪汪的大眼睛电一下女老师，趁望着书本发呆的女老师走神的刹那，神速地背诵出先生笔下那些繁复又光鲜的春意断章。他一边背诵，脑袋一边有节奏地摇晃，眼神如同装着纸飞机在半空中飞呀飞，像是在低吟着一个个春天的念想。

我一直想探寻春何以掌握背诵春天的诀窍，直到我们同窗毕业也未能得到答案，每次问到核心问题，他都支支吾吾，然后用充满电量的大眼睛望着你，似乎欲赶在你猜测答案之前，提前用花枝乱颤的笑声来扰乱整个世界，除了无语，春手心手背的画痕成了一个永远的谜。

那是一个春天，从我们村到镇上十里路程的小道两边，油菜花把田野的世界燃烧了，我们几个相约去镇上唯一的照相馆合了一张影。那时的我穿着白衬衫，扎着粉暗的斜纹领带，表情里透着忧郁。在摄影师按下快门之前，我拉过春的手仔细看了又看，上面的画痕其实是他生命的掌纹，看上去比我的掌纹艰辛与复杂，春一定每天放学回家帮父母干过很多农活，否则他的手不会在春天裂开那么多道干旱的口子。

春执意挣脱我的手。他说，有什么好看的，我又不是女人。其他两人反应很敏锐。一个说，你不是女人？另一个说，但你是美人。春满脸委屈，用两个小拳头不断打在他俩的身上，但他的内心想必是很满意这种说法的。

我没有吭声。

那是一只不再神秘的春的手掌，我断定他与劳动人民粗糙的大手别无两样。只是他由另一种春风得意的表象暗伤了真正属于他的春天。

春的神秘在我们合影前的一分钟全部消解了。

那张照片上的我，除了忧郁，别无选择。我相信那是一代人都有的忧郁气息。尽管躲在另一人侧面的春的脸上有着俊美的笑容，但他依然潜伏着忧郁——那是我们逃不过的春之伤。

之后，我们几个相继各奔西东。

这张照片曾在我远行之前当作青春与春天的见证寄给远方一位喜欢诗意的笔友。几十年后，走过太多地方，历经太多遗忘，那位笔友至今仍替我保存着那张照片，直到生活中有了网络，那张照片便又重新进入我的视野。我曾在一篇《两条鱼的江湖》中重点书写过照片上的张。除了春、张、我，照片上还有平。起初听说平到市里当了保安，平与我的联系最少。偶尔闻平的消息，都是来自张。同张一样，平也已经是两个孩子的父亲了。

张、平，以及我，在岁月的飞逝中早已成了地地道道的纯爷们，在各自的家庭里承担着重要的角色，只有春还保持着男孩的身份。

我与张的联系相对频繁一些，春在我们的世界里显得那样缥缈，像一棵蒲公英的种子，风一吹就不见了踪影。每次我都会在信里或电话里问问春。起初，张还会将他所知道的春的消息转告我，渐渐地，张也说不知春的近况了。

从我多年回故乡搜索到的情况来看，春是故意在躲避熟悉他的人。他想切断与过去所有的联系。关于他真正的人生轨迹，或许我掌握得并不太准确，这些都是早年从张的妈妈那儿得来的——你们几个分开后，起初春与班上一个奇丑无比的矮个子女生发展了一阵姐弟恋，不知为啥又分了，后来春与乡上一个刚刚将户口农转非的女孩恋了一年多。那女孩人漂亮，高高长长的，人又勤快，对春可好了，可是春熬熬熬，最终熬脱了，现在找不到人要了吧。春的父亲几年前得病死了，妹很快嫁了人，妈也打不起主意，春耍了那么多女朋友不成，他不想再与女孩接触了，但他想收养妹妹的孩子当儿子，他妈说春肯定有毛病，但她说到“毛病”很快便支支吾吾起来。

张的妈妈劝春的妈妈打起主意，早点把春弄到医院去治病，说春是一个好娃娃，春的妈妈总是支支吾吾。

我问春得的到底是什么毛病，张的妈妈也语无伦次，支支吾吾。

再后来，春在镇上帮伯父卖百货。又隔了几年，是一个春天吧，春与一个女子结婚第一个晚上，便散了。谁也不知那个春夜里到底发生了什么事情。

一个又一个的春天过去了，春却没有传来一点有关春天的消息。我们常常为他耽误了春天的花样年华感到惋惜。关于春的个人问题，春总是只字不提，他似乎愿意永远活在一朵花的春天里。

如今，春、张、平在故乡附近的一些小城折腾多年后，早已像尘埃一样被迫吹向南方之南的都市谋生，尽管他们相隔很近，但彼此坐下来聊聊天的时间却少得可怜。平在帮人开车，春在一个五金厂上班，春和平同在一座名叫佛山的城市里，但他俩依然很少有机会见面。张在番禺打工，带上一家妻儿老小，平偶尔路过番禺，有时坐下来最多停留二十分钟便走了。张每次向平打听春的那些事儿，平总说他不好问这个，让张自己去问。

张和平都害怕问春的事，想必过去他们一定问过。张的妻子多次让张把春从佛山叫到番禺来，要给春介绍女朋友。为此事，春与他们翻过脸。后来，张就不敢再过问春的事了，可是张的妻子是个热心人，她一直替春担心着人生大事呢，遇到身边合适的女孩自然就想到春。可张有什么办法呢，春知道是要他去说那事后，连电话也不接了。

张只好托平去找春。

平一定遭受过春的垂直打击！

原因是那次平接了张的电话后，去春的五金厂扑了空。原本张让平先不要给春打电话，直接去春的五金厂找春更有把握。可是那天平打遍了所有认识春的老乡电话，都没有找到春的下落。春究竟有几个手机号，谁也不知道。平找了几个地方未果，正为此事纠结时，转身在一个洗浴中心的门口发现一个似曾相识的身影，于是随着那抹影子溜进了洗浴中心。穿过长长的走廊，转过一个又一个的蓝色水池，那抹影子抱着毛巾进了一个包房——没错，他真的是春。平越看越惊讶，春在给一个肥头大耳的外国男人搓澡，春的一招一式显得那么熟练，和平往常看到的春判若两人。平越看心里越想不通，于是狂风暴雨般地对他吼道：春，你不是一直在五金厂上班吗？

春的回答却很平静：难道除了五金厂，我就不可以拥有第二职业吗？这么多年了，你太不了解我，其实我最喜欢的职业就是搓澡，你去问问，凡是接受过我服务的男人都说我搓得真棒。说白了，也只有在澡堂时，我才能看见我想看到的东西。

外国男人甩甩头，望了春一眼，又看了看平，眼睛眨了眨，一只手掏出两张人民币，一只手对着春竖起大拇指：OK，你让我很爽！这小费又是你的了！

想不到你还有这一招。平转身走了，因为他不懂春。

多少年了，春还是春，没有多一个“天”字，而我离他们仨太过遥远。有时，我在电话里向张打听春的消息，张总是说，好久没有他的消息。我想再问几句春，张顿时显得支支吾吾，或者立马绕开话题，说这个真不好问呀，还是你自己去问吧。

我在手机里找到了春，可是春从不接电话，许久之后，一个陌生号码发来简短的信息：太累了，注意身体，早点休息吧。这是春，这还是过去的那个春吗？这简直就是陌生人的语气。我只能想象他在南方之南不分白天黑夜的忙碌之中的样子。春可能试图用“忙”来解除自己与出生地的关系，故乡的友人和消息在他心里早已经变得无关紧要，因为他的心灵在任何地方都找不到寄托了。

春在外面的世界一定遗失了自己的身份。

而我还记得他。记得他在一个春天的放学路上递给我的一张纸条，上面写了些什么内容，想不起来了。但有一个画面非常清晰，那是我们还在幼儿班的时候，好像是六一节快到了，学校要表演文艺节目。春穿了花花绿绿的新衣服，从上学路上采摘了一把小花，编织了一个花环戴在自己头上，他上台唱了一首《蒲公英的种子》：

我是一颗蒲公英的种子

谁也不知道我的快乐和悲伤

爸爸妈妈给我一把小伞

让我在广阔的天地间飘荡、飘荡

小伞儿带着我飞翔、飞翔、飞翔

小伞儿带着我飞翔、飞翔、飞翔

就是这首歌，让在场的老师流着泪奔上台紧紧地拥抱了他。高年级的哥哥姐姐们也为这一幕洒下了深情的泪花，春由此一炮走红，成了山坡上学堂里的小童星。他一边歌唱，一边手舞足蹈，还不时用手

抹泪的情景我至今不能忘记。

每当春天来临，我就会为春多一份牵挂。不知他是否已经走出内心的泥潭？甚至有几次遇到身边的好女孩，我都想着春还是个男孩，他始终躲在世界的暗处遗忘人生重要的事儿。

南方之南的春天，一定比我所在的西南边城来得早一些，或许他在城里漂荡久了根本不知季节变换。我不喜欢城里的春天，它太过多元、繁复、杂乱、虚张声势。我们只有返回故乡，重温生命中的某个人，某件事，某朵花，某棵草，某段被野草改写命运的路，才能让灵魂的噪音得到些许的过渡、平复、安静。

有一天，我乘坐地铁走出城市中央，来到一个绿草返青的山坡上，看到几个小男孩正举着一朵朵灯笼状的绒花在吹。我加入他们的行列，踮起脚尖，望着故乡的方向，也吹了起来。润滑的风拂过我的脸庞，我唇上挂着一片蒲公英那样大的微笑。

当我们老了的时候，眼前的小男孩也已失散天涯了吧。

和隆生一样的人们

故乡是一本册页

很多年了，没有人替我回答，包括生养我的父母。

每次问到有关故乡的历史，他们都无从回答。从他们口中，我常听到的只是一些名字罢了。近年，他们带给我的故乡消息总是哪些人又走了，之后，我便会陷入一阵惊讶。因为那些被提到名字的刚刚被宣告走了的人是我小时候熟悉的人。我的惊讶之后仍没忘记思想故乡的源头。

故乡在川南荣县的乡下。过去荣县叫荣州，曾官至清朝监察御史的赵熙在此留下过不少诗书画印之墨迹。因为年少生活在离县城较远的乡下，所以对县城的概念相对陌生，几乎没有任何可以想见的参照，对赵熙这个人物的熟知程度甚至比不上我们生产队的队长。人生过去几十年了，去县城的次数加在一起至今不足十次。我只知道城里有一尊石刻大佛，因了乐山睡佛的超规模在前，将就屈居世界第二大佛。宋代诗人陆游曾多次行吟至此，留下诗篇多首。据说，还有一场在全国率先宣告起义的革命运动。吴玉章先生故居所在地蔡家堰，与我少年所在的虎板村算作邻村。

对于故乡，我大概知道可以摆上台面的人事就这些吧。对于一个从事写作的人，我深感愧于故乡人。而我之于故乡，或许除了陌生，仍找不出太多的熟知或认同。

面对表皮习惯或熟识的故乡，我常常找不到出口。

所有问题都被一座形如老虎的山横亘在面前，如同加西亚·马尔克斯的冰块很早住进眼里，至今未能融化。因为这座山的存在，我们村的男人们很多打了光棍。当然也有个别女光棍。这座从头至尾绵延数里叫作虎榜的山头住有观世音菩萨，上面镌刻着光绪年间的许多繁体小楷汉字，到了我渴望去辨认那些碑文的时候，却因岁月的风化，再难以辨认。那一尊面目清秀乳白色岩石材质雕刻的观音菩萨曾是我中学时光每天路过的守护神，她有一对漂亮的双眼皮，我知道她在看我。在她的左边上下两个框格里，摆放有净瓶，里面插有柳枝。至今记得在观音菩萨的两侧那幅镌刻优美、笔画圆润的对联：南海龙宫施法雨，西川虎榜现慈云。由此可测故乡曾有过的人丁兴旺、丰收喜悦、天地祥和之象。当然也不排除在某个历史的拐点上，故乡曾发生过大灾大难。

在虎榜山的周围还有一些山。高高的山壁上有洞口。小时候，曾跟着一些伙伴费力地吊着壁崖上的藤条爬进洞，里面真可谓别有洞天。房间、床铺、灶房、储水池及生活用具应有尽有，但却不知主人家是谁。我想观音菩萨一定知道，只是她说这是不能说的秘密。

昨天又将这些童年保留于心的疑问认真地抛给父亲。可父亲即便有母亲的帮忙，回答得仍不翔实。毕竟父亲不是考古专家，他没有文字工作者那么过于敏感又过于较真的心。好的是这次父亲提到了赵尔丰散落在此的部队，还有那些带枪的男人和女人，洞里有棒老二（土匪）……父亲都年近八十的人了，父亲回答不了的故乡历史，父亲的父亲能够回答吗？遗憾的是，我们这代乡野里长大的孩子几乎很少见过父亲的父亲，这种生命中的缺失，带给我们的是历史无法追忆的完整。

还能指望谁？比父母老一代的故乡人几乎都已入土。显然，这些事儿更不能指望观音菩萨了。

有一年冬日回乡，走着走着，忽然感觉自己像影片里那个走迷路了的英国绅士，停顿许久才惊异发现虎榜山头那一尊观音菩萨不见了。

在老虎的身子下面，那些瘦骨嶙峋的田土依次往低的位置匍匐下去，形成了一个桫椤谷般的世界。只是这里不再有恐龙出现，随着村民们的迁徙与失散，这里的人们已所剩无几。初来乍到的异乡人很可能将此地当作神秘风景，可那几个无所事事、耷拉着脑袋、抬起头直望着虎榜山威严表情的光棍，总是咬牙切齿、恨之入骨！

多年以后，他们成了我在远方打开故乡的一本册页。

腰间上拴蛇的人

自从张幺爷入土后，虎榜山下那几个光棍着实萎了一阵。有的躲在自己屋里，几天也没出来，有的声称去外地打工，实际上是在村人发现不了的地方窝着构思个人的事。总之，原本人越来越少的村子比过去多了几分寂寥。

在虎榜山下，光棍一般是没啥朋友的，如果要说有，也只能是光棍。隆生与跃青就是一伙的，他们的年纪可能相差七八岁。如果隆生今年五十八，跃青就该五十或五十一了。打我记事起，就知道隆生是个孤人，住在谢家湾的一间矮小又破败的土墙屋里。在他的土墙屋后还拖着一间用油毛毡搭成的小屋，里面喂了两头肥猪儿。

谢家湾里的人自然姓谢，包括隆生。

但也有例外，在隆生的隔壁住着一个比他年长的孤人，姓刘。他有两间土墙屋，我记得他时，他已经是过了五个指头的人了。走路的腿有些跛，村里人叫他跛跛。稍远一点的人叫他时会在跛跛前面加个“刘”字。刘跛跛平时不喂猪，他一年到头除了种点庄稼，更多时间用于乡邻四处满山遍野地捉蛇和打草药。在他屋子的各个角落，摆满了蛇皮与草药，还有各种不同肤色不同花纹的活蛇，它们纠缠在一起成了跛跛五光十色的陪伴。有时，风一吹，山上就能闻到那种仿佛来自遥远民间的药味芬芳。

那时，常有乡里乡亲因干活遇到跌打损伤或被蛇咬，都来找刘跛跛。他有时是从泡了各种蛇的玻璃缸中舀几口酒给患者喝，有时是吐几抹口水在患者痛处，抓几片鲜嫩的草叶在患者身上狠狠地揉擦，直擦得患者的痛处变成草叶色。因为效果好，五毛或两三元的费用便成了患者笑着脸给他的医术感谢费。如果是酷暑，你一定可以在刘跛跛裸着的泥铜般的上半身上闻到蛇胆一样的冷骚味，夹杂着陈酒的烈性。

那些张牙舞爪的空中小姐，尽管可以在屋顶的亮瓦片上发出风骚声勾引跛跛，但跛跛连一个“理”的眼神也不甩给它们，跛跛的眼里只有蛇，多年来，虎榜山里所有的蛇都成了他最亲密的朋友，只要他披上蓑衣，头戴斗笠，手持青竹竿，在雷电交加的风雨中出现在山中的树林里，妻妾成群的蛇就来到他面前了。

在我印象里，刘跛跛是没有碰过女色的。唯有听见他在坡上干活时与年龄相当的妇人开过一些带荤的玩笑。他当时是一个孤人的条件不允许，还是因为其他什么原因？多年以后，当我想进一步搞清他是否有过年轻的爱情经历时，刘跛跛已经进了镇上的敬老院，现在当是一大把白胡子飘在胸前的洒脱人士了。

如果此人还有必要书写几笔，我大概会把他的形象定格在哥伦比亚的加西亚·马尔克斯人生某个阶段的影像上——黑白混杂的粗短发，炯炯有神的目光，个子不太高大，微笑中透露出宽大雪白的牙齿。

刘跛跛一年四季从不扎裤腰带，那一条围在腰间的菜花蛇就是他最美的裤腰带。

屋顶上跑过一只狐

继续说隆生吧。

隆生的面影很容易让我想起小时候一部出名的影视剧中的人物，当时我们村子只能看到黑白电视。那是个神秘的人物，在几十集的剧情中，我从没发现他身边有个在一起的女人。他武功高强，却深藏不露，他的笑容偏冷，却储备了阳光。有一次，在电闪雷鸣的紧要关头，忽然出现的他救了一个身处危险的叫小玉的女子，小玉带着一个刚出生不久的孩子。他们在一个黑漆漆的屋子里，围着哭泣中的孩子烤火的影子，给我留下了挥之不去的温暖记忆。弄不清后来小玉和她的孩子是否跟那个人物在一起了，只确定那个人不会是坏人，他身上潜藏了不少好男人的优良品质，他的生命里若有个像小玉一样境遇的女子该是圆满。

可隆生至今单身一人。

他的身体越来越单薄，深凹的眼睛越来越幽暗，但他的眼睛从来没有停止奔跑。很多时候，他的眼睛随风中的蝴蝶或蚊子在奔跑。这种比狼速度更迅猛的奔跑让他在坡地上时刻停下手中的锄头，吐一抹口水在手中揉搓半天，也展不开劳动。正在扬花的苞谷与野草时而将他瘦如柴杆的身躯淹没。有时，一个下午他就在庄稼地里这样走神地倚着一把锄头度过。

就连路边屙尿的土狗和躲在苞谷穗里偷甜的蚂蚁也知道隆生是在搜寻过路的女子。

可很多背娃儿过路的女子看都不会看隆生一眼，更多人是没当他的存在。他只好望着人家的背影笑。当然，明眼人也可理解他笑的不是人，是狗，是风声，是蝴蝶，是蚂蚁，是把苞谷一天天晒熟的太阳。反之，还有一种可能是风在笑，狗在笑，太阳在笑，苞谷在笑，蝴蝶和蚂蚁在笑。他只好跟着笑。有时，人在毫无办法的境地里，笑一笑对内心空缺的地方也是一种填补吧！

隆生的笑应该定性为——淫秽。这种笑的答案或者妙处，或许只有他自己知道。记得夏天的傍晚，村里人都喜欢抬着板凳去山上的张幺爷家看电视。那么多人挤坐在几床晒垫里，像是在庆祝一个盛大的节日。有时，张幺爷的儿子会收取每人五分钱电费。当电视里出现男人和女人亲热的场面时，躲在人群中的隆生就像上了电池的机器发出清亮的笑声，在天刚刚擦黑的夜晚，那样的笑声像屋顶上跑过的一只狐。当人们的眼睛都在搜寻那只狐时，隆生的脸便红得像树枝上挂着的晚桃，尽管夜黑了，风高了，它依然逃不过催红素在夜色中的发酵。

“隆生，你那么想女人，把你卖了苞谷的钱拿出来，去大街上找一个嘛。”

人群中有男人和女人的哄笑声。

这是张幺爷时常对隆生说的一句话。当然，也有人说张幺爷是村里最爱跑大街的人。

隆生过去喂的猪、种的苞谷都奉献给了大街上的女人。如今，张幺爷不再陪隆生去大街耍了，只有跃青陪他去。

大佛街

相对于刘跛跛、隆生，跃青在村子里算年轻一点的光棍。跃青曾经是村里出了名的操哥。那时，跃青身边常出现的是打扮怪异的来自外村的一些年轻人。他们的穿着与发型和村里人格格不入。跃青也学着那些人的打扮，在衬衣的对襟处打个结，而他们的裤子则是当时流行的可以用来满街扫地的喇叭裤。有时，他遇见放学归来的我，还耸耸肩膀，双手抱拳，做一个霹雳舞的动作。

实际上，那时的跃青正在经历一场爱情大风暴。

相隔几条田埂的陈家村有一户姓陈的大户人家。家中有个如花似玉的女子排行在三，村人都叫她陈三。陈三家也是邻村中最早买电视机的，而且是彩电。我们去陈家看电视比去虎榜山下的张幺爷家相对近一些。农忙时节，尤其是那些收割后的傍晚，天不见黑，去看电视的队伍中常混及一个神出鬼没的人，那就是跃青。当时，谁也不知跃青身上会发生那样的事。论家庭背景，陈三无论如何也不可能看上跃青。可跃青与村里人讲他与陈三的恋情比电视里的山口百惠与三浦友和的更精彩。可谁也没亲眼看见爱情的真相，包括跃青。

只有一个叫龙哈包的陈村人，知道跃青与陈三的爱情是怎么回事。龙哈包会拉一手悠扬的二胡，是乡宣传队的文艺骨干。

跃青很听龙哈包的话。每次去陈家看电视，龙哈包就会在村人散场时，悄悄交给跃青一封信。里面的内容都是他自作主张代表陈三写给跃青的。而看完信后的跃青会忽然兴奋得比疯狗更疯狂，回到家觉也不睡了，即使停电也要点着煤油灯通宵达旦写一封信交给龙哈包转给陈三。就这样，跃青一直相信他与陈三是在热恋。每次他去陈家看电视之前都会精心收拾一下自己，有时脸上还会抹几把母亲做菜的豆粉。而跃青去陈家的举动也很特别，他满以为自己已经是陈家的人了。

有一次，他找陈三说信里的事，结果被陈家人围着狠狠殴打一顿。那一夜，满屋子的人都认识了跃青。鼻青脸肿的跃青在自己家里待了半月才出门。

但跃青不知自己为何挨揍，只有龙哈包安慰他。龙哈包是跃青爱情的播种器。但龙哈包安慰跃青使用最多的路数则是让跃青替他家干繁重的农活，说干完了，他再去做陈三的思想工作。于是比牛马比骆驼更有爆发力的跃青汗流浃背地跟着龙哈包爬坡上坎地干活。龙哈包也不愿让跃青随随便便地累着，他时常抛出几句陈三爱慕他的段子，累得快要趴下的跃青忽然又生龙活虎起来。紧接着，龙哈包就给跃青出点子了。比如跃青，你得想办法给陈三买两条扎头发的粉绸子和踩脚裤当礼物。

于是，跃青偷家里的东西便从这里开始了……

龙哈包坐在风中，拉动二胡声声，陶醉在自己导演的爱情大戏里，乐得合不拢嘴。

直到陈三出嫁，接二连三地生儿育女，跃青还是跃青。他时常蹲在屋门下的竹林里，望着陈家村满眼金黄稻子铺出一条又一条田埂，想着山口百惠与三浦友和的爱情，他的眼角从此刻下了一道忧伤。

隆生就是在这种时候贴近跃青的。隆生时常睁着发光的眼睛问跃青与陈三的爱情。跃青编织的与陈三子虚乌有的爱情对隆生十分奏效。有时，刚才还浑身瘫软的隆生听了跃青的话，一下子变得心花怒放，激动不已。跃青和隆生的笑声常常穿过炊烟，飞过桑树林，让三里路外的庄稼都笑弯了腰，可他俩仍在笑，不顾及庄稼们的感受，白天黑夜地笑……

所有的逝水年华都在他们疯狂的笑声里一去不返了。

那时，隆生常来帮跃青家干农活。跃青的母亲为他俩的劳动准备有带壳的花生，以及从商店里打回的散白酒。他俩的齐心协力总是先于其他人家干掉繁重的农忙活。然后，他俩便一起上街卖苞谷。隆生只要赶了场就会割一块肉回家。于是，在谢家湾那间小小的土房里，两个胡子拉碴的光棍吃着酒肉究竟隐藏了多少秘密，只有虎榜山知道。

跃青的名声随着酒肉的喷香开始变得臭了起来。

反正家里丢了鸡狗的人家第一个怀疑对象便是跃青。此时的跃青已经不止一次偷家里的东西了。有一天，趁家里无人时，他把父母种的粮食三下五除二全卖给附近的有钱人家，同时，还偷了村里人家养来过年的几只鸡。只要身上有了钱，跃青就会从村子里消失一阵。

没隔几天，就有人说又在大佛街见到了跃青。

家里稍有点值钱的东西已被跃青偷光，父母只好忍无可忍地去远方弟妹家过日子。

从此，跃青一个人的身份与处境就和隆生相差无几了。

现在的跃青有事无事就往隆生家跑。一次，趁隆生不在家，跃青拆下隆生家的木门，把隆生仅有的两口袋苞谷种也偷去卖了。当隆生发现此事，跃青却不见了人影。隆生想，跃青肯定是一个人跑大佛街去了，他想去大佛街找跃青，可口袋里却没有一分钱。

曾经两个男人在一起笑的村子，如今只剩下隆生一个人笑了。

独自站在门口的隆生，看着眼前的人，笑着笑着，就流泪了。原本隆生的旁边还居住着一位白马王子，叫玉龙。可是玉龙前几天刚在县医院动了手术，抬回家就死了！

算 盘

玉龙之死，对隆生来说是一种考验。

隆生看着眼前那些哭哭啼啼的人，禁不住也跟着抹起泪来。隆生想下一个死的人会不会轮到自己，毕竟玉龙的年龄只大他几个月份。玉龙死了，丧事有亲人操办；如果自己死了，后事谁来操办？

玉龙是村里出了名的好人。可是直到他结束五十八岁的生命，也没有尝到真正的女人体香。印象中玉龙人长得算是清秀，不知他年轻时候都被啥耽误了。我认得他时，他常牵着牛在田地里来回奔走，对正在读书的我们总报以笑容和尊重的目光。那时他二十五六岁，唯一的恋爱经历便是有说媒的人想用他妹妹去替他换一个包蛋，可最终以失败告终。

玉龙人生的第二次爱情转机出现在五十三岁那年秋天。

当时我表哥卧床不起的时候，找玉龙谈过话。玉龙小时候是拜给表哥母亲的孩子。从这一点来说，玉龙与表哥也算兄弟。表哥希望肥水不流外人田。

表哥与玉龙谈话的内容大概意思是让玉龙帮忙在他死后将他送上山，就可以和表嫂组合成一个家。玉龙站在床边，表哥声称这是他和表嫂商量好的事。其实，这是表哥人生尽头最后的算盘。表哥生前一直在打算盘，得罪了乡上以及村里不少人，包括家人，死后担心无人帮忙料理后事，于是，玉龙成了他最放心的算盘。

当然，这件事于玉龙也是好事，总算找到人生的突破口。

那几天，欢欣鼓舞的玉龙一直守着表哥，端茶倒水，直到表哥断气，闭眼。

可当玉龙处理完表哥的后事，表嫂对玉龙就不客气了。表嫂说这事儿她并不知情。玉龙想抱抱表嫂，可刚凑近表嫂，一股浓烈的腋臭味便堵住了玉龙正要往上碰的鼻尖尖。热烈的玉龙喘着粗气退后几步，像一片漏雨的亮瓦即刻失去了明亮的光泽。在只有两个人的屋里转来转去，最终什么事也没发生，这在村里所有人看来都是过不去的情理。可玉龙并不这么想，他纳闷儿怎么女人会是那样的味道？这如何让男人接受？玉龙有些疑惑，几次鼓足勇气想要再次亲近表嫂，试探出女人真正的味道，可那种味道就像一个躲在暗处的阴谋者抛洒出的毒药，让他几乎晕头转向。

表嫂走了。从风中的铁丝上收走几件散发臭味的衣物，去了别人的城市。

玉龙站在大路边，望着表嫂的背影，没有太多美妙的滋味，只有一丝狐臭令他至死不敢回味。有村人替他挽留表嫂，可玉龙精疲力竭地甩甩头，表情和田野里的麦子一样，开心也那样，不开心也只有那样。

空欢喜一场的玉龙很快把精力放到自家的庄稼地里。比起隆生与跃青，玉龙算是一个顾家的男人。因为玉龙上有老母亲，下有两个弟弟和一个妹妹。玉龙弟妹都有家有儿女。面对常年打工在外的弟弟丢在家里的两个女儿，玉龙有种欣慰的满足感。因为他替弟弟尽了一个中国式的农民父亲应尽的责任。大的那个女儿刚上中学不久，成绩一直是班上第一，小的那个也上幼儿园了，可是玉龙身体却不行了。

玉龙究竟得的什么病？怎么动了手术，回家就死了？隆生说，村里其他动了手术的人也像玉龙一样死了。隆生还说，以后他得了这种病，坚决不动手术！

隆生与村民们张罗着玉龙的丧事。可谁来为一个光棍守灵？

现实的问题很快摆在了村人面前。哭声中，一个亭亭玉立的少女默默地站了出来——那是玉龙弟弟的大女儿。她自觉地为玉龙披麻戴孝，送玉龙上路。隆生看着默默无语的少女，泪水夺眶而出。朦胧中，隆生仿佛看见玉龙把少女从小带大的每个情景，同时，也看见玉龙在落雨天背少女妹妹去五公里外上幼儿园的艰辛。

隆生望着远去的玉龙，哭得无声，但悲壮又惨烈，眼睛红了，嗓子哑了！

白发人送黑发人，玉龙的母亲哭得更伤心。玉龙的弟弟和妹妹安慰母亲：玉龙生病，他们已经尽全力了，六万元的手术费都是几家人到处凑借来的，若母亲再有个三长两短，借钱都困难了！

男和女

谢家湾有一个很久没有在我文本里出现的人，尽管他在全国漂了那么多地方，漂走那么多年华，却至今仍是光棍——他就是根生。其实，根生的血脉里不止他一个光棍，他爷爷的字辈里也出了一个光棍，他妹妹惠琼曾多次出现在我文字里，是个名副其实的光棍。若用现在进行时的语言，该称她女汉子。

根生与惠琼的问题究竟出在哪里？村里人说：女的不走，男的不结。这真的是他们兄妹发自内心的终身誓言吗？论经济条件，根生惠琼家算是村里较富的，因为父亲过去是生产队的采购员，累积下来的资本比村里其他家庭厚实多了，加之他们土地多，常年囤积的粮食也多，只是几十年如一日，谁也没见过他们家请客办酒什么的。据说，曾经也有热心的媒人替兄妹俩说媒，而且也有人使用“换包蛋”的方式替他们说媒。只是媒人介绍来的人到了根生家，没有人招呼你坐站的问题，吃饭什么的事情就更别提了。

根生对父母的态度很有意见，原因是他们对儿女的爱情问题一点不上心，表情总是冷冰冰的。怎么会这样呢？难道此事就与父母无关吗？为什么张家的那个短脖子儿子不是光棍，因为父母舍得钱和粮呀，人家不仅送麦子、送苞谷、送大豆、送高粱，为了儿子讨汪家那个高个儿长脖子媳妇就连卖大肥猪的钱全部都送过去了。根生的父母做不到这些，尽管他们家并不缺钱粮。根生从此对父母就像对待陌生人。时间久了，根生像作废的旧船也就搁浅在村子里了。于是，一气之下，外出打工再也没回来。我当兵在外十几年的多次回乡记录中，未有一次碰上根生的记录。

我碰见的只有根生的妹妹惠琼。

惠琼在村里是出了名地干活能手，甚至她一个人干的活，可以是男光棍们总和的几倍。在惠琼的生命词典里，没有爱情，只有干活。惠琼不仅摘桑喂蚕，还养鸡喂猪，外加捡了十多户人家被弃的土地种。一个人忙不过来的时候，惠琼常常指挥年迈的父母亲干活，还规定父母几点起床，几点上坡，几时要按她的要求把活干完，弄得她才是真的一家之长。父亲对她很有意见，嚷道：“你那么厉害，怎么不去当村上的妇女队长？”

惠琼恶狠狠地盯着父母，半天不吭声。

要吵架，谁也不是惠琼的对手。兄弟的媳妇与孩子都不愿与惠琼往来了，有时两个女人在同一块地里干活，也是一个在左，一个在右，中间的距离远得可以放下虎榜山。每次口舌上的交锋，惠琼都成得意的胜利者，现在兄弟媳妇一家也搬离了她。

“以后老了别找我，我可管不了那么多，你现在是恶婆，以后就是包袱。”这是侄子离开时甩下的话！

可惠琼甩下一句更狠的话：“谁要你管？老子存的钱，老了用都用不完。”

几十年了，谁也不知惠琼存了多少钱，只知道她把年轻都存老了。她每天干活都为了存钱，一年到头总有卖不完的东西。春天，你会看见她天不见亮就背一筐豌豆尖上街去卖；夏天，她养的大白兔也上市了；秋天就卖蚕茧；冬天卖各类粮食。哪怕是天下人民要过年，她也要干活，刀枪都拦不住。自从惠琼进入我视野时，就有人领着她四面八方去相亲了，只是她的爱情谱子里总有不圆满的事情发生。一会说去男方那天，她家的兔子死了一只；一会说男方家的羊在见到她时叫声很不正常……这在她看来都是未来不吉利的提示，因此谁也说不好她的媒了，前前后后方圆几百里地相了几十回亲，最终无人提她的亲了。

人老珠黄。何况惠琼即使不老，模样也只像个司马衷的皇后贾南凤——矮、挫、黑、胖。

毕竟四十多岁的女人了，谁来与她相亲？这在村人嘴里成了可耻的笑话，这也是虎榜山的可耻。

莫非她这辈子就和自己相亲吧。

柴火里有秘密

二十多年前，虎榜山的尾巴上发生过一件全村人都很吃惊的藏人事件。这件事的生发彻底打破了只有金屋才能藏娇的说法。

虎榜山的尾巴上住的是一个人称张老幺的光棍，他长着忧郁的蓝色眼睛，白净的脸上有浅如枯天麦苗般的焦胡子，无论什么季节，他都西装革履的样子。有时独自涉过山尾，忽然遇见张老幺，像是遇见了一个来此考古迷了路的英国专家。张老幺将西装搭在手腕上，一个人久久地伫立屋檐下，眺望远方。他是即将要远行了吗？而他屋顶上的高音喇叭却在播放磁带里的歌手专集，那抒情与缠绵的歌声从没有停下来的意思。比如韩宝仪、童安格、石小倩、刘德华等如今早已淡出歌坛的港台歌手作品成了他轮回播放的最爱。由于张老幺居住在虎尾巴上，喇叭里的音乐被山风传得很远，很透彻。在他的表情里，那么多钟爱的歌曲注定是专一播放给远方人儿听的。

远方其实不远，中间只隔了条折沟。张老幺站累了就会坐下来，坐在屋门口，一坐就是一天，眼睛始终盯着那个地方不放松。那样的神态，如同他已经摸清了虎榜山附近所有的史源与个人踪迹。

终于有一天，张老幺鼓起勇气下山来到了沟对面的远方。这是他每天每时每刻眺望的地方，这里有一个叫水仙的东北女人。她的男人是很容易被远方的人称作大师级的神人，因他不算太老，花白的胡子已经拖到地上了，常年出门在外给人算命、摆地摊卖狗皮膏药，骗了不少钱回来，也骗了不少外省女人回来，水仙便是男人从外地诱骗来的。这户人家其实是张老幺的亲戚，两个男人的母亲有直接血缘的关系。

给张老幺说媒的人走过一拨又一拨，可谁也不知张老幺只喜欢水仙，不仅是在歌声里喜欢，而且在梦里更是狂热地喜欢。趁那个卖狗皮膏药的男人不在家，张老幺就隔三岔五以亲戚的名义主动来帮水仙干活。水仙看见张老幺总是略带羞涩却又喜出望外，两个人常在干活时不时地多望对方几眼。

可是，望着望着，水仙就不见了。

张老幺的音乐播放也就戛然而止。

寻找水仙的人们四面八方走访几个月也没下落。有一天，卖狗皮膏药的男人从外地风风火火赶回，直奔张老幺家。论辈分，他应该叫张老幺表叔。可是他在表叔家并没有找到水仙，他除了见到那台高档的音响之外，只有柴火。几间屋子堆满了柴火，一张睡的床也没有。

他弄了弄长长的胡子，不得不灰溜溜地离去。

数月之后，有过路的人听见张老幺屋里传出婴孩的啼哭。越来越多的村人循声赶来。他们惊奇地发现，张老幺家的柴火里有秘密。那婴孩的声音是从柴火里发出的。有人不顾阻拦地钻进了柴火，里面是弯弯曲曲的柴洞，深处的水仙正抱着一个女婴喂奶。

2012年，名叫善英的女婴已长大成人，并且进入恋爱佳期。因为她与众不同的美丽，有人甚至将她比成霹雳娇娃，吸引了不少外来的城里小伙子。可是与她相处的小伙子总是时间不长便打道回府了。其中一个城里的小伙子带着满脸的伤痕离去。这善英怎么回事？与她相处的小伙子为何总带伤而去。而那些喜欢善英的小伙来了一个又一个，最终都没喜结良缘，弄得张老幺与水仙总是喜忧参半。时间不为美丽所滞，善英也一年比一年大了，这对于故乡的女孩来说是一种致命打击。加之流言蜚语相加于她，这对一个家庭来说无疑是痛苦加忧愁的双重打击。

有人说，张老幺的女儿善英肯定生不出娃。否则怎么来了那么多小伙子都走了呢?

这样的疑声噪音让张老幺与水仙很没面子，路边干活的张老幺常常被气得团团转。照此下去，如何是好?画眉在竹枝上乱叫的下午，张老幺突然想出一个解决此事的办法。他让水仙找来了绳子，然后两人狠狠地将善英摁在柴堆上，将她捆绑在屋角的打谷机上。水仙就在一旁守着善英，张老幺叫人去了。

半会儿时间，来了一个身体结实黑不溜秋的家伙。是河对岸铁钉山下竹林人家邱五。此人常年不懈地在田里摸泥鳅捉黄鳝，为了抓住那些粗壮的大黄鳝，不少田埂都被他无处可使的强劲打得千疮百孔，都三十九了，还没讨到婆娘。邱五进屋之后，外面的张老幺与水仙只听见打谷机的声音疯狂地转了起来，善英魂飞魄散的叫喊声像是在一步步地攀附天堂，但她的声音是被捆绑了的。邱五终于像贼一样出门了，没有给任何人打招呼。

风把他的背影吹得很高，也很清晰，邱五精神抖擞得像地震后的山崖边猛然冒出来的一缕新绿。

据说，现在善英的女儿已经一岁多了。只是善英还在不停地给自己找男朋友，给孩子找一个叫父亲的人。

扬眉吐气的张老幺与水仙抱着孩子，逢人便说，谁说俺家善英不会生孩子，谁愿意来俺家与善英在一起，这孩子就是谁的!

村人听了，发不出任何声音，无人说这样的事好，还是不好，他们只是简单地笑笑就过去了。山里的风在天气变脸时，总是一窝蜂地一扫而过，不留痕迹。

兽把人偷了

张幺爷的儿子四是两次被两个不同女人告上法庭的人。两个在村人口碑里都不错的媳妇被四打牌打跑了，留给张幺爷的只有两个不愿认四为父亲的孩子。

其中小的那个孩子说话有些结巴。每当张幺爷站在山口喊四回家吃饭的时候，那孩子就跟在屁股后面喊——兽。一声接一声的兽，落到山下面，很快又被风荡回山上，喂进老虎的嘴巴里。

不久，第一个媳妇回来把留下的女儿也领走了，如今这个女儿早已出嫁有了自己的孩子，因此兽早是当外公的人了。但兽不愿接受光棍的身份，在兽眼里，他与村子里那些光棍是不同身份地位的人。他认为自己有头脑，而且是去全国很多地方闯过的人，完全有东山再起的希望。这不仅因为他头发长，见识长，身子长，下面的东西也很长。

后面的那个长，是另一个与兽同姓的老女人在赶场路上摆出来的。兽没老婆的日子，就爱去这个老女人家摸二铜。而老女人的男人在广州打工一年半载回不来，老女人就喜欢请兽来家打麻将。因为兽和老女人都只喜欢赢不喜欢输，不知这算不算他们找到了共同爱好。当然，自从和老女人打在一起，兽便一改往日心态，不断地输银子给坐在对面的老女人。遇到落雨天，老女人扯开山气妖妖的声音就喊：

兽，你个狗日的跑到哪偷人去了，快来打麻将哟。这时，山嘴上的兽无论正做着什么事，都会马不停蹄赶来老女人家。

时间久了，村里村外的人就发现事情不对头了。

老女人的年龄比兽要大十多岁。他们俩加一起的年龄可能有一百多岁。在村人眼里，老女人都这把年纪了，不可能还有毁家的念头和举动。再说老女人的家在村里是出了名的五好家庭。男人长得一表人才，女儿则是镇上医院的护士，与多年前唱《轻轻地告诉你》那名女歌手几分神似。若要问老女人究竟有几分姿色？她怎么能和山上的兽纠缠一起？想了半天，还是从小时候看过的老电视里找个人物出来吧——霍元甲的老婆赵倩男的晚年影像。

这事之于兽也是让村人多有想不明白的地方，怎么一个不算老的男人会去找一个比自己老那么多的女人，而且这个女人居然与他一个姓，是他家族里的人呀。但事实就是这样，不可能的事偏要往可能的方向发展，对爱情来说，这成了一个逃不过的例题。老女人不顾男人和女儿的反对，在家与女儿吵了三天三夜，最后女儿被气走。

有一天，男人回来，正好遇到兽在床上摸女人的二铜。

老女人与男人打了三天三夜的架，继而三个人扭打在一起，男人终于躺下了，兽胜利了。老女人独自抱着被子提着箱子从山下的竹林，绕到河的这边，再爬上高高的坡，义无反顾地一直冲到山上，与兽住在一起了。

这就是乡村爱情的力量，令人惊心动魄，明知是往死里走，却要以冲锋的姿势飞禽走兽！

兽把人偷了。

村里村外沸沸扬扬。很多不知情的村人听此消息，根本不相信四。只是那个跟在屁股后面的孩子一天到晚看到人就喊——兽把人偷了。

老女人的男人将此事告到镇上。法院来人了，可三个月仍没调解下这桩事。每每村人看着兽和老女人走在一起，便不好意思地将脸扭到一边去。

好意思的是张幺爷，有一天他趁兽不在家时，把老女人藏了起来。当那个孩子满屋子找兽时，却找到了柴火里的爷爷紧紧抱住的老女人。

孩子睁大眼睛，凑近看了看，忽然用两只小手蒙住了双眼，慢慢地，他又松了松指头，从指缝中发现原来那根本不是“兽”，于是拿着那句“兽把人偷了”的话一口气冲上山巅，他似乎感觉后面有比老虎更凶猛的兽追来，于是转个身便看不见自己人影了。

几天后，兽带着老女人去往南方。

名录上溜走的人

原本至少还有五个光棍可以进入虎榜山的光棍名单，只是他们与村子的疏离感实在太久远了。远的不说，记得在我还未当兵去西藏前，有几个光棍就已经从村子里出发了。

他们究竟去了哪里，村子里没有几个人知道。今后，也不可能会有更多人知道。

在村人的世界里，他们早已下落不明。

其中有一个叫龙营的人，是我隔壁的邻居。

龙营是一个石匠。早年怀揣手艺，去了姐姐的所在地河北省。印象中，龙营回过村子一次，大约是九十年代初的事。那次龙营回来看他哥哥水田。

水田也是一个光棍，他的故事曾被我多次写进文章，其中有一篇发表在早年纯粹的文学刊物《中华散文》上面。如今，水田也进了镇上的敬老院，生活待遇享受国家专项资金和专人服务，这于他算得上如意的人生结局了，尽管他至今也没讨到婆娘。

我不知龙营算不算光棍。

年轻时候的龙营是一个特别向往军营崇尚军人的上进青年，这在龙营当时挂在墙上的穿着军装、嘴脸都被画上了腮红的那些涂彩的照片里可以找到见证。同时，龙营也是一个极爱美女又爱江山的柔情汉子。当时，龙营扯着变形的腮帮子吼着粗犷的号子打下石子挣来的钱，全用来买了那些江山如画的美女图，从卧室到堂屋，每个屋子都贴得花花绿绿，喜气洋洋，张灯结彩。可那么爱美的龙营，始终没有为哥哥水田贴来一个婆娘，更没为自己的爱情贴出一个答案，于是怒火之下，离家出走三十年。

如此下落不明的人在我们村子不止龙营一个。

据村里人说龙营在河北是安了家的，只是谁也没有看见过他的家。还有一个来路不明的消息是，前几年龙营曾打电话给他的堂弟，说将回村子重修他的房屋，但只字未提他的个人问题。那些下落不明者的房屋在我们村的地图上已经消失很久了。对于这种不知详情的人，只好让他从光棍名单里溜走，毕竟写字者怀揣的愿望总是善良的，我宁肯相信出门在外的他们风调雨顺儿孙满堂，也不愿听到他们多年以后还是光棍一条！

在我下笔之前，有一个叫聋昌的人刚刚溜出这份光棍名单。庆贺聋昌喜事的不仅有虎榜山，还有山里的观音菩萨。不知是不是聋昌的母亲找人塑了一尊观音，放回原来那个位置。聋昌的母亲提着一块刀头肉，几个橘子，还有一瓶酒，以及一对香蜡烛，她一边作揖，一边嘴巴里不停地感谢菩萨让聋昌结束了漫长的光棍史。

满脸络腮胡子的聋昌，和年轻时候的一位外国人有几分相似。他的名字原本叫龙昌，与龙营属于堂兄弟。但因为他的耳朵有些聋，听力有些迟钝，村子里其他光棍干脆直接叫他聋昌。聋昌在镇上的砖瓦厂上班多年了，终于遇见一个耳朵同样聋的女人，早已生育一儿一女，且大他九岁。如获至宝的聋昌将此消息带回村子后，村口那几株开花的高粱也在为他添喜喝彩。

说实在的，聋昌比玉龙幸运多了。

无论哪个方面，聋昌都不如玉龙好，如果说玉龙像一株端庄的麦子，聋昌顶多算得上一个长过了季节又被雨水淋多了的苞谷，但聋昌却幸运地尝到了真正的女人滋味。只是村里人替聋昌解释的那种滋味叫——有钱了，你就可以回家；没钱了，就叫你滚出去。

麦 田

他望着闹山麻雀般散开的小伙子，迅速从袋子里掏出几件颜色各异的长衣服。爱往脸上涂粉的姐妹们眼睛一亮，其中三姐是他出走前耍的女朋友：这有点像老外的衣装哟？

一棵刻着我名字的树

走过一条竹林笼罩的小路，再过一条荷叶铺出路面的田埂，那棵在水池边站立的树，便望见我回家来了。

这是一棵同我一起长大的香樟树，它有着我一样的年龄，一样的心事。在树的旁边，其实还有两棵树，是村口到山坡常见的桉树。但父亲只看好香樟，它躯干挺拔，只要有风吹过，树叶与树叶之间发出的声音，犹如书页卷动；它枝条舒展，一树枝叶就像一座兴旺的庄园，在两棵桉树的影响下，香樟难得安分。

父亲爱这棵香樟远远胜过另外两棵桉树。

懵懂时候，母亲常领我去树下拾荒。我不解地问：它怎么就叫香樟树？母亲抹了把嘴，她大概想不到一个小小的孩子，竟会将这一问题把她给问住。于是她摘下一片新绿，放到嘴边嗅嗅，又送到我嘴边。

我只说了声：真香。她就笑了，像是回答我的问题。

母亲说：小六，记住这棵香樟吧，你和它一样大呢！

我站在了千里之外，看见天上的星星，像童年涂画在纸上的钻石，忽闻一地落叶的芳香，弯下腰来就望到窗外那一抹树影，我还没有迷失方向。那是初秋萧条的梧桐，它们早已掌握了季节在高原的变化，即使没有鸟叫风前，叶子们也都晓得自己将要去该去的地方了，只有少数的才有机会留在天边，观看同一轮日月在蓝与天之间分分合合，只有一些顿悟的生命，才在决定闭上眼的一瞬间，看见那些欣然出世的生命。来者充满希望，去者多么悲观！但它们最终都有落地的时刻，就像人出门后迟早总得有一个归期。这是树叶之间的秘密。但树很保守，关于命定的事，树从来没有只言片语，树懂得如何保护自己的羽毛，树知道把根留住，默默地扎根深土才是它的生活。

出门久了，才渐渐明白，树经常是一个地名的传播者。有些地方虽然名中有树，但当你真正到了之后，却一片树叶也寻不到，虽然你看见它与树无关，但实际上它与树绝对有关。我怀疑有的树，曾经来过我们的世界，但不知出于什么原因，树成了牺牲品，遗迹早已无处可寻。人类因为怀念树，取个名来纪念树，走到名中有树的地方，只是为了眼睛不再荒凉，但无论如何，那些树都不可能起死回生了。不过也有以树命名的地方较为名副其实。

在西藏的日喀则，我住过一个名不虚传的招待所，叫三棵树。三棵树在那特定的环境里，算得上星级宾馆了，雪域之外的人们，都是为了看那三棵树而住进招待所的。甚至于今天，许多地方容易被你记住，是因为它有一个特定的标识牌，或一座特殊意义的古建筑，但有一天这些物什在被工匠刷新改造之后，它很可能会让你难以识别一个地方的模样，从而消解你记忆中的记忆，但地名之树，给你的印象却是记忆犹新，永不磨灭的。

屋檐左边的香樟树，成了我混在右边且没有屋檐的一个参照物——没有屋檐的右边，是我一个人远行的隐痛和缺憾，它是由很多个不同的世界组成的同一个世界，它从不在意你去适应谁，只要你适应一个世界。可我从来就不适应谁的世界，包括我自己组合的文字世界。所以我一直把香樟树当作我心灵的屋檐，让它为我避霜挡雪，为我述说一棵树的灵魂心语。

在我离开它的时候，它已经有饭碗口那么粗。二十多年了，它无拘无束地生长着，远远地把我抛在陌生的地方，它的目的很明确，就是要我独自承担风雨，直指天空，不像它一样，一辈子停留在同一个地方，没有勇气挪动半步。甚至更多的时候，我走错了路，它都会以家的名义给我屋檐，投影指正方向，让我回头另辟蹊径。而树却是随时行走着的，它路子走得很正，像父亲的身板那样总是自己先站直了，才能让我们以他为榜样。

我想，人这一辈子是永远不可能像树那样超脱的，因为人一生都蹒跚在地面之上学步，而树在地面之下行走，树有太多的不为人知，我有太多不甘心放下的事物。只是有一点我坚信，只要有树作参照，我就永远不会迷失自己；只要树上刻着我的名字，走得再远我也一定能够回去；只要我不放下手中的树根，即便明天的明天再暗无天日，我也能摸着黑回来……进入那一条竹林笼罩的小路，走过那一条芋叶铺出路面的田埂，我听见树喊我的乳名。

我说我回来了！但我又将离去。

苍老了许多年的香樟，已经枯萎的香樟，心里一直惦记着我名字的香樟。我在家与树同眠了三天，没有充足时间与它彻夜长谈，但它知道绿色的事情是最重要的，什么人都会有回来的那一天，尽管他已走过无数的名山大川，见过不计其数的树，但它相信一个人如果从一棵树出发，最终还将回到一棵树，成为一棵树。

我一出发，树就泪如雨下。

树懂得一个人远行的悲壮，但它不说。

树凝视着我，忧虑多于热情。

炊烟漂流的家园，一直为树守着。每次每次，离别离别，家园总是别过脸去，不肯看我与树的表情。走了好远，忽闻汽车鸣笛，停顿脚步，我仍听见我的树在说——

我是你的树！是你的树。

我捂住胸口，其实，我们都是家园的树呀。

树是父亲栽下的。父亲栽下树苗的时候，丝毫没有料到它会如此尽其所能地生长，树为了顶天立地的事业，耽误了爱情的佳期。它一心一意地想着早日长进城市的土壤，不去考虑别的事情，进取精神十分专注。父亲可能早就知道这棵树的用处，父亲把我的名字刻在那棵树上，父亲让我在一棵树的目光里走天涯。

结果，父亲把所有心思都交给了一棵树。树一天天远离着父亲，父亲得不偿失。我究竟走了多远，树能看见吗？父亲看见了吗？每当累了的时候，我的心就落在树上跳跃歌唱，树的生长是我对家园最好的补偿和报答。

后来我的名字，竟像树籽四散天涯，落地生根，树禁不住欢欣鼓舞。树容不得简单的我了，我和我的名字在空中飞翔，在电脑里面深思熟虑，我们跑过了一座又一座城市，后来跑累了，在平原阳光稀落

的一座省城停下来，我发现所有的名字，都绕着一棵树在走，树犹如此。

我必须像家门前的树一样，直指天空，像伞一样撑住屋檐的一角，为坐在园中守候朴素生活的人，挡风遮雨，披星戴月。

一棵刻着我名字的树。

落叶之前我能回家吗？

幺女世故

幺女，按我乡下的习惯叫法就是家中最小的女。

幺女回来的消息像阵风吹动了田间每一棵草儿。

这年，幺女二十四岁。

幺女的父亲命苦，早早就离开了人世。

幺女从身子落地的那一刻就失去了喊父亲的机会。幺女第一眼看见自己的母亲是个驼背，幺女哇哇地哭个不停是害怕驼背。幺女和驼背挤在一起的床是几根散了架的木头，幺女看着大蜘蛛在墙壁缝里织了一张圆桌网。幺女羡慕那些有父亲可喊的邻居妹妹，幺女妒忌碗里装着白米饭的姐姐。幺女的成长史从没离开鼻涕和眼泪。幺女极不喜欢自己的母亲，她看见驼背就吐口水破骂：走开——走开——你快走开呀……人家的母亲都那么漂亮，你这么丑，你哪里是我母亲？

幺女哭着，幺女笑着，幺女骂着，幺女打着，幺女一天天长大着……

幺女还没住嘴，就挨了一个男人的耳光。流着泪的幺女涨得满脸通红，她要狠狠地骂一回这个打她耳光的男人。幺女扬了扬脖子，扯开尖尖的声音：你花儿花苞谷敢打我？

男人就用眼睛恶狠狠地瞪着幺女，吼道：你看老子今天敢不敢打你。

幺女一急，就收不拢嘴地乱骂一通：狗日的花儿花苞谷，你打人打多了，讨不到老婆，你活该！你阿弥陀佛……

幺女这回挨的不是一耳光，而是重重一拳，外加两脚踢。幺女一下子倒地扯声号啕起来，幺女的声音就像铁环一样滚过来滚过去，两三声就滚过了山坡坡。

山坡上弯腰扯花生的人都被这声音拉直了身板。

那么多人同时站在一起观望挨打的幺女，就像观看一部社戏。驼背母亲在门口进进出出的样子，对那么多双眼睛仿佛视而不见，她嚅动了半天嘴唇，终于站出来骂了一句：你们只知道看别人家的笑，回家看看自己的吧。

这时，有个人就从山坡上风沙沙地跑回来拉起地上的幺女。披头散发的幺女晕得像一根太阳晒软的苞谷秆，脸青一块紫一块；嘴被打得流血，话都说不出来了还鼓动眼盯着打她的男人，歪起嘴：打，打，你再打。

从地上牵起幺女手的人不是邻居，而是没事打老远来我家玩耍的表姐。表姐对幺女很同情，她拉着幺女的手对那个打幺女的男人苦口婆心道：她还小，不懂事，你是哥，以后不要天天打她了。

男人刮了表姐一眼，哼一声，转身走了。我们都在男人的哼声里不轻不重地盯了盯表姐，嫌她多此一举，多管闲事。而幺女的眼神却是暖暖和和的，她感动地投进素不相识的表姐怀抱痛哭了一场。表姐用手梳理着幺女的头发，说，你在家常挨打，不如我给你找户好人家，走了算了。

幺女摇晃着脑袋，不置可否。

几天后，幺女在表姐怂恿下，借邻居女孩的花衣裳穿上后，跟着表姐兴高采烈地走了。

那年幺女十四，表姐三十。

幺女走后，村子里突然少了许多动静，仿佛唱歌的鸟儿都成了林梢的哑猴。表姐回去后，立马将幺女交给了另一家我仍叫表姐的家。这个表姐家“底子”很厚，别人早开始借粮打发日子了，她家仍有吃不完的大米饭。当地人说她不是因为吝啬早就把儿媳娶回家生娃了。吝啬的表姐家里除了粮多以外，还有两个儿子。大儿，粗粗的脖子偏短，在城里读书的人不知凭啥给他叫了个“机动工”的名儿；小儿，细细的脖子偏长，不识字的人也知道喊他“缩头乌龟”。

幺女主动上的门，自然解决了“机动工”的燃眉之急。不花钱的头等人生大事就这样解决了，真是乐死人！这不仅仅合了表姐两口子的心意，也让幺女碗里天天都盛满了吃不完的大米饭。表姐看着幺女吃饭，脸蛋在幺女眼里像朵花开放。以后，幺女做什么事都把“妈妈”挂在嘴上。一声一声地叫妈妈，一声比一声喊得甜，一天比一天喊得悦耳，一声声妈妈一天天甜着表姐的心。表姐无论走亲戚还是赶场，或者上坡种地都得把幺女带在身边，生怕这没花钱就和儿子睡在一张床上的媳妇，哪一天突然跑了。

二十出头的“机动工”，不多言，耍朋友这等平常事相比之下他没有幺女出得众。幺女和他说话，他总是脸红，但他心里对幺女却是绝对的百依百顺。

几月后的一天，幺女突然提出想回家去看看。表姐就慷慨一回给幺女买了好多漂亮衣裳，并嘱咐幺女回去了要早点回来，不然妈妈会不习惯，睡不着觉。

幺女说，妈，你放心，我也舍不得离开，回去看看就回来。

“机动工”挑了一担白花花的大米跟在幺女后头走。他俩走走又歇歇，爬坡上山又过田的整整走了五个多小时，幺女终于看见竹林掩隐的村子。幺女想起几月前，她是悄悄离开家的，如今看见自己熟悉的村子，禁不住尖叫起来，逢人便掏出自己的衣裳，说，你没有这么漂亮的衣裳吧！听话的人只是嘻嘻一笑，不作答。

走了这么久，还知道回来？驼背母亲问了一句便望着幺女的脸看。

幺女说，我帮你们弄了一担大米回来，以后不用到处借粮糊嘴了。

“机动工”很懂礼节地朝着驼背喊：妈，妈。谁知，幺女重重地盯了“机动工”一眼：妈，还爹呢！她不是我妈，我哪来个驼背妈让你见笑的，我妈比你妈年轻漂亮多了。幺女说完朝着“机动工”有滋有味地笑出了声。

那个男人看见幺女回来，说了声：回啦！便没了下文。

幺女接过话，说，回也这样，不回也这样。我很快还会走的。

回了就好，回来就好，回来了在家好好待着，好好种自己那份庄稼。姐姐和姐夫也来看幺女。姐姐说的话和以前一样，安慰里总带给好面子的幺女几许无奈。但幺女心里明白：姐，你不就是嫁了一个队长嘛。

幺女想了想，干脆一不做二不休地把肚子里的话痛快地倒出来：待，我为谁待？我已经找到自己的家了，我去的人家有吃不完的大米饭，我再也不会来你家看你脸色吃一碗大米饭。我很快还会走的。

走，你往哪里走？男人狠狠地瞅着幺女和“机动工”。

“机动工”脖子不自觉地扭转着，他看了看四周，又看着幺女的眼，没有说话。

走，你走了，从此不要回来踏我的门。姐夫早看不惯幺女好吃懒做的行为。这句话也是他曾多次说给幺女的。

幺女拉着“机动工”的手，说，走，我们不理他们。

男人一听，一下就把幺女从“机动工”手中夺回来。“机动工”欲上前拉幺女，男人大声吼道：如果你再过来，老子就把你一起收拾。“机动工”退了几步就原地不动地站着发愣。幺女又嚎又咬，挣脱男人的手就跑。

幺女边跑边喊：打死人了，打死人了！

男人也喊：看打不死你，你还敢到处跑。

幺女跑过了一块土，一埂田，一眨眼就跑到山上去了。

山下有人指着山上那个白色的影子说是孩子放飞的风筝。瞬间，这只断线的风筝就急速落地不动了。幺女被人按倒在地，用粗绳子捆回家，丢在闲着的猪圈里关着。男人和姐夫说，什么时候想通了不跑才放人。

“机动工”躲在我家，眼泪滚滚地盼了几天，没有盼到幺女的身影，只好灰溜溜地回到家去。表姐听了，双手把肚子一捂，倒在床上，一病不起。

幺女几天后出得门来，里里外外像变了个人样。我妈问她：你不回王家了吗？

幺女说，不去了，不去了，你们转告“机动工”，以前我去了的那几个月折算成钱给我拿来。表姐得知此话，手在胸部不停地拍。当她和“机动工”大老远赶来让幺女退还所有衣物时，不料衣物没有退到，反而偿还幺女一百八十块，幺女说那是“青春费”。

“机动工”痴痴地站在幺女破陋的房屋前，得到的是驼背嘴里的一串口水。表姐自欺欺人地说，不说了，不说了，说驼背家的女儿比说好人家的女儿更花钱。

幺女在家把一担米吃完了就有事无事地往姐姐家跑。幺女说没想到姐姐家的大米饭比以前任何时候都好吃多了。

姐夫说，我知道还有比我家大米饭更好吃的，去不去嘛？

哪家哟？幺女问。

当然是村干部家。去不去嘛？他家老四也老大不小了，有手艺的，才跟山里人学会木匠回来。

就看他愿不愿意吧！愿意我就去。幺女说。

去吧，跟村干部已说好了的。去了，你就要勤快点。姐姐对幺女说。姐姐终于把幺女整到村干部家给老四当了媳妇。

去的那天，幺女整整十五岁。

从此，幺女在家天天给男人们烧菜做饭，给女人们养蚕宝当助手，上山摘桑叶，有时也跟老四一起下田插秧打谷子，深得村干部一家的欢喜。

可好景不长，自从幺女生下老四的娃后，老四、幺女和小仔便被村二部分苹果似的从一张圆桌上分了出去。三口之家的生活自然少了些吃大锅饭的便利，幺女和老四常常因为一些鸡毛蒜皮吵闹不断。幺女渐渐原形毕露，拒绝干活。除了奶孩子之类的事情，她一律让老四顶着。大热天，幺女抱着娃就可以在别人家看电视混过一天。老四看在眼里，心里渐渐地长满了荒草，埋怨父母当初为啥会图穷人家的女儿少花钱，生活毕竟是自己过着才知其中味。

老四一气之下，也停止干活，田里的和碗里的，他全都甩下不管了，每天跑到商店里打牌。幺女急了就骂：你一个男人连一个女人都不如，你给我回来带娃，老娘上坡干活。

幺女从容不迫地收拾着田地里的庄稼，到了冬天，没事可干，她就和老四一起上桌打牌。赢了钱，老四便把小仔举过头顶当骑马，幺女嘴边自然会响起自在的口哨——不白活一回。倘若是输了钱，他俩回家少不了吵架甚至痛打一场。多数的皮肉之痛都痛在幺女那弱不禁风的身躯里。

日子一晃，小仔晃到世上已五年光阴。

五岁的小仔在一个黎明醒来，突然发现家里空荡荡的只剩下他一个孩子的脚步和声音。小仔一声惊呼：妈妈——妈妈——妈妈……我要妈妈……这撕心裂肺的声音预示着一个孩子的绝望和孤独由此开始。

老四找遍了所有能找的地方都没找到幺女的影子。

胖胖的小仔一天一天一点一点地瘦了下去，瘦成了一个让村子里的人害怕接近的小萝卜头，猛然一眼，也有点像电影里的外星人。老四终于将小仔抛给退休下来的村干部，独自下广东开始了打工生活。

三口之家就此一分三裂，像一缕无法挽回的炊烟被风解散。我们的村子是个盛产风的地方。风一吹过，什么都可以留下，什么也留不下。一个人就像一棵被人伐倒之后就难再想起的树，顶多会在路过伐树地点的时候想起这里曾经有棵树，至于树的名字也是可有可无。而此时，人，会因一声咳嗽，或一支香烟，一句招呼让你把突然想起的什么事情忘得一干二净。

一个被人喊了多年的名字就这样渐渐凝固在村人们的唇齿之间。直到村子一些老人断气之后，一些消失的名字才有可能死灰复燃。

驼背死后的第二天，幺女意外地出现了。谁也不会想到，跟在幺女背后的是一个看上去比幺女幺得多，穿着有点像城里人的帅小伙。当然还有一个长着帅小伙那种圆脸的胖娃娃。他们仨走在田间的小路上时，已是炊烟升起的傍晚。

幺女记得多年以前她是从这条小路出发的，不同的是昔日她以一个弱小女子的方式消失在村人的视野，没有任何人知道她的去向，今日大大咧咧回来，她到底从哪里回来的？这么多年她都去了哪里？

谁也不曾问起。

人们对死人的兴趣远不如对活人兴味盎然。死了就真的一了百了吗？

那天，村子里来了好多人。好像他们不是专门来烧香吃饭的，幺女的回来像是给那么多人放映了一场值得争论的电影。村干部带着即将小学毕业的孙子来认幺女妈，不料孙子不仅不喊妈，他连看一眼幺女的动作都省了。

他一直看着另一个人——那个比他小的胖娃。就在幺女转身离去的一刹那，他一个飞腿就落在了小胖娃的背中央……

这是十多年前的非虚构幺女经历，她代表着中国乡村婚姻的非正常秩序——抛夫别子，逃离村子，隐藏城市边缘，与人生了两个孩子，后移步城市，又和别的男人结婚生子。时间记不清一个女人的婚姻史，只因时间之痛到了极点！

十多年后，幺女的生活早已下落不明。

只是我的村子与我的城市都无人提起。

寂寞的土地

歌唱家廖昌永一曲饱含深情的《多情的土地》，曾让我的喜爱由通俗转向美声。实在奇妙，我不知这算不算文化意义上的自觉。不受媒体宣传鼓动，也不被他人极力左右言说，就这样如此自然转变，而且是由心而外的转变。

有一阵子，下班路上，我拒绝坐任何交通工具，尽可能地绕开高楼或大道，戴着耳机走在那些从未开垦的长满青草的旷野路上，不厌其烦地聆听一个歌者用声音诠释对土地的情感，他的节制与张狂，甚至每个音阶都充满了深沉的爱，尤其是他的吐字与换气，显得那么干净与含蓄，不知不觉间，我忘乎所以地跟着他唱起来。没有经过专业声乐训练的我，音色显然没有他歌声那样纯厚与明亮，平稳与松弛。这种转变好比一个男孩转眼间成了男人，说起来有些奇幻，所有看不见的稚嫩与沧桑都沉到心中的苦水里，仿佛是一棵被修剪过杂乱枝条的精神树。

是什么力量让一个人的喜好转变得如此神速、坚定？终归还是想到音乐与岁月的关系，这不仅是歌声的魅力，更是因为人与土地的情结吧。

同样，廖昌永也曾有过乡村生活的经验，否则他歌声里的土地不会如此温情动人、情绪激昂、顿挫。虽然，生活的变数无法复制，但故乡至今保留有我的一块田地。我从来不怎么关心土地，所以不知我的土地在故乡的丘陵地带究竟有多大。当初，我们那儿的政策规定，离乡当兵的人，土地一律不收回，保留在个人头上。我当兵走后，一去不返，后来，辗转到别人的城市。从此，我户口簿的名下再没有土地。

而实际上，我知道，故乡的土地一直没有远离我，它在等着我回去，它的名字是属于我的。只要是从故乡出发的人，故乡的土地都愿意等他回去。遗憾的是，我们太多人自从选择出发，就决定了再也回不去。

严格讲来，我是个对不起自己土地的人，在外面的世界里，常常捧着奥古斯丁的《忏悔录》，可我找不到来时的路和归去的理由，在异乡乌云翻滚的天空下，我曾一次次遥想故乡金色的麦田。但那仅仅只是遥想，连守望也谈不上，对于我的那片土地，不确定存在，也不存在遗忘。低下头，思来想去，此刻，哪怕有一群乌黑的鸟和几株野油菜花陪伴它，也该多好！

离开故乡前，每年会靠自己的土地获得一份收成。我们在土地里埋下土豆和姜，再埋一些葱和大蒜，当然也有小麦、玉米和稻谷等日常作物。我们在阴天里看着它们破土而出，在阳光下守着它们的第一瓣嫩芽从我们眼皮子底下像放大镜一样被时间放大。气温高的时候，我们还会摘来一匹匹宽大的芋子叶盖在那些幼芽上面，如同盖住一个个不能说的秘密。有时，那些小偷一样的虫子从叶片上闻香掠过，我们也懒得惊扰它，更不会用敌敌畏之类的农药威胁或伤害它，我们早已懂得与虫子和睦相处，伤它就是伤我们自己。

谁知多年以后的现在，轮到我天天去菜市场买出自别人土地的东西吃。母亲说，要是这高楼外有一片自己的菜园子，她就可以为我们种很多不打农药的青菜。这想法是很美好，但在城里太过奢侈了！母亲还想将她种的菜分发给我的友人，我为她难以实现的愿望惆怅！

我的那片土地变成什么样子了？我不知道，我又有很久没有回去了。前些年，父母因年岁渐高，无力继续种植庄稼，将我们的土地送给年轻的邻里乡亲种，后来，种庄稼的人们越来越少，他们不仅嫌累，而且还抱怨种土地的成本太高，不如外出打工。曾经靠土地吃饭的庄稼人，如今不再依赖自己的土地吃饭了。这是土地的不幸？还是庄稼人之幸？

莫非又是故乡安好，只是我心多疑？可就连如此简单的答案现今也无人告诉我了。父母跟随我进城后，再没有人知道故乡土地的近况。我们长期像野鸽子一样住在高高的盒子里，上不沾天，下不沾地。我们经常说不出自己到底在苦闷什么，我们已经很久很久没看到故乡土地上的油菜花了。很多时候，就在醒来时的清晨里，振作疲惫的精神上路，就又开始自言自语、自我安慰——我的土地并没有病，只是因我的离去而多了层层金黄翠绿的寂寞。

野花淹没了它不安的春天，鸟儿糟蹋过它没有果实的盛夏，秋风扫荡过它长满天际的荒草，冬雪预约过它白发上的那一轮苍白的月光……谁能测量出土地的寂寞，谁就是世上最寂寞的人。今天，人类已经到了深度寂寞的时代，手机屏与大拇指在眼前常常可以欺骗自己一个上午或下午，原本多情的土地，廖昌永先生唱出的却是寂寞，他的歌声里寂寞着土地的寂寞——那是寂寞土地在少数异乡人心间的哀叹。我们这些产自故乡土地的种子，像故乡无人亲近的土地一样，失散、流离、惆怅、惶悚，皆缘于自己对土地的那份忠贞，正像蚕子因吐不完思念的丝，最终只能死于自己缠绕留恋的茧里！

捉癞疙宝的人

空气冷冰冰的夜晚，他头上顶着探照灯，扛着一个蛇皮口袋，仿若竹林间突然袭来的妖风，嘎吱一声掀开了我们家虚掩的门。

我们照常聊着天，不以他的出现产生任何惊讶的表情，自然地把“视而不见”这个成语的功效发挥到极致。家里除了日常人员，还有来自外乡的姐夫、表哥，以及从城里随我归来的妻子。

此人忽然现身在我们的生活里纯属多余，因为他的名字后面有个即使是皇帝也取不掉的坠子，上面镌刻着三个字“黑脑壳”。我妈有事无事讲贼娃子干的事，说的就是这个人。即使他不在场，我们聊天内容也不愿触碰到他的名字，更何况他主动来到现场。于是，我们的眼神与话锋尽力绕开他，好比绕开一截崎岖又远的山路，或绕开一块奇丑无比且碍眼的臭石头，才能抵达一个平顺安宁的谈话中心点。

他立在我们面前，像一个迷失了方向的异乡人，蛇皮口袋里的动静大得吓人。那声音分明是在替他表示无人喝彩的抗议。但我们仍若无其事地谈着我们的话。在座的每一个人对他都不陌生，我们太能够知道他的底细了，毕竟几十年，他从未更改他的底细。他见我并不尴尬，但我比他尴尬。没有人叫他坐，也没有人叫他站。他转动着的大眼珠，很难将恰如其分的话插到我们话缝中来。他在等待时机，因为他一个人游离村庄的话语太久太久！

我们照常喝我们的茶，点我们的烟，就当他不存在。

他浑身弥散着酒气，乱蓬蓬的头发已被霜露打湿，高筒子的雨靴，装满了冬日被风吹弯的月光。他总算放下蛇皮口袋，然后将口袋随手卷了几圈，丢在门边，迅速找一个位置坐下。他想进入我们的话题中来，但没人理会他。

此刻，蛇皮袋里的声音犹如他个人的自言自语。

我们都把目光移向他的那个蛇皮袋，不知他这回卖的什么药。以往他总是神速地将偷来的东西神速地兜售给他人。即使他父母的东西，也照样偷，而且屡次得手。无奈之下，父母下狠心彻底远离他，多年前就跟随另一个儿子在看不见他的地方生活。

“癞疙宝，要不要？我刚从堰塘里捉回来的。”他突然神气活现道。

四川人叫的癞疙宝，也就是人们常说的癞蛤蟆。我缓缓地朝他看了一眼，像是在看一个怪物。

他伸手将口袋提到我面前，抖动了几下：“你看吧，都是活蹦乱跳的，我刚从山上的堰塘里捉回来的。”

“你怎么捉的呀？”

我伸过头去，见那么多癞疙宝挤在一个口袋里，小的有三四两，大的足有七八两，除了肤色，其形与牛蛙、青蛙差不多大。只是癞疙宝比牛蛙、青蛙难看多了，像是从地底冒出来的，浑身布满了凸凹的泥浆色包块，如同稀世的出土文物或神秘暗器。

“只要照灯直射它们的眼睛，它们就像睡着了，一手一只，有时用双手捧，很快就捉了这么多。杂草太深，我下到很深的地方，裤子全打湿了。”他说得很认真。

“噢，它们可真听你的话。”

“要不要嘛？ 17块钱一斤，你们不要，我明天提到街上去卖，这口袋里有十多斤，要管几百块钱呢！”

我摇摇头，什么也不说。

他提起口袋，一脸肃杀。

在他转身之际，我以出门人的身份递给他一支烟。他嘴里嘟哝着很不高兴的话，如一只癞疙宝在夜色里扬长而去！

一直记得老家农民曾说，懒惰之人的最高境界是烧蛇吃。除了饥荒年代见过有人烧蛇吃，几十年来还真没见过，许是蛇已被懒人吃光了，癞疙宝也就无路可逃了吧。看来，这懒人并不懒，毕竟他打了癞疙宝的主意！

第二天，我和妻子还有父亲经过一个山口时，忽然见到那个人。他一言不发地坐在小卖部门口的长凳上。旁边有打麻将的中年妇女，也有抱着茶杯发呆的老人，还有骑着摩托车风一样消失了的小伙。很多认识的人在与我们打招呼。

他们瞥他的眼神很是诡异，生怕中毒。

我回头看了他几眼，隐约看见一只癞疙宝的宿命。

走出麦田的少年

一

我有好些日子没有回乡下了。

这些个夜晚，思念总像恼人的蚊子隐匿在黑漆漆的孤枕边，狠狠地啮噬着我枝枝杈杈的血管。大凡怀旧之人，都比较脆弱，无论你怎样用心良苦，最终却斗不过一只渺小的蚊子。有时，它们会在你熟睡的“铜筋丛林”里飞来飞去，在某个寂静的夜晚，猛然把你吸引到一片竹林掩映的小院——也许，那就是离家的孩子常念及的地方吧！

上了年纪的父亲和母亲至今居住在乡下。长年累月，他们毫无规律地主宰着躲在时光背后的生活，反之又被时光抛出的生活有条不紊地牢牢套住。记不清是哪一天，我突然问父亲：生活像什么？父亲抓抓脑袋无能为力地应道：等你长大了才知道！现在，我所看到的乡土生活就像斩不断的金丝绳永远套住一头牛、一头猪、一条狗、一只羊……日子只能叫它们眼巴巴地望着这条大绳渐渐老去。

我从西藏回来探亲的时候，乡亲们常常天不见亮就起床奏响锅碗瓢盆曲。而我翻山越岭渴望在乡下好梦一场的愿望就在那些乡间的声音里一点一点地飘逝了。有一天，我说，早晨吃干饭是不科学的。母亲说，乡下从不管那一套，只要吃饱算数。我说，这是营养问题，与乡下无关。母亲怄了一肚子气，久久望着我说不出一句话。

父亲瞟了我一眼，话到嘴边但始终没说出口，然后扔下碗筷下地干活去了。

第二天，公鸡才打鸣，那台常年搁浅在废电器箱中的录音机却忽然唱起了歌。睡梦中，我听见一首老掉牙的歌，那声音显然在催我起床吃饭。也许，母亲对我的要求依然停留在对一个小孩子的标准上，只是她不愿意直唤我乳名罢了，而是通过录音机的歌声来叫醒我。当然，这种办法比起她过去一而再地唤我起床实在奏效得多。我不得不起床，只要看见红油油的辣椒拌酸菜，这顿饭准吃得喷香。我想，许多七十年代生的乡下孩子都是像我一样吃酸菜长大的。应该说，现在吃什么都比不上那种酸菜饭香的日子了。结果自从我说了早晨吃干饭不科学后，母亲便将干饭改成了红豆粥，香喷喷的，很稠。

饭香肚饱，再无军营那种流动的心绪。曲里拐弯，走到一家贴有对联被风霜洗白的门楣下欲敲门，母亲却在身后大喊一声：敲啥呢？都到广州打工去了的。于是，我便原地不动想上好阵子，像一个走错路的异乡人。那一刻，我是多么渴望能遇见小时候常在一块摸鱼儿的伙伴啊！时间长了，碰不到一张熟知的面孔，心里总感觉空空的，有时空得可怕，有时空得发虚；有时越想越空，越空的时候就越无聊，越无聊就越恐惧……我惧怕，有一天，我的乡下只剩下一个没长胡子的老头；我惧怕，有一天，我的乡下会剩下一片杂草在我的心灵深处荒芜。所以就连一团肮脏的废墟也吸引了我当时的目光。废墟上积满了鸡粪，鸡粪周围生长着许多泥鳅蒜和叫不出名字的花草。猪、狗、鸡、鸭，甚至苍蝇也都看重这个所在。它们翩翩起舞，寻欢作乐，从不抬头看一眼站在一旁观望它们的我。

我清楚记得，那废墟曾是表哥的家。当兵在外，我总是不经意想起这个表哥，想起这个管我父亲叫舅舅的表哥四十多岁了，怎么还找不到对象？几年前，我回来的时候，废墟还有几间土木结构的瓦房，岁月这么快便将它化成废墟。而今，人面不知何处去。我问母亲：他去了哪儿？母亲说：以前当杀猪匠只知道买别人的猪赚钱，从不付款。有一天山那边的讨债户雇来一车地痞找他算账，他四处躲藏，跑了。后来几间无人照看的土房也就慢慢地塌了。我说，他会去哪儿呢？母亲说，还不是广州哇。不久前，还回来过一次，听人说他得了一种很丢人的怪病，来到咱家门口，说现在只有亲戚帮他了。他还说，现在他走到哪家亲戚就在哪混口饭吃。总之，他说了很多很多，可母亲只记得他从南方那个城市捡回来的一句有点像文化人说的话：来回一次挺不容易，专程前来拜望久违的舅舅和舅娘……母亲见他两手空空，还提什么拜望，所以也就没有搭理。

其实，我深知母亲没搭理他的真正原因是表哥年轻时候的作恶多端。每当提起往事，母亲一百个不原谅。那时，农村包产地还没承包到户，我和哥姐们都小得没啥力气。队里分粮，表哥是队里的头。父亲挑着大箩筐，却只分到少得可怜的口粮（顶多够全家吃半年），父亲正往家走，表哥便狠心地拽住父亲挑着的箩筐，骂骂咧咧地说我家分的粮多了，便拿着木斗使劲往外掏了大半斗谷子。面对外侄如此绝情，父亲弯下腰，低着头，牙齿合得紧紧的，好半天才抬起眼向前

走。尽管这样，母亲忆起那段寒苦的日子，依然兴高采烈。因为她的六个儿女并没有就此饿死。

现在，我才明白小时候大姨（表哥的母亲）为什么要用围腰布偷偷给我家送粮食。如今望着表哥这丢下的废墟，甚至想到更遥远的往事。也许我没有足够的记忆力来叙述它，那大概是八岁以前的事——一天，表哥不在家，大姨生拉活扯把我拉去吃白米饭和带毛的肥肉皮。吃罢，她用围腰布把我油亮的嘴巴用力地擦干净，然后悄悄打开门，听听巷子里没有脚步声，又悄悄将我送出门。她惊慌失措的神色，在我心里产生了无限的恐惧。

从军后，我坐在平静的书桌前想到大姨时，可惜她老人家却无法再与人间对话了。

二

我和母亲走亲戚回来时，天黑了。我们深一脚浅一脚地踩在月海头（家乡人所说的漆黑的夜），伸手不见五指。我问母亲，快过年了咋还停电。殊不知跟在身后的小侄儿说，没有停电，是人家节约电。我不敢想，此时的城市将是怎样的万家灯火，人潮汹涌呢。是不是因为乡下人太节约才有城市的铺张浪费？我始终认为，城市是从乡下的土地上生长出来的，可又有多少城里人能回头望望这乡下呢？不管咋说，乡下是城市人的根。

与母亲走到一家商店门前，路遇一个倒垃圾的小妇人；母亲探进脑袋就问：是不是又停电了？小妇人纳闷道：没有哇！我顺着她的声音从门缝里看见一缕暗淡的光。小侄儿说，那是8瓦灯泡。这时，我巴不得望见城市的灯火。但我又不得不承认，走出苦难的孩子终究懂得苦难，谋生在外的心灵永远盘桓着一幕星星点点的乡村夜色。那时的乡下，总有一支火苗在燃烧，既欢乐又凄惨，我嬉戏的童年，我做梦的少年都是在那支欢欢乐乐、凄凄惨惨的火苗里烤着没有盐味的大肚皮鱼度过的……

而今的夜色，方圆十里见不到一盏灯或一个人。想起过去，我默不作声地低下头来……飞鸟与野兽已经走远，蛙声与鸟鸣就要绝迹，河流，干涸了的河流你还能还我月亮落在水面的涟漪吗？

如果你真的以为我空落落的乡下只剩下一个没有胡子没有白发的老头那就错了。我也没有想到，小时候上学常经过的谢家坳居然还有一位三十多岁的老姑娘。谢家坳打我记事起，就是人们不常去的一个是非之地。那儿有好几个四十出头的单身汉。我还记得，那时放学路过此地，他们一个个窝在低矮的屋檐下炒菜，老远就闻到香喷喷的菜油味。我们几个伙伴总想伸手尝尝青菜的味道，可那些讨不到老婆的家伙总要拿出火棍将我们驱赶得远远的，于是我们就捣蛋地抓起沙子撒到他们的铁锅里，心里不禁乐滋滋地跑出好远好远。时移俗易，当我重新看见他们一如当年活着的时候，却再难乐了。总之，我看见他们就像村里那口长满青苔的老井，水，是越来越少了……

这里因为有个老姑娘，谢家坳便热闹起来。据说，前前后后向老处女说媒的不下七八桌人，可她从不为自己的幸福生活考虑，一心想用自己“换包蛋”（两家都有嫁不出去的女人和娶不到老婆的男人）做新娘。可如今，谁还瞧得起这种封建的婚恋观念？于是，老姑娘一下就“搁浅”到了三十多岁。无论对方条件多么优越，她立下誓言，只要她哥哥找不到对象，说什么也不出嫁。许多说媒的人踏破门槛，也没能说服她。成批的说媒者恼怒地摔下一句话：鬼才来找你这嫁不出去的老娘们儿。绯闻在她身上延续，遭遇门庭冷落，无人问津。她心中郁闷得发慌。我见到她的时候，她正满头大汗，挑一担大粪浇菜。我装着没看见她，她却一声不吱地瞟我一眼，然后勉强地笑了笑。我也笑了笑。她将桶里的大粪一瓢一瓢狠狠地泼向菜地，发泄心中太多太久的苦水，从不抬头望一眼蓝蓝的天。

也许她压根都不相信天会是蓝的。可村里又有几人能理解她的心事呢？我想，她这样闲着也没什么不好，总比乡下一些清纯女子跑到别人的城市出卖自己要干净得多吧。确实，她对那些从城市回来的风尘女子，还不一定瞧得起呐。她狠狠吐一口唾沫，啧啧骂道：吃青春饭的，怎么还有脸回来？！

有好几天，我都闷在家里。母亲生怕我闷出什么毛病来，便建议我多走走看看。我想也是，反正闲着也是闲着，不如出去走走，说不准能碰上打工回来的伙伴彼此神聊一番呢。

于是，我大胆地走出村邻叫惯了的潮水屋基，可突然想起一件什么事又被风吹了回来。我看见母亲对我的回来竟一时惊讶得没有反应。她像冬天里的一棵树，站着总是站着。当我再次出门的时候，她却悄悄对父亲说：反正你这乡下他是呆不稳的了。事实上，我在乡下也没真正呆稳过一天，脑海里总是思绪纷飞，而且我还想走了这么久，乡下一定又发生了许多鲜得冒烟的故事等着我去点火、燃烧。如果我不去，一些事就可能停止在萌芽状态，无法过火，只能渐远地随风飘散。

我站在几家商店扎堆的山口旁，这里多少有点年关的气氛。茶铺、录像、卡拉 OK、麻将，吸引了来来往往的男女老少。许多走亲戚的人路过此地都要停脚买这买那。几个染了头发的男孩那份悠闲的样子，走东家串西家，谁家的麻将声大就往谁家钻。天黑了，他们就给店主家交上两块钱凑在一起吃饭，然后继续搓麻将。

有一次，我在这个山口听人唱卡拉 OK。到头来也没听懂他们唱了些啥。但有一点可以肯定，乡下的空气比起城里实在是鲜活得多，但我仍感觉有种说不出的沉闷。在我的乡下，年轻人都很热爱唱歌，特别爱唱迟志强的那首《铁窗泪》。我看见三个男子为同唱这首歌将一只麦克风扭成一团。先抢到麦克风的人张开嘴就吼："月儿弯弯照我心，我在狱中想伊人。"他不认识歌词中"伊"字，唱成了"女"字，像是在呼喊离他而去的爱人名字，心中不免悔恨难当。再后来，他们争着要唱《杜十娘》和《追求》。有个快乐的单身汉拿着麦克风，甩甩头，走起太空步，故意制造些矫情的哭腔，结果鬼哭狼嚎，那嗓音，就像干得没有一丝水分的青城山的老腊肉。即便这样，从没出过远门的大老爷们还夸他唱得好，说什么声音越大的唱得就越好。于是，唱歌的人还自诩道：我在广州大型露天卡拉 OK 唱得更红火，好多靓女给老子递鲜花咧。

一个浓妆艳抹的女子嚷着要唱《祈祷》。但她给店老板说的并不是祈祷两个字，把它说成"斤寿"。店老板翻遍碟库也没找到她要唱的"斤寿"。我在一旁忍不住笑出声来。你想想，"祈祷"从她嘴里变成"斤寿"，不成了天大的笑话吗？再说中国大陆歌手又有哪一位唱过《斤寿》这首通俗歌子？她扫兴地叹了一声，对着我说：在海南的时候，我唱得最好的就是"斤寿"这首歌，每次唱完都有人鼓掌。她换了一首歌，音响刚开始，她一动不动地盯着电视屏幕，屏幕上的字跑得飞快，她踩不准调子，嗓子坚硬得没有女人应有的柔软性，更不懂得怎样在关键的地方处理高难度的抒情音调，只会尽全力地干吼，好像只要吼上去就有人夸。

诗人们常说，诗在诗外。在我看来，这个一天学堂也没进过的女人其功夫全在歌之外了。也许这是她自我表现的最好机会吧。她后来唱了些什么，我记不起了。反正我听累了，夕阳也羞得蒙上了脸。

三

下午，阳光暖融融。

一位头裹白帕子的老者坐在自家门外，膝上坐着一个穿开裆裤的小男娃。老者愁眉不展地夹着一支劣质香烟，一边替小男孩抓虱子，一边数落：文武呀，你吃穿老子好几年，你爸妈在广州不寄一分钱回来，你长大了千万不要没良心哟。小男娃若有所思地抓抓脑袋问道：爷爷，等我长大了给你买好多好多叮叮糖，好吗？老者闷闷不乐地说：你小小年纪就会学卖瓜，等你买叮叮糖，老子恐怕早就入土喽。小男娃皱皱眉，晶莹的泪花哗啦啦地淌落：爷爷不要，爷爷不会死，我不能没有爷爷，长大了，我一定给你买叮叮糖，一定呵。老者爱抚着小男孩的头，脸上好不容易挤出一丝笑容。此时，堂屋里的黑白电视机里正唱着："郎君阿，你是不是饿得慌，如果你饿得慌，对我十娘讲……"突然，屋里走出来一个纳鞋底的妇人对着电视破口大骂：你儿才饿得慌，出去几年，一分钱不寄，还甩个包袱给老娘。说着，她啪地关掉电视机，牵着小男娃的手就向菜畦走去。

还有一个起风的傍晚，吃过晚饭，我依然忧郁地在一条小巷子里踱步。此时，没有一个夜归人，村人为了节约电，都已早早入睡。但有一家人的灯还亮着。我走到窗前，虽然看不见脸，却能看见窗内的影子在说话。

她娘，快洗脚睡吧。男的把桶提到女的面前后就将衣服放在床头，慢慢躺了下去：哎，身子骨酸疼得很啦。

女的一边洗脚一边怨叹：嗯，日子过得真快呀，俺椿树嫁到他张家已快二十年了，从没做过丢人的事吧，是不是想再坐一回牢哟，去广州有了钱就变坏，又找一个女人谈恋爱，生了孩子人家找他要房子，他爹，你说咋整？

你看看，你看看，又来了，他总不敢把老子的女儿整死，整死了他也没有好日子过，老子早晚要送他进班房，只要他断了老子每年的八百块钱。

女的说：谁要他的臭钱，还是先把他告倒再说，否则在广州还和椿树天天闹离。

再闹老子就去广州接回来。

活着并且痛着！

张家大院里有一位驼背的老婆婆。打我记事起，她便和儿子过着艰难的生活。据说，她的男人早早就离开人世。后来，大女儿嫁给了队长，幺女十五岁就生了娃。

在我的乡下，孩子总是孤独的。那天，这个孤独的孩子拽着几本书像根草似的歪在车站，一眼就认出了我：

凌六爷，好久回来的？

回来好几天了，好久不见你，今年多大了？

十四岁了，读初二。考多少分？

英语经常不及格，其余都在80多分。

他一边回答我的话，我却一边想着他小时候的可爱模样，但我怎么也不敢相信，骨瘦如柴的他就是曾经那个人见人爱的胖娃娃。

我问，你爸爸呢？

他支支吾吾地说：自从妈妈和他离婚后，他就到广州打工去了。

你不想他吗？

他去年过年回来耍了十五天，得了梅毒，我们乡下打针很不方便，他就急着回广州了。

我问，你外婆现在跟谁过呢？

跟谁过？舅舅去外地打工，几年也没音讯，水都没人挑给她喝，死了……

我想再问点什么，他跳上三轮车走了。

四

不知从什么时候开始，乡下就只剩下这些走近我笔端的老人和小孩了。在我的乡下我的目及之处只有老人和小孩。母亲还告诉我，虎榜山下有个老头子死了，找不到小伙子抬死人上山。我还亲眼看见过从广州打工回来的一对青年夫妇，他们的小孩几年不见已不敢认爸爸妈妈了。女的手里捏着一块巧克力，男的手里抱着一个大玩具，可孩子不但没有走近他们，反而“哇呀”一声长嚎，跑得远远的。尽管这对夫妇挣了很多钱，但买不到一声儿子的亲昵，内心深处或多或少有些悲哀。

回家过年显然萧条和冷清了许多。极少有人在这几天不远千里踏歌而来，与亲人朋友推杯换盏喜相逢。多数远走他乡的村人都在外过年，照他们的话说是花几百块车费回家，不如去超市购物，这样实在是爽得可以。

勉强回来了的也急着要离去。于是大年初二他们就提着大包小包的各奔东西。年关去年关回，乡下过年就只剩下个朴拙的形式了。我好不容易从西藏军营回来探望父母逢上过年，心里别有一种滋味。

现在想想，这些年出门在外的都有谁还在坚持回乡？乡下究竟还有多大诱惑？好像只剩下我和另外一个当兵的了吧，好像只有我和他还挂念着乡下。

数年前，我还是个光着脚丫常常行走在田野里捉泥鳅的大男孩。而前面提到另一个当兵的则比我年龄要大些，但他过早地放下书本当了一名挑灰桶的小工。我远赴西藏的第二年，他也参了军。多年后我们都留在部队，过着制式化的生活。据说，他一直在帮首长开车，而我在机关执笔文书。我们不愁吃穿也不为生活茫然随波逐流，而且每年还可享受正常探亲，少则五十天，多则八十天。岁月常安排我们在同一时间从两个边远的方向往一个叫乡下的地方赶。我们虽然相逢，但少有交流。

有一次他“全副武装”地出现在村口向我打招呼：好久不见，你这些年都去哪儿了？我如实答道：还在西藏。他说：真好。我说：好。没几天，我们又在车来车往的站台相见，我很想再说声“你好”，但他却躲进车里，鬼撵似的消失了。我想，也许是我们回乡的举动各异吧。他喜欢穿军装，挨家挨户串门，小孩子见了都相互转告：公安局的来了，还不赶快跑，那些小孩子的妈妈见我就说：那个人回来老戴公安局的大盘帽，怪吓人的。她们还问我：你也在部队怎么从没见你穿一套回来呢？我无言。许多人都这样将同一问题把我问得哑口无言。有时，我放慢脚步，也想说几句，但不知从何说起，这样我与村人的交流被迫少了许多。其实打个招呼，说一句“你好”并不是什么大不了的事情，可见了他们就不知说啥好了。有时，顶多递一个微笑就走过去了，如果缘分再让我们相见，大家点点头就行了，甚至微笑也可以省去。所以我想军装在某些时候和某些场合并没有农民着装自如、随意、亲切……也许村人更愿意关心庄稼，毕竟他们的命运和土地息息相关。

还有一个人，我还能想起一个五年来未曾谋面的同龄人。他是20世纪典型的用钱堆出来的大学生。他们家其实早就出过另一位大学生，就是因了那位大学生的出现才有了他这个大学生的诞生。贫寒的家为了这两个大学生耗尽了两位老人所有的心血，最后没办法只有拆房子卖梁。第一个大学生参加工作后的所得工资全部堆在了第二个大学生身上。他终于毕业参加了工作。第一个月拿了一百八十块钱的工资，他哭了，心想这么低的工资何时才能还清上大学时欠下的债啊，于是一气之下去了广州，而且一去不返。如今在一座新城拼命回收着上大学花出去的钱。五年过去，他把包里塞得鼓鼓时，第一个大学生却不幸下岗了。他在与我通信中，说死也不回那个乡下了。他还告诉我，作为出生在先辈大教育家吴玉章先生故居的年轻人，出门在外就意味着出息，如果常回家看看则意味着倒退。诚然，吴老先生的乡下实在是太穷了，但听说家乡人民敬仰吴先生在中国教育事业上做出的不朽功绩，特别在自（贡）荣（县）路途经的双石镇口为其立碑塑像，建成吴玉章故居。

有一天，我路过吴玉章故居，看见吴先生塑像仍正气浩然地观望着自己的故乡。尘埃染遍了他洁白伟岸的身躯，暗淡潮湿的气候模糊了他年轻时候那双炯炯有神的眼睛。他目及之处，都是些破烂不堪的小街和教室。教室里许多静静观望着空白黑板的小脑袋们不知吴老先生何许人也。他们只知道自己的老师被拖欠了半年工资不来给他们上课了。这难道不是故土的一种羞辱吗?

我回乡也遇见过自己的老师，他过去教我们写方程式，现在改行叫我们掏钱坐他的两轮车。

五

尽管这样，作为一个从麦田中走出来的少年，我还是把乡下当作了灵魂栖息的牧场，我还是把每年坚持回乡看作一种使命，我还是有一种感觉，觉得学会回乡才是真正意义上的进步。我早预料到，公路两旁的村庄迟早会像孤零零的坟墓，田野上丛生的杂草迟早会像麦芒一样刺痛我的双眼，父辈悉心经营的田园会像我记忆对应的风景，但我也清楚地知道乡土好比父母，不热爱故乡的人，走得再远不也是一种狭隘吗？在世界屋脊的屋檐下，我不止一次地产生过许多失败的悔悟。比如我为什么要一个劲地闹着出来？为什么又要编织惊奇的谎言闹着回去？回去了看见空荡荡的村落又控制不住地一路奔走？有时，去也是为了回，但回却并不一定都是为了去。有时，离故乡越远心儿就越软弱。但往往刚刚踏上回乡路，看见这块和那块被城市文明遗弃的土地，心情就像是在逃，但软弱之人从来都不会抹杀回乡的念头，只要出现一线希望心儿就想飞。

有一年，我三次从西藏飞回乡下，其中两次出差原路返回，还有一次则是庄重地向上级报告——我要回乡。可没等几天上级却以工作繁忙为由不准回乡，回绝了我的报告。我便去找领导诉苦：我的乡下正遭遇灾害，我的父母亲几天没喝一口水了，我的心儿都快急死了。“我的……别我我我的了，你们的都是我的，军人的故乡有难嘛，哪个兄弟不急呢，梦里都在急呀，你不回乡，我不回乡，谁去关心咱爹咱妈。”很是通情达理的领导一边说着一边很潇洒也很郑重地在我的报告上签了字——速去速回。

记得我走进村口的时候，碰见正在编织毛衣的邻居张嫂，她说：哟，你又回来了，干吗不节约些路费给你妈妈买身新衣服？我说，你咋这么不会说话？哪有像你这样说话的？你以为回来一次很容易吗？她说，哎，你不记得了，前不久我才碰见你的，还有一个城里的女孩大老远跑来，问我知不知道有个姓凌的从西藏回来的部队作家住在哪儿……我忽然觉得我的回乡是不是太频繁了，我是不是该把痒得发慌的脚板修修了。

六

终于有一天，我还是咬着牙，穿一袭泛白的军衣，拎着一只帆布挎包，走出了我的乡下。我走了很远又疯了似的跑回村口，抱着那棵掉光树叶的刻着我名字的树说：总有一天，我还会回来的。但我说不清具体是哪一天。也许明天，也许明天的明天吧！

总之，我会不惜代价地准备着再一次踏上回乡的路。

七

回到拉萨。时光犹如飞越了一个世纪。

当一丛光线钻出西藏地平线，漫过一座座冰雪相依的山川，我突然接到父亲从乡下打来的电话：小六，家中被盗了！父亲在电话的那头颤抖地抽泣着。原来偷盗的人把房门锁得死死的，天亮了，惊慌失措的母亲才喊到人开门……

我在电话这头久久无语。望着户外的阳光，我想故乡有“狼”，但我真的没有料到它竟出没得如此之快。

离乡之后，我恨灾难往往只是瞬间的事情，而总结为何要长过一生或一个世纪？

我没想到这一走，便走过了无数个曲曲弯弯的日子，人在西藏，可乡下却不断传来不好的消息，它不仅要让我在思乡中噩梦一场，还要让我在梦醒之后的思索中一病不起……

伫立守望的阵地，往事越千年。我常常望着那一只丈量天空的飞鹰，静静地想呵想，我是不是该回去看看了，一缕清风忽然吻过我脸庞。

问路者

鲁迅先生说过，世上本无路，走的人多了，也便成了路。这话折射的现实语境，曾让手持粉笔站在讲台上的老师和面朝黄土背朝天的家长颇感得意，以为找到了抽打脑筋转不过弯的孩子的有力鞭子。于是那个貌似犯了错误的孩子就会沉默地低下头，他究竟想了些什么？

当时懵懂的我生活在川南丘陵，对此话不以为然。

像蚯蚓一样弯曲的丘陵，风能吹到的地方就有路。但我不知那样的路能否将风延伸。累了的时候，我就躺在风里，目及之处总能够闻到路上飘来的气息。至于这些路究竟能让人走多远？从古至今路上踏过多少不平凡的人？山里的长者不得而知。他们根本不会像我一样打听或思考诸如此类无关个人痛痒的小事情。朝夕更替，年年重叠，岁月青了又黄，父辈们挑着季节的担子踩出纵横交错的路，看上去比丝绸更美。几乎每户家庭都有一条属于自家的多彩之路，下雨天路面升起青苔仿若邻里乡亲锅里清水煮白菜。那些路，一头连着村庄，一头连着庄稼。到了收获季节，站在高冈上听风眺望，满眼都是红黄绿青蓝紫的路。

路上挂满了白萝卜与红苕藤，就连桑树枝也披挂上了婴儿的尿布，那是人丁兴旺的旗帜。走在路上的劳动者，从不抬头望一眼天空，更没欣赏风景的习惯。他们像蜗牛，背着重重的粮食爬坡上坎，一点一点地爬，沿着蜿蜒的路爬，喘着厚厚的粗气，直到田野在布谷鸟的歌声里变得空荡，这时家便成了缤纷的粮仓。

树梢的蝉声如同庆贺丰收的唢呐。

秋天的蝉声如同季节的挽歌。我在风里听来的只有年少的寂寞，但不悲伤，村庄的喜悦与我无关。那时我想得最多的是一个人如何才能找到一条路，走出村庄，走出这片宛如桫椤谷的隐秘之地。

在来来往往的人眼里，还有一条路是被村人的眼睛盯亮的，那是一条滋生希望的路，它随父老乡亲的脚步翻山过岭，一直通向以两块石头命名的双石镇。隔三岔五的逢场天，村人的买卖交易、荤素生活几乎皆要通过双石才能实现。归来时，三三两两的村人总能用背篓或口袋装回一些捕风捉影的消息——哪个谁谁谁天不见亮就被一个蒙面人杀了，看热闹的人挤得水泄不通；谁家如花似玉的青头姑娘跟着街上毛线铺子里的老男人好上了；哪村哪巷王麻子家刚刚卖了老母鸡的钱被一个穿红衣服的女扒手统统摸走了，他说下次逮着她不砍掉她的“三只手”就让双石的人不要叫他王麻子了；还有骑摩托的小伙子喊了一车的人来把一个开公交的老儿打得满地乱滚，血流了一条长长的街，不知出了啥事……

我伫立在麦田与竹林之间，假装闻麦香。

那些走近又走远的赶场人，一定没太在意小小的我。他们传递的消息常常被我惊恐万状地带到山坡上去，当一个人也没出现的时候，我赶紧借狂风将它们吹得逃之夭夭。我想双石镇是不是天天都有流血事件？那究竟是一个怎样的镇呢？我爬上桑树，双脚交叉紧紧地夹住树枝，任凭阳光照进我的破衣裳。我想看得更远，但我最终与双石镇无缘，闭上眼，就连梦中它也未能出现。直到今天我也想象不出双石镇曾经或未来的格局。因为在我记忆里，它一直处于遥远的状态。我拒绝像其他小孩跟着大人撵路去双石，那时我就连买泡筒吃的一枚五分钱的硬币也拿不出来。

我更喜欢独自走在这条属于安静的路上，看那些赶场人从镇上归来时的表情，听他们讲惊心动魄的见闻。

正午的路铺满了阳光，氛围宛如油画里的恬静。我们的学堂就在大风随时光顾的山坡上。我不怎么喜欢那些风，我清楚地意识到我是没有翅膀的人。老师说只有蒲公英才有翅膀。除了风，路上的露我也不喜欢。因为露常常不顾情面，打湿我唯一的帆布胶鞋，让我的脚趾在课堂上冷得生疼。路的两边，耸立着一行行排山倒海的红苕堆，恰似一个个小坟茔，上面爬满了青油油的红苕藤，藤里夹杂着肥肥的泥秋蒜和迎风招展的狗尾巴草。而坟茔前正在开花的玉米就像孩子们摇曳的墓碑。遇到勤快的庄稼人，坟茔上朴素的草儿都将在一场雨水的背后惨遭锄歼。从此泥堆上裸露的沙粒在阳光下不再含羞。含羞的只是沙粒中的蚯蚓，它们跟随那些不幸的草儿被连根拔起。它们昼夜寻找回归的路，趁庄稼人毫无防备之时，它们想尽早钻进红苕的心里去享受幸福。

除了路，知道蚯蚓鬼把戏的人并不多。我也只是偶尔路过，停下来看着蚯蚓，在雨中想想蚯蚓的处境罢了。

它们有时比没有带伞的过路人更可怜！

这条路的伴侣除了我，还有躲藏在竹林里的小花猫与大公鸡。有时它俩在竹林里忽然随风而舞，随一股热风钻到路面上来。大公鸡望着从树叶缝隙里漏下来的太阳光，昂起脖子，尖叫一声。其实它俩是在偷听水边读书郎讲蒲公英的故事。当背着书包的读书郎走远之后，它俩开始交头接耳。一只画眉从一棵树跳到另一棵树，小花猫听到风吹草动便嗖嗖地跑到了树梢上。大公鸡却在水边低头审视小花猫倒在水中的影子。它俩之间相互张望，相互猜忌，相互欣赏，却又相互不买账，距离美得真可以叫若即若离。当一个挑着柴火的劳动者脚步重重地走过，它俩彼此摆了摆头，一唱一和，声音高低不平，经过风的洗涤与传诵，便有了自然的多声部效果。那分明是一首绝版的乡村情歌，比蒲公英的故事更温暖，比牧童的笛声更清寂，比一粒种子的梦想更生动，比一座村庄的历史细节更遥远……大公鸡把摇晃的身子唱得潇潇洒洒，把小小的脸庞唱得大红大紫；小花猫在高空中清脆的声音敌不过大公鸡在地面上的引吭高歌，它绝望地哀怨几声后，一气之下呼儿嘿哟从树梢上纵身落到地面，翻了几个滚儿，然后学着大公鸡的模样大摇大摆走过荷叶铺出的田埂，它俩分道扬镳，谁也不搭理谁，各自找要好的伙伴去了。

风数着泥土里新生的绿，微微笑了。

就这样，那条路留下了我永远叙述不完的细节。而我的影子便是细节的主题，在经年的冷暖风寒中，常常被异乡的月光拉得长长的。有时，那条路就像一条裹得像绳子的红领巾闪耀在我眼帘。多年后，才发现我一直不曾停止奔跑，可我的速度怎么也驱不散那个影子。它被紧紧地系在红领巾的结上。无论时光往哪个方向追，最终我看见我的影子依然停在那条阳光铺就的路上岿然不动。

我问路，那是另一个我吗——比宣纸上抖落的苍白水印更顽固。他是童年里融化不了的心魂，他注定了伴随我的一生之忆。

当我注定不再经过那条路的时候，我已经走出了那片寂寞的丘陵。这一走，便是十八年。我以为我早已忘记了深藏在丘陵里的路，尽管偶有回来，但我不是特意回来，顶多算得上无意路过。每一次路过，村庄都在给我陌生的脸色看，那些五彩的路仿佛眨眼便从父亲烟斗里随风飘散了。我问路，撩人的香烟将那么多路带到了何处？是父亲愁绪的香烟焚化了村庄里的路吗？许多看见或看不见的人或物都在烟尘里慢慢飘散了，唯一无法飘散的便是记忆中挥之不去的路。我一直记得在雨天里同儿时伙伴穿着布鞋走过干干净净的路——紧挨着墙壁的路，拐过两家邻居的屋檐，可以横跨一步抵达表哥家。路上三步或五步的地方堆积着等待冬天的柴火，它们如同柴火的主人，笑容总是温暖迷人。

可如今表哥的家早已废墟一片。连接着表哥家的邻居房屋也只剩下一堵残墙。野花乱开，蜘蛛网早已编织好未来的遗迹。就连过路的狗也懒得多看一眼这村庄里呈现的残局了。

多年前的表哥从那个雨天出走南方后，就再也下落不明，他除了丢下一个油水大的杀猪匠称呼，还丢下了一屁股债。他刚消失时，还有人站在他家门外，诅咒他会被猪的魂喊去见阎王爷，原因是他买了人家的猪，没有及时还钱。且一拖再拖，一年又一年，就拖得不见了人影。时光荏苒，哪知那些诅咒表哥的人，却一个个先表哥一步见了阎王爷。

苍天无眼，村庄无言。

表哥还活着。在他没有退路的南方活着。只是他的出走提前宣告了村庄里有关诚信与亲情的路由此断裂，即使我的回忆充满强大的磁场，也无力将它与亲情的血脉连接。他最终没有给自己留一条后路，那一片废墟也不愿见他回来。不久的一天，我们或将听到他客死他乡的消息。那时，无人替他落泪。他的心魂难归故土，属于他的路早已被天空收容。在母亲看来，苍天是有眼的。只是我从未看见罢了。许多人一定不会相信表哥真的死了，只在眼下的日子里承认此人早就没出现过了。

其实这和死了又有多大区别？表哥的死与一条看不见的路有关。

他堵死了回家的路。

尽管表哥的路不见了踪迹，但我还能看见少数映在路上的影，那是老一辈的劳动者最为美丽的影。自从他们谢幕村庄后，有的路也就随着他们的谢幕而谢幕了。有一些问路者是我后来遇见的，他们是劳动者的后代，听说他们从小镇回来寻找一种叫折耳根的美味草！他们前些年离开村庄住进了双石。

他们的父辈曾经与庄稼朝夕相处，与土地亲密接触，没有路就问天要路，遇到前方是山，就拿自己的命去问山要路，他们与山撞得头破血流，路是他们的命根子。他们从自己开创的路上走到自己的田野中去挖梦和黄金，但后来他们有的发现那条路是横亘在他们脖子上的枷锁。于是他们开始背叛与反抗。有一天，不知是谁站在田埂边大声地吆喝了一声，他们便三五成群放下手中的武器，坐到了麻将桌上垒长城。他们的罢工开始让田野中的路失去方向，同时失去方向的还有那些东倒西歪的玉米和麦子——它们好比一群没有主张的人，在大风里沉沉浮浮，风最终未能喊醒他们沉睡的灵魂。那样一群人，注定走不出自己的路，如同那一群飞不过喜马拉雅的山鹰——萎靡狼狈。

现在，我能看见的只有那条通往双石镇的路——它像年老体衰的村民经常打针吃药。路的医药费统统出在村民头上，而村民的病却无路可治。在供有观音菩萨的路口，我每次来往看见的只有围着麻将打磨时光的老人和孩子，还有几个胡子拉碴的老单身汉。他们曾经都是我亲密的邻居，只要路过屋檐下招呼一声就可以上桌拿碗吃饭的邻居，如今碰面却都成了陌路人。更多时候，我的来与走没有影响他们搓麻将的表情。

我一边走，一边放眼当年那些盛产稻谷与红苕的包产地，可我目及之处只有枯草、冻土，还有新鲜的坟堆。

再走远一点，看见的是白鹤，妻妾成群的白鹤在乱草丛中飞奔、嬉戏，任人大声吆喝，赶也赶不走。此时，人在动物的眼睛里是那样的无力与孤单。我蹲下身，仔细地看了看近处的白鹤，惊奇地发现了一窝鹤蛋，光滑如珍珠。更让人意外的是，当我走到那条曾经随阳光滋生细节的上学路时，我遇到了一头比小牛更壮的野猪，它虎视眈眈，顿时让我毛骨悚然。我再也无法往前走了，比人更高的野草挡住了我的去路，我怕我会遇见狼。

我问我的路，是谁偷走了我的路？

当年的路，影子也找不见了。但我看见了它被开垦种庄稼的痕迹。那是哪一户人的庄稼，怎么种下就不管了？莫非连收获的季节也忘了？有一天下午，在前面一块野地头的麦子林里，我竟然看到了一团带血的卫生纸，很艳——它让我想起小时候上学路上常常无缘无故流鼻血的经历。那时村人没有用卫生纸的习惯，只能仰起头，一只手捂住流血的鼻子，一只手扯胡豆叶或艾草叶在掌心揉烂对付止血。更令人意想不到的是卫生纸旁边居然藏着一只银黄色的兔子，和麦子的背景几乎融为一体。我分不清那是家兔还是野兔？若是家兔，可四周早已无人家。兔子的出现不免让我有些惊喜，我差点像小时候山坡坡上的庄稼人那样放开喉咙大叫一声："打野兔了！"但我没有，我怕吓着兔子。我停下脚步，不敢再往前走。我想对兔子传达一个信号，我和它或它的同类一直是很友好的亲人。那只兔子接收到了我的信息，它没有立即隐入麦丛，而是竖起双耳，也停下来看我。我断定这只兔子迷路了，像我一样找不到通往前方更远的路。兔子也在问路。但我无能回答它。我只认为这个时候的兔子是幸福的。田边地头野草茂盛，它们左右逢源，天天都有享用不完的大餐。没有了路的田野，兔子比人更安全。当麦子从青纱帐变成黄纱帐，它们在金色的帐子里自由舞蹈，或呼呼大睡，或结伴同行，或接吻拥抱，这样的世界难道不是人类寻求的另一个天堂吗？

细问山上人家，才知过去那些庄稼人多数举家去了双石。有的走得更远一些，去了别人的城市。他们把路也一起带走了。

若问当下谁与庄稼的感情最深，当然只有美丽的野兔了。

我又站在了山坡上，风继续吹。堰塘里不再有水，渴死的泥块大张着嘴巴，学堂早已成为一片空地。一群瘦骨嶙峋的麻雀散落其中，它们风中的呻吟，让我想起旧年的学生娃在老鹰抓小鸡的游戏中发出心慌的声音。抚摸旧年长在岩石里的那棵美丽的山楂树，上面曾经刻着的名字已长成斑驳粗大的结，即使亲历者也无法辨认那些遥远的人或物了。不远处的沙地操场全被一片橘子树覆盖、占领，树下的草莓正在绽放白花花的朵朵。

我终于转了个身。

绵延的高速路，怎能消化满目的惆怅？回到几百公里外的城以后，腹中一直胀鼓鼓的，有种说不出的滋味。躺在沙发上，梦尚未出发，丘陵里漫山遍野的荒田荒地荒草向我猛地倾斜过来，幽灵一样的风吹拂着芦苇摇来摇去的身影，它们让我的咽喉在这个寂静的春天不敢说一句多余的话，因为我的话语里埋葬不了走失的人烟。庄稼没有人种了，房屋无人住了，野草把路都长满了，我原来所在的村子有500多人，现在只有20多人了，我刚迈出城的脚，不知该往哪里走，一时之间，总感觉失去了什么重要的东西。

那条路，还是那条路，比村人病痛更多的路，它不但没有给村人带回可观的财富，相反，它带走的比带回的更多更多。有时，它带回的除了一点点沾满病菌的人民币，更多的是未知起因与终果的死亡，还有在城里无处寄放的骨灰。村庄里青壮年劳动力一个不少地被一条路带走，带去远方，带走遗忘，带到繁华的城市就再也没有回来。是他们抛弃了村庄，像所有的寄居者一样，他们并没有得到城市的宠爱。多年以后，他们又会带着儿子的儿子和女儿的女儿，带着一生最痛的伤来到这里寻根，好像他们根本没来过这个村庄，没有出现在这里一样——他们终究死在回不去的路上。

突然，我仿佛听见一个声音。

在城楼快要攀上天空的夜晚，好大一轮月亮穿行在十五楼的窗前。此时，有些灯光还是醒着的，对于我来说，此时醒着并不能代表孤独，我相信深夜里清醒的人总有一天可以听见独立的声音。他说，换句话说，在城市还没有吞进嘴里的一些叫着乡间的地方，路，一天天走的人少了，一天天的，也就没有路了。这是不争的真理。他擒到一个天大的秘密，但他不敢在鲁迅面前说大话！风，早就预知了这一切——答案就是当年那个貌似犯了错误的孩子低头所想的。

那时他像一粒蒲公英的种子，风把他满头的野草吹得十分茂盛，他头埋得越来越低，他在问路。

路还在那里。问路者走远后，他说，不必担心，终归有一天，他们还会从时间的源头，原路返回！

陪　伴

我迷恋上了聆听别人的故事，迫切希望主持人念到我的信，让远方更多的人听到我的心声。可写信者太多太多，每期的节目里，最终盼来的只有失望。一定是我的字不够好，我的故事没有别人的精彩，我的表达还没有得到主持人的认可，也难以打动听众。总之，我的水平比那些被念到的写信者差。

用写信的方式结束寂寞

在我的记忆中，写信是十四岁那年开始的秘密。

那个时候，我的身体与心绪正在发生微妙变化。闭塞而又贫穷的小山村让我找不到人交谈，班上的同学与代课老师，经常发生粗暴的打架事件，我提前与他们划清了界线。我在寂寞中渴望与远方交流。可远方太远，我怎么也够不着，除了止不住的无边想象，唯一能接触的就是收音机里播出的《文艺听众之家》节目。

星星与萤火虫出没的夏夜，我时常躺在屋外草地的凉席上，头枕微风，微闭双眼，闻着丝瓜藤里的花香，一直听到入梦，最后空气中只剩下收音机哗哗啦啦的电流声。第二天，受到父亲严厉责备，才知他又一次把我从地上扛回了家。在那档定期播出的文艺节目里，我听到太多来自远方的心声。我发现在遥远的地方，也有像我们这样的小山村，也有如我一般寂寞的人。最重要的是，我知道了这个世界还可以通过写信的方式，来表达一个人的快乐与忧愁。我羡慕主持人念到的那些有故事的写信者，我认真地记下了他们的通信地址。

我迷恋上了聆听别人的故事，迫切希望主持人念到我的信，让远方更多的人听到我的心声。可写信者太多太多，每期的节目里，最终盼来的只有失望。一定是我的字不够好，我的故事没有别人的精彩，我的表达还没有得到主持人的认可，也难以打动听众。总之，我的水平比那些被念到的写信者差。

有点自卑，但从未放弃自己。我下决心要写得更好，便把自己锁在屋子里，一次又一次在纸上诉说心中的故事。除了写给电台的节目组，我还写给那些通过电波感动我的人。他们有的是常年拖着军需物资在川藏线上奔跑的汽车兵，有的是在山沟沟里支教的小学教师，有的是小镇上输液器厂的女工，还有在监狱里服刑的年老的犯人。从铺开信笺，到酝酿情感，再到将字落入方格里，每一封信写好，我都会反复地念上几遍，模仿主持人在优美的背景音乐里念，只是我念的背景，是一盏沉默的煤油灯和屋角上硕大无朋的蜘蛛网，背景音乐则是窗前蛐蛐儿的不停叫嚷声。只要感觉哪些地方念着不舒服，我便撕了重写，然后检查自己的表达是否妥当，猜想对方读了我的信是怎样一种心情。我对写信的认真，远远超过老师在课堂上布置的作文。因为我知道，当信投进邮筒的那一刻，我就把心交给了远方，生怕读信者嫌弃我不够水平，没有文采，甚至认为我表达的心绪太幼稚而拒绝给我回信。

我就在这样的表达与发现中开始了作文，我就在这样的等待与徘徊中靠近了写作。每当收到一封回信，我就觉得是自己写作的成功，是自己的信打动了别人。越来越多的回信让我更加自信。

直到有一天，我的信在电台里播出，从此，我的世界再也没有平静过。当主持人口中念出“接下来，我们欣赏四川省自贡市荣县金台乡虎榜村十二组凌仕江寄来的信，标题叫《乡村男孩》”，当芦苇飘荡在风中，背景音乐响起，主持人圆润而磁性的声音开始念出我的心声。我捧着咚咚乱跳的心儿，一个人跑进屋里，把自己偷偷藏起来。我怎么也控制不住自己，任眼泪不断线儿地掉下来。

山村里喜欢听广播节目的人，都听到了自己耳熟能详的生活与地名，他们纷纷跑来，大声地问父亲，是你家的小路写的吗？刚才你听见了吗？真的是他写的吗？太不简单了！父亲懒得看他们一眼，只顾干自己的活，全然不知道发生了什么事情。接着，来自五湖四海的信件，朝我铺天盖地卷来。他们告诉我，被我的信感动了。

收信与回信，成了我乐此不疲的“作业”。

每当听见邮递员在山坡上唤我名字时，我会突然感觉自己再也不寂寞了——原来世界上还有那么多人等待倾听我的倾诉。

岁月历经文字伴随的长旅之后，蓦然回首，才发现就是最初的写信时光为我的写作注入了丰富的情感血液，助长了“文学马拉松”的恒久力量，培育了写作前期的微量元素。我的写作是从写信开始的。这看似黑白电影里的一节生活小插曲，却揭示了一个朴素的真理：写作，从内心的需要出发，你总可以找到共鸣！

在他乡，我现在唯有保持自己给自己写信的习惯。

而关于故乡，这么多年过去，我写好的信，再也寄不出去，它早已被出门在外的世界虚构，或隐盖。更可悲的是往往知识分子的寂寞除了用来独白，一直无处可递！

渐行渐远的亲情

炎夏六月，父母从故乡摘来满满一口袋毛豆角，他们说是姐姐田埂上种的青豆，没打农药的。他们边说，边望着我，那意思是在看我的反应。实际上，我已从父母眼神里读出一种无法拒绝的安全感，还能多言什么呢？望着那些在锅中被煮得翻滚的毛豆角，心儿由此变得热气腾腾，精神就像毛壳里安睡的裸豆那样饱满。这个忽然来得有些夸张的隐喻是想进一步抵达此刻我血脉里正喷溅的幸福——它让我惊异地发现一个日子不同寻常的颜色！没想到，真没想到，原来亲情是可以让日子改变颜色的一种隐形物体。

告别西藏，把生活安顿在成都，父母每年会来这座西部盆地的省城住上一两个月，他们的出现提前删除了我从省城回老家看他们所产生的复杂念头和繁复情绪。似乎有一种错觉，只要父母在身边，故乡就在眼前，一点也不着急，一点也未远离。殊不知，一个人在长期回不去的故乡里，早已不如风中的一杆芦苇重要。原本故乡离成都较之距离西藏倒是近之又近了，中间不再有千山万水的阻隔，顶多一道墙壁的宽度，可现实并没因地理方位的改变而让亲情靠得太近。

有人说，远亲不如近邻。这在我们家倒是有些例外。哥哥姐姐的户口至今仍在川南小镇边的村落里，他们几个离父母都不太远，倘若自驾车串门，一个小时不到便可以跑一个来回。尽管他们离得那么近，可是每年碰面的机会却十分有限，有时甚至一年也碰不上一次面，这在我看来是极不愿意想象的事情。或者，换种说法，我不习惯这种现象的存在，却又无法改变这真实的现状——它让我在闲不住的写作生活中，找不到合适的理由和行之有效的办法解决这亲情之间藏匿的难题。而他们的相会总是提前找好了理由的，比如谁的生日之类的重要事件。除此之外，他们再也找不到任何好的理由相互走动了。

找一个理由代替相会，对于生活在乡村的他们何其重要。比如我的回乡便成了他们相会的等待或借口。是我对亲情的理解认识有误，还是常年独自在外对故乡的了解早已发生严重偏航？

显然，故乡之于我，肯定是回不去了，但身处日常中的我时刻都离不开对故乡的设想。我还能想象过去式的故乡。过去的村子，所有的人都在忙庄稼的事情，那时村人们求的是不饿肚子；后来温饱问题算是解决了，他们却像世界上大多数人一样忙上了经济，想的是日子可以像那些先富起来的人那样再富一点；于是打工的出了远门，经营小买卖的天天守着铺子转，工地上的包工头不论天晴还是下雨都要指挥工程的进展，兄弟姐妹几年光阴也难齐聚一堂。

如此一来，亲情被搁浅，孩子疏离故乡，也疏离父母。

远方的时光，常接到父母托人捎来的信件，他们总会告诉我鸡毛蒜皮的家中小事，而我在远方则控制不住地把它们想象得翠绿金黄。

有时，我也会接到家中最小的那个姐姐亲手写来的信。姐姐小学没有毕业，写起信来有些字只能让我凭感觉猜，那种读信的感觉像我们小时候春天睡在谷堆旁回忆一个冬天的事情。

我给父母回信，给姐姐回信，告诉他们我大概什么时候从远方归来，到时我将身着沙漠迷彩，脚穿战靴。我尽量描绘出他们可以提前想象的我的样子。我还要他们转告我们所有的亲人。当我真正出现在久别的故乡面前时，故乡还是故乡，一树一叶、花花草草、生灵作物都不曾改变的故乡，只有那一条干瘦如柴的乡上到村里的小路像是闪开了星光大道，一下子变得宽坦起来。我带回了父母从未吃过的荔枝、音乐 CD 机、笨重得只能请几个人抬回去的大彩电，还有太多太多，现在想来，那是多么遥远、多么烦琐、多么累人的事情呀，可那时一个人盼望回家怎么都不嫌累，而且那时乡上的条件只能步行。

父母为别后的相聚摆上酒席。哥姐们都聚齐了，母亲请来了她的哥哥姐姐妹妹以及他们的儿女——他们在当地算得上先富起来的人，只是印象中我与他们相会的频率少之又少，有时回乡路上遇见，也顶多打个招呼，因此站在他们面前，嘴边虽挂着长辈或表哥表姐的尊称，但我嘴巴的确喊不出多少亲情的色彩，这导致我后来的人生处事显得过于实在与笨拙。

父亲也请来了他本家的几个晚辈。原本父亲生命里的亲情就不如母亲那边多，父亲三岁便死了父亲，接着他的母亲改嫁，父亲的成长有着太多岁月不肯觉察的孤独，而我年幼延续至今的孤独，不只是我个人的孤独，除了父亲，它完全称得上一代人的孤独——我们这代从乡间出发渐入城市踏入中年的人多数是没有爷爷时代记忆的，与城里

蚂蚁搬家要落雨

同时代人不同，我们内心的孤独是人生的缺码，是被爱或亲情这种看似廉价却无比珍稀的情愫所抛弃的，是任何成功的物质也填补不了的暗伤，它很可能在性格里催生一种比舌头更软的软弱，这隐形之伤有时又会变得非常强硬和独立。比起父亲命运的孤独，或许孤独之于我的种种，只能另起一行了。

在故乡，父亲的身边看上去有两个姐姐可以关照他的生活。父亲的两个姐夫，一个是队长，一个是保管。他们可以在社员们外出劳动攒工分时，躲在保管室里抽叶子烟，盘算着如何将生产队里的粮食占为己有。父亲那时带着母亲随大队人马去县城附近的铁厂大炼钢铁，为活命获取更多工分，将自家养的一只羊托付给当队长的姐夫看管。可是在父母返回故乡时，只看见羊皮已贴在姐夫家墙头。姐夫说，是你们的羊自己吊死在山坡上的。但队里的人带给母亲的消息却是队长欢天喜地宰羊吃的情景。

何谓亲情？在包产地尚未正式落户的中国川南乡村，当时发生在父亲身上的亲情只有水浓于血的残酷与践踏。无论父母怎么努力，最终他们都是生产队里的倒补户，不仅分不到优质的粮食，还要被父亲有点小权势的姐夫剥削与掠夺。除了那个吃羊的姐夫，另一个在队里当保管的姐夫，把剥削社员的大米藏匿在家中的地窖里，堆成米山，就是靠着这些米，他们的短脖子儿子讨回了高个儿媳妇。当然，父亲的姐姐也有对他好的，在我的文学创作记忆里，曾在早年一篇书写故乡的文章中写到过大姑，就是她几次趁儿子不在家偷自家粮来救济父亲，让我们这个家熬过了难关。

此时，那个吃羊人已经死了，而且死得特别惨，敢说至今没有见到影视剧里用到如此真实的惨死镜头。据说，当时吃羊人一家是偷了队里的玉米种子吃，被村领导赶出队，一直被赶到七里之外的水岩洞里。有一天，吃羊人折返回队，从家里扛走他的床。路过村口田间，遇到一头牛。奇怪的事发生了。任何人经过，牛都表现得一副平静如水的温和，唯独见到扛着床经过此地的吃羊人，那牛头一低，一个猛劲就将锋利的牛角顶住他的肚皮，一直顶得他四肢悬空，而且在空中甩来甩去。床从空中跌到地上散了架，待村人赶来，将吃羊人从牛角里取出时，赤脚医生赶来了也无济于事，三天三夜后，吃羊人惨叫而死。

母亲想起来，那已经是1962年的事了。

关于写作这件事，我常感恩的除了西藏，还有一个人，那就是母亲。母亲与西藏都是为我写作缔造历史的脐带。尤其对于过去的故乡史，没有母亲时而痛彻心扉对往事的忌恨，我就无法进入故乡黑白影像中去。母亲是文盲，或许自己母亲的名字她也未必叫得出来，这实在是一个时代的可怜与历经者的可耻，我把自己不知道祖父与外祖父的一切都看成可耻的事情，最可耻的是身为一名写作者我至今不知他们的相貌与名字，但在我看来，这并不碍于母亲身上文艺细胞的存在，小时候听年轻的母亲哼唱《大海航行靠舵手》，只是在母亲该发挥的时候，她把才情统统发挥给了她的庄稼和她的子女，我始终未能完整地欣赏母亲唱出这首她曾喜欢的歌。母亲讲故事的能力也很一般，她不懂得主次之分，常常偏离主题，更不懂得人物的出场关系，甚至容易让人失望。母亲首先是让自己失望，她更害怕我对她所讲的故事失望。归根到底，母亲是对她孩子故乡的失望。

幸好，文学写作有一个功能可以修补母亲的失望。

这些年，纸上的故乡，多来源于母亲传递的信息，仅仅只是信息，非母亲经验，也非我少年的乡村经验，这就意味着故乡有着太多不完整的残缺，但它一定是可靠的、值得整理的消息，我需要做的就是沿袭母亲的叙说，将断裂的部分用线条连接起来。有一个晚上，父亲突然聊起了母亲的父亲。父亲说母亲的父亲是被那个年代斗死的，这在母亲听来是很不光彩的事情。母亲迅即红着脸说，那时她太小，她的父亲是被人陷害的。很快，母亲骄傲地说她父亲写过一本什么书，遗憾的是当时很多人来找那本书却未能找到，否则他们家的命运有可能不同于今天。这件事的可信度，我持怀疑态度，暂不去考证。

父亲坐在我面前，他看了母亲几眼，后来他的话越来越少，他总担心自己身体出问题，我的话不敌那些药店里的促销员给他说的话，他把那些穿白大褂的人说的话都当圣旨，因此不管我们买回多昂贵的水果，父亲一律不沾，他说医生不让他吃甜的。

我给父亲的钱，他都交给了那些嘴里可以吐出圣旨的人。母亲说，父亲有时一次买回的药都可以装一背篼。

有一次回故乡，我跟着父亲去了他常买药的那个大药房。坐在一架测量仪面前的是一个穿白大褂的年轻女人，她和父亲已经是熟人了。父亲伸出手去，女人把量血压的帆布绑在父亲手腕上，血压很正常。父亲喜上眉梢。女人在处方单上画了几道弧，说，你的血管还有一根没好，需要继续吃药。我把头伸过去，看见女人所指的那根血管，实际上是仪器上一根跳动的红指针。

人的身体平衡有如此精确与完美？何况是一个年近八十的老人。

我伸出手，请求白大褂给我测试一下。结果，女人说，一切正常。我说，国防军人的身体能不正常吗？即使不正常，也必须正常。否则，怎么能上战场？女人不说话了。短短半小时，我亲眼看见白大褂给排队的老人们推销同一种药，索性劝父亲不再吃药。对于父亲，我想无效之药已成他心上虚幻的保障和依赖。岁数大了，谁的身体没有一点问题？药吃多了，一定存在副作用。我的种种解惑，只想给父亲的心里做些功课，让他忘了生命这件事，像母亲一样忘乎所以地享受生命原动力之乐。可是父亲就连散步的习惯也不愿坚持，总是吃了饭就爱睡觉。自从让他不吃药后，他与我和母亲的交流也少了许多。他的注意力总惦记着过去的药！

我与哥姐们又有多久没见面了？哥姐们与父母又有多久没见面了？他们远的在上海，近的在故乡，而我恰好处在离故乡不远的中间地带。有一天，我把这个话题抛给了母亲，你多久没去你的姐姐和妹妹那里了？母亲想了想，许久才说，有几年没聚了吧，没什么事，他们也没喊去呀！我说，怎么要人喊了才去？平时也可以去的呀，你没事就邀请她们来聚一聚吧。现在条件好了，不用干包产地了，你们有的是时间呀，不像我们年轻人要为上班奋斗。母亲听着我的话，不置可否。显然，她的思想和习惯还停留在生活困难时期，那时他们一年只见那么一两次面，多半是为吃的问题尴尬犯愁，但心境总比凉白开还凉快、甜蜜。反之，如今各方面的条件都优于过去，吃穿都不用愁，甚至更多的人已抛弃乡村的负重生活，过上半城市化的便利富足生活，亲人之间的聚会却一年比一年少，太多的见面最后成了生死攸关，曾有的那种浓厚的亲情氛围仿佛随夕阳落下的炊烟消散了。乡村大地上的事情太多，该被铭记的已被野风吹荒芜，许多情感逻辑与生活秩序再也寻不到脉络的归处，就连走亲戚这等寻常的民俗轨迹也越来越没定律了。

较之于乡村，城里这方面相对来说要进步一些，亲朋之间，随便招呼一声很快便聚在一起了，这算得上城里优于乡村的生活细节吧。究竟是什么解构了乡村曾有的亲情图景？姐姐在电话里又问我何时回故乡了，这样她就好顺便也看看父母。可我不再像过去那样有盼望回乡的热切，不知何时，心境里已徒添上一个“累”字。是什么改变了故乡之上的亲情气场？思来想去，当是这些年的个人成长耽误了来不及填满的亲情，加之我不再是“我”的个体生命，“我”现在代表的是一个家庭，每个家庭都有每个家庭所不能承受的现实欲望。亲情从来不等人，若是你稍有怠慢，它只能渐行渐远，甚至日子深了，它便如一只野鸽子远走高飞，再多的金钱与再大的权力也聚不拢失落园里散落的野鸽子，它们注定被白驹过隙的岁月消解得体无完肤。或许，如今在经济方面，大家是没有以前那么紧张了，虽不至于像那句“不差钱”的广告词阔气，但至少不再像过去那样望着收成不好的庄稼愁眉苦脸过日子吧。可我们的相聚为何总是多于别离，谁能真的在“我们死得太久，何不相聚而乐”这句话里实施行为上的重大改变？更多人只是挂在嘴边说说罢了。放眼当下，这种现象不仅在我的故乡，甚至在当今的中国乡村大地已然成了再正常不过的事情。

难道这就是我们奋斗到底想要的富足？

守财奴

有很多年，没见到这个人了。

原因是，我很少回故乡。那天，父亲在小镇上办大寿，他出现了。在村人队伍里，他缩头缩脑地摸了五十元钱，让记账人写上他的名字。他见其他人名字下记的是二百、四百、六百不等，他不好意思地把脑袋伸过去，理直气壮地向记账人解释：我们村子里，不管谁家事大事小，也不管亲戚不亲戚，只要请到我，一律都是五十，一碗水端平。

十多年前如此，十多年后，他照样如此，压根不愿去赶别人的时代。

他坐上酒席，把背上的背篓放在自己身边。才动几口筷子，趁人不注意，便将桌上还没倒完的酒或饮料，往他背篓里装。有时，他将听装的啤酒，也往自己衣服肚皮里装，一直装得走路都困难，再将盘子里的糖果、瓜子抓一把装进裤袋里，装得比怀胎十月的妇人还受阻，但他仍要装，把别人的东西往自己家里装，是他最开心的事情。他平时不抽烟，此时也把烟抽得满桌子飘，看见主人家发烟了，手迅速从桌上抬起，耳朵上还要挂两支。遇到这等好事，他脸上泛着的笑比桃花灿烂。

主人家有时看见了，也当什么也没看见，谁也不愿在这节骨眼上湮灭他的笑容。

几年前，他婆娘汪三与他一起装，挑着担子去装。自从汪三跳井后，只剩下他一个人装了。有时，他会自言自语：一个人装得太少了，只能吃两三天，要是汪三在，两个人装回去的东西，至少可以吃一个星期。在他的如意算盘里，送五十块钱出去，得想尽一切办法吃回来，而且还要争取赚一些，他才开心。

汪三跳井的原因简单得没有悬念。生病了，怕花钱治病。他们家从联产承包下户至今，从没请过一次客。那时，村子里的人家到了青黄不接，几乎都缺粮，家家饿得望山发呆，他们家的粮却在地窖里，堆积如山，但谁也别想借到他一粒米。

他们有个女儿，很小就出去打工了。每年会寄钱回来。一年又一年，累积起来已几十万了。

他们除了每天守着十多亩田地转，就窝在家看着几十万元存款，满脸泛桃花。

汪三去过一次医院。医生说要五万，而且要先将汪三送到精神病院观察。汪三一直念叨着五万,一念就是两三个月。有一天早晨，趁他还在熟睡，汪三五点起床来到竹林掩映的井边。汪三把装衣服的水桶放在一边，捂着胸口，蹲在井口边，井里照不清自己的影。想不过去，也气不过来，汪三呻吟一声，五万啊，于是跳井自尽了。

后来，那个人就什么也不干了，任大亩田地荒芜。一个人在村子里，东走走西看看，有时在别人的麻将桌边，一看就是一个下午，有时见到那些离了婚的老女人，还从鼻孔里哼几声，一副生怕别人嫁给他的高傲样子。然后，他会自得其乐地说自己是有钱人，看不起那谁谁谁。

只要遇到村子里哪家有什么事，他都出现得比较早，满脸乐呵呵的样子。他的行为被村人们称为——装狡猾。但他的确是个老实人，热爱了一辈子庄稼，最后却背叛了庄稼的本质。

这样的人，在我故乡毕竟是少数。他叫我父亲舅舅。

名字里的污迹

在我老家，不受欢迎的人，自然是做了丢村人们脸的事。身体上的污迹，也还好办，可一旦名字里留下污迹，就是跳进黄河他也洗不清！

事实就是这样。

他的不受欢迎表现在，别人家有好事的时候，他都得不到邀请。当人们谈到可能涉及他的事，总会绕开他的名字，仿佛在说那山那水那风那雨那田那树那狗，仿佛他的人早已经是空气。即便这样，在处处几近成为空巢的村子，他最有发挥余地。甚至，有时别人没有邀请他，他也要撞着脑袋去参加人家的好事。

父亲的寿宴，没有请名字里带着污迹的人。

但一分为二，那个人的父母和兄弟理应受到邀请。为了躲避儿子在村子里干的不受人欢迎的事，那个人的父母多年前就搬到很远的地方，跟着另一个儿子生活了。这样既省了家长很多麻烦事，也看不见儿子现场表演的窘迫与尴尬。因此，村子里的老墙里就只剩下他一个人。

正好与我们算得上隔了一道墙的邻居。

数月前的一个夜晚，住在城里的父亲突然接到乡下队长电话，说老家被盗。母亲陪着父亲冒雨摸黑赶回村子，结果经派出所一查，就是那个人干的。家里翻了个底朝天，一毛钱也没找到，最终把父亲砍竹子的弯刀，用来砍开了另一家人的门，偷走了人家的几只鸡和鸭。

后来，人家找到他理论，他昂起脖子，放下一句狠话：是我偷的，你把我怎么样，你们没有抓到我现场。

当鞭炮声响过之后，那个人的父母问我父亲：我家老大怎么没来呀？

父亲说，哦，这几天村子里，也没见到他呀。

父亲轻描淡写的回答，让我与母亲对了一下眼神。我们在心里笑。其实，我知道，并不是村子里没见到那人，是这种不受欢迎而且洗不掉名字里污迹的人，根本得不到爱憎分明的父亲邀请，更得不到村子里其他人家的邀请。

还有一个未被邀请的人，他身上的污迹更重。

同那个不受欢迎的人一样，他也是一个光棍，而且是个老光棍。记忆里，他一直就是一个人，一年到头，从不洗澡。很难想象，在他唯一的一间土屋里，几十年里他是怎么过的生活？

屈指算了又算，当我终于发现这个被漏掉的人不在邀请之列时，父亲摇摇头，连连摆手说，那个人不能请，那个人请不得。

此话怎讲？毕竟也是一个村子的人。

你请了他来，就浪费了一桌子。父亲说。

我停下手上的笔，在那个人的名字上，圈了几圈。母亲在一旁说，只要他上桌，其他人立马会走开。父亲接过母亲的话——并不是我们不愿请他，是他身上的味道。

本想为他申辩几句，想的是父亲八十不容易，要请就要把一个村子里的人请齐，不能落下闲话和后话。可证据确凿，他身体上的污迹，村子里的人都知道，只要老远经过他身边，都可以闻到，若是他在坡地上干活，蝴蝶也会自动飞离。如此看来，那些污迹已经彻底转化到他的名字里，想了又想，不如保持沉默，于是提笔在被圈过的那个名字上，狠狠地涂了又涂。我试图用力从不同方向划掉一个名字的痕迹，直到一团黑影全部被粗细不一的线条覆盖。

可那人，还在生活中……

那个名字在一张白纸上重复了污迹的污迹，他注定是一个村子抹不去的生活陋习。

缺嘴

酒席上有个兔唇的男人，很多客人都叫他缺嘴。我知道缺嘴并不是他真正的名字，他实际的名字，我从未当面问过他，也没问过父亲。但他每一次的点头、答应、微笑，像是习惯了缺嘴这个称呼，像是要让听上去的人知道所谓名字不过是一个简单代码或符号，但缺嘴是他整个人生面貌的一个明显标志。

缺嘴是简单的，他坐在散席后的座位上，逢人便笑容满面。注定一辈子，他早已接受这现实的残局，乐意让自己的缺陷填补他人需求的快乐。

缺嘴叫我父亲表叔，叫我老表。但我至今不知这门子亲戚究竟是个什么关系。童年印象里，只与他有过一次会面。农忙时节他来帮我家干活，见到这个嘴巴不太完整的人，我总是小心地躲着他。我害怕看到他的嘴，害怕他的牙齿直接从鼻孔下面钻出来，长到别人的鼻孔上去。他成天一口水也没喝，却从不喊渴，也不喊累，只顾低头干活。见到他的人，都说缺嘴人很踏实。

缺嘴接到父亲大寿的邀请，答应得满口高兴。我知道，如果不是父亲寿辰，大家也不会有如此聚会的时机。尽管缺嘴的家离父亲的村庄只有十多里路程，但这么多年过去，他们见面的机会几乎为零。

时光移去二三十年，缺嘴见到我，与父亲耳语，他们在说，这个老表多年不见，即使路上相遇打一架，也认不出来。在他眼里，他还想得起我小时候的模样，可在我看来，他一直没变，因为他的嘴巴，因为他几十年都没有去医院修补的嘴巴，我一辈子都不会将他认错，这是绝对的事情。

他坐在父亲身边，耐心地谈论着什么。由于他的嘴关不住风，很多语言都被风偷走，很多语言都让风占了上风，但他不愿就此甘拜下风。他时而将嘴对准父亲的耳朵，可父亲耳背，只能向他打着不同手势，表示听不清。父亲扇了风两记耳光，力争把他的话从风中夺回来，重新灌进自己的耳朵。

我又看了他几眼，有些尴尬。他接过父亲递给他的烟，然后摸出打火机，悠然地给自己打燃火。父亲戒烟多年，同我一样，只能静静地望着烟雾弥合一个烟民残缺的嘴。我不知这一刻的父亲眼神里都想了些什么。

很想对眼前这个正在与父亲说话的人说点什么，可是无从说起，毕竟我与他之间没有任何情感的出处与记忆，但我认定他与父亲拥有很多值得谈论的话题，包括他的嘴巴。

那只是他们的话题。

在结束这篇文章之前，为了弄清那个人与我存在的真实关系，我给父亲电话求证。父亲说这是一桩老亲戚，缺嘴的奶奶与我的爷爷是亲姊妹，我爷爷是缺嘴奶奶的弟弟，不可否认，这样的血脉之亲十分珍贵。可是没有见过爷爷奶奶的一代人对这些盘根错节的隐形人物深感陌生，想亲却怎么也亲不起来。我不叫他缺嘴，也不愿叫他老表，在心里我只叫他亲戚！换言之，如果他不是我的亲戚，或者路上随便见到的一个人，我想我还是不习惯叫他缺嘴，这种不尊重人身体缺陷的事，是我难以默认的乡村人性缺陷。

父亲的亲戚

父亲那边的亲戚一直少于母亲。

这一点，父亲的力单势薄显得尤为无助。父亲的亲戚，不用掰指头就算得过来。父亲有三个姐姐，生命中，我见过两个。如今，在父亲的亲戚里，只剩下几个外侄子和外侄女了。和父亲至今有联系的是父亲二姐的几个儿女，可是他们离父亲的村庄相对远一些，而且多数去了南方打工，几年难得见上一面。父亲三姐也有很多儿女，他们离父亲相对近一点，可几十年却从未有任何联系。

父亲与他的三姐在同一个村庄，只有几步路的距离。

父亲的三姐在世时，那些嫁出去的女儿，也是一年到头难得回一次娘家。这并不奇怪，父亲的三姐离世后，几个女儿就彻底断了那条连接村庄的路。

同时，断掉的还有亲情。

可父亲并没有断掉想她们的念头。遇上家中喜事，父亲总会想方设法要来她们的电话，一个个通知她们参加。其中有几次，是我替父亲打的电话。这些血缘上被我称为表姐的人，每次接电话我得解释半天，说了小名，又说大名，甚至我也自报过乳名，似乎她们早已记不得还有这样一个表弟了。

然后，她们有的若有所思地说，当天正好有事。有的答应来参加，但就是不见人影，把我们的邀请，随之付之风中。有的电话一而再地无人接听。

父亲的大寿，我依然打了电话给她们，虽然有的答应，可到了当天还是无人出现。我在想，父亲的亲戚，真难请呀！

父亲无语。

母亲说，以后不必再请了。让她们去充自己的富有吧！

这事儿，我一直有些看法。我请了你，你若不来，或来不了，至少应该给我个回音吧？这究竟算什么呢？如此血缘的事实，原本这是神仙也无法更改的人与人的情脉组成关系，可她们的态度究竟要证明什么？是她们真正的富有？可富有之人，我见得多，贫穷之人，我当然见了也不少，但她们把亲情这件事忘得如此彻底，还是令我有些费解。别说父亲是她们的舅舅，就是她们的亲哥哥，那个逢人喜事装狡猾的老实人，他们之间五年十载不见面也是常事。等待他们见面的或许只有死神的消息。

打记事起，父亲的亲戚，尤其是挨得最近的三姨与我们家的走动就特别少。那时，三姨常常为女儿们的婚事一家人吵得翻天覆地，整个村庄不得安宁，有时甚至大打出手，几次断了母女关系，有的因挨打跑到我家来一躲就是大半夜。父亲真的太穷，穷得他的三姐连一颗粮食都不愿借他，穷得他的三姐夫常常嘲笑他翻不了穷的身，穷得他的孩子们总被人欺侮，却没有还手之力，但就是这样一个父亲，他却要厚着脸皮去别人家借米来煮稀饭给那个挨打的外侄女吃，这的确让我曾经有些痛恨父亲，也痛恨那些比我们吃得更饱却还要欺侮我们的表姐，但我至今感谢是父亲影响了我对亲戚的认知。

何谓亲戚？我以为亲戚的功能是越走越亲，长期不走动的亲戚，比村头愚公移不动的虎榜山还沉重，再多的人，再大的力量也抬不起。而不断走动的亲戚，就像绵延山川之间，川南人家门前一年四季迎风招展的甜蔗，越嚼越甜，越吮汁越多！

自由落体的柚子

那棵柚子树是近十年来村子里生长的野史。

所谓野史，就是无人照料，自由疯长，长期游离在一个村子的视野之外。当然，也可以理解成：一棵树的生长，没有人在场。不难判断，一棵柚子树从幼苗长成顶天立地的大树，十年足够了。它生长的地方，是表哥倒塌的房屋废墟。这个被我多次放进文学世界度量命运的表哥，一生未娶，漂泊南方，最后落得客死故乡。之所以是客死故乡而不是异乡，因为他回乡断气时，自己的房屋早已沦陷得不剩一片瓦砾。也就是说，柚子树最初的生长大概可以追溯到一个时间——在那个可靠的时间里，一个人的离去与归来，再到消失，这棵柚子树心知肚明。

它一定不是人为栽种的柚子树，我想说它是无主人看管的野树。可它又是村子里的幸运之树，因为它获取想怎么长就怎么长的自由，没有丝毫风险。很可能是村庄里吃柚子的人不经意落下的一粒籽。但那个吃柚子的人，或许早已不知去向，柚子树是否还想着那个面目全非的人？

这只有柚子树心里最清楚。

发现这棵柚子树是一个伸懒腰的晨后。当我正要将手从空中放下时，听到“咚”的一声，特别响，非常近，忽然将我的视线直接拉到柚子树下。那一刻，我感受了大地的弹性与引力，以及地球的不确定性。真够神奇，难道是树上的柚子在以这种方式向我打招呼吗？同时，我又想，这枚柚子是不是太沉不住气了？它是因为等人烟气息来才落地的吗？仔细一看，地上已零星躺着十多枚形状并不特殊的柚子，有的已经严重腐烂，但我一眼认出了那个刚落地的大柚子，它有着新鲜的青黄皮肤，睡在沟里的姿态，与那些先落地的柚子大相径庭。

我蹲下身，抱起了它。然后，抬头望向这棵柚子树。在它庞大的体积里，还显现有十多枚柚子，有的藏匿在浓枝淡叶处，有的攀升到离天最近的地方。它们随时都有落地的自由，看样子，它们还在听候时间的指令，并且我相信，它们有自主的选择，因为它们在自然的规律里生存与腐朽，一年又一年。

原本打算将这一枚自由落体的柚子带回城里，但母亲表示了不屑一顾地反对。其理由是这棵在她眼皮底下视而不见的柚子树是棵废树，它结的柚子，虽大个，但味道不正宗，村子里的鸟儿也不愿多光顾。更重要的是，母亲担心这一棵野树结下的柚子，如果跟着我进城，破坏村子名声的可能性极大。母亲不愿我从村子里带走的柚子，让城里的人说不甜。但我又想，很多时候，村子遗弃的东西，往往容易成为城里稀缺的宝贝。母亲阻止不了我，劝我还是先验证一回再做决定。我用清水洗这枚沾满雨露与霜迹的柚子，同时也洗掉鸟兽落下的粪便与脚痕，拿刀将它剖开，看柚蕊颜色，这属于红心柚。

双手终于取出一个大家伙，然后再分成一把把梳子，撕开梳子的一层粉色护膜，先试着尝了一小口，再用舌尖顶了顶，发现它缺的不是水，而是水太多，野水野，少糖蜜，野水解不了家渴。

这怪不了柚子树的自在。

村庄时间

回村庄的时间一年比一年少。

碰到一些人，但也有很多人未能碰上面。太多人不知去向，尽管都清楚，彼此还活在世上，但谁也不会主动提出要找一个时间，郑重其事地回村庄碰面。

村庄还能够给予我们什么？

村庄至少可以找到我们最初出发的时间。

一棵树，一片叶，一朵雪，一只鸟，一声吠，一口井，一粒麦子，一株玉米，一把稻穗，一节高粱，一地花生，一首歌谣，甚至一条巷子的发迹，都是地点见证的凭据。

尽管我们换了一个又一个地方，换了一个又一个电话，可村庄一直在静止的时间里，眼睁睁地看着我们在各自的天涯，把对方弄丢。

之后，没有谁去找寻谁。

其实我们轻而易举就能要到对方电话，只是我们要不到对方时间。我们的时间，一头停在故乡的村庄，一头停在别人的城市，中间是丘陵或山峰阻隔的微弱信号。很多时候，城市因浮肿切断了村庄的信号，村庄时间，让我们这些身在外头飘荡的人，一无所知。

有时，我想，即使同学一场，哪怕在一起只有几个月，或几天时光，也会产生碰面的念头。而且这样的碰面，时常发生在我们的生活里。然而，村庄与校园的情感刻度完全不同，十多年的邻居，而且我们算得上发小，论情感基础，它可以胜过我们走出村庄重新构建的所有世界。但自从别后，村庄里的有些人，注定再也没有碰面机会。

二十多年都是这样。

不管我多久回来一次，都不用奢侈碰面这事儿。走在故乡长满茅草的路上，偶尔会遇到一些熟悉的面孔，顺便问起那些碰不到面的人。然而，得到的回答，多少还是有些兴趣。比如谁谁谁在广东打工又生了一个娃，据说前不久还开着车回来过。

无意中，那个碰不到面的人，就会通过他人把自己的消息装进我脑子。可碰不到面的人，始终不在场，进入脑子里的消息，因碰不到面而发酵，如何拓展想象，总要费些时间——大的那个孩子该上中学了吧，他的两个孩子都长得什么样？还是像他小时候那样——瘦高个、营养不良、爱上火起疙瘩流鼻血吗？

据他父亲说，他带着女人和两个孩子，从广州辗转到上海，开始新的人生发展，他们把一部分足迹留给广州，而属于他们的村庄时间将被上海彻底冻结。这是我母亲不经意透露的消息。

我已经很久没有问起过他，因为问了也是白问。人在外头，走过的城与留下的村庄，最终只能尘归尘，土归土。自从他的母亲离世后，他的村庄时间随之停在另一个世界的念想里，可信的是——谁也

偷不走我们血液里曾流淌的村庄时间。

有时，我会忽然萌生一个惊喜——有那么一天，他会不会在离村庄那么远的上海早晨，想起我们曾经共有的村庄，然后忽然冲动地打一个长途电话给自己父亲问起我？他并没有忘记我们的村庄时间。但很快，我便自欺欺人地持否定态度。上海时间不会给他这样的机会，无论广州，还是上海，他接受的只可能是密度高于村庄的高速信息生活，情感之水滴不进他密不透风的城墙。

村庄时间究竟还能给予走出村庄的人什么？

或许，一生只有一件事，那就是分别。

人与人的分别，人和一个地名的分别，人同情感的分别，遗憾的是村庄并没有赋予我们分别的经验。

我们第一次尝试到村庄时间对于出走者的重量。

井

前几天，母亲来电，家里终于安装自来水了。

“花了多少钱呢?”我问。

母亲说:“三千六。”这钱父亲提前几天就交到镇上了。

“好，安得好，这钱你们先垫着吧，等我们回来，再拿给你。”我在如释重负的同时，一旁的妻子也连连说，这下放心了，不用再担心他们吃水的问题了!

剩下的，该说说井的事情了。如今，用“独幽”二字赋予这口井的形态再合适不过。清寂、独处、无人再公开它与村庄的幽会。

其实，“独幽”二字，并不是来自我的灵感，而是数年前的秋天，在北京上学，与一位女同学去博物馆看展，发现一件袖珍青铜器的名字，当时彼此觉得实在是妙。

对于这口井，原本在我早年发表的《一口井的年龄》中已经撰述过它的形态与过往历史，而且此文还被一些地方当作考卷难倒不少学子。事隔多年，有一些新鲜事与它发生牵连，不得不让我再说几句。

如果我不说，村庄里的人，就一辈子没机会说了。自从自来水安装到村庄后，这口井就无人光顾了。

这样说，有点降低我们村庄里的人品，其实吃过井水的人都不是忘恩负义的人。

最后光顾井的一定是我母亲。

母亲与父亲在我的城生活过一阵，恰好错过了村庄里安自来水的时间。若你单独一家人再提出安装，镇上的供水单位，自然要把价翻几倍，因为他们的权力比水更“水”。为此我想找政府理论，老百姓水都吃不上，有没有人管？无奈，母亲在电话里阻止我理论，母亲又要挑着水桶去井里担水。井里的自然水肯定比水龙头的水更健康，这个我相信。同时，我也相信，母亲和父亲都八十岁的人了，他们还能去井里担水吃，也是一种健康的证明。

只是每次他们闹着要回乡下去生活，我都放心不下。

主要是母亲担水的井，有竹林笼罩的上下坡，还要过一根狭窄的冲田绳，遇下雨天，路滑，就更麻烦了。

所幸的是，现在一切都已尘埃落定。只是独幽的井，常常让我心生莲花。我想，下一次，我回村庄的第一件事，应该去看看井。我欲带一株水仙放于井水的边缘，让水仙长出更多的水仙，让水仙簇拥井口。或者去堰塘里找一朵水棉花，放进井里，让井不再独幽，让井有景陪伴，这是一个吃过井水的人对井的敬畏与缅怀。

村庄人一年到头有很多的祭祀仪式，那都是活着的人对死者的纪念，说什么也不应该忽略对井的祭祀呀。我不知表嫂汪三几年前跳井自尽的行为，是不是为了报答井的恩情。据母亲说，汪三的死，动用了村庄仅剩的劳动力，男女老少全派上了用场，花了一上午时间，才把她从深深的古井中打捞上来。公安局的人到了现场，笔录、拍照，接着，井水被一个下午抽干，人们都以为井底有秘密，没有，什么也没有，然后，大量石灰被放进井里，漂水、消毒，一周后，井水才又恢复往日的平静与清亮。

从此，打井边过路的人，总要加紧脚步，生怕汪三的魂从水面上忽然冒出来，生怕“水鬼来了”的声音响起！

霜打芭蕉

故乡有芭蕉，但不成林。

房前屋后篱笆堆上耸立的芭蕉树，若是夏天，看上去还是很风光。无论刮风还是下雨，芭蕉叶子发出的声音都很强势，在我的聆听中，它比其他物种更有胆识和魄力。在风抵达之前，它的姿态已经完全处于癫狂，内心涌动狂乱的张扬，成片的竹林发出骚乱的信号，片片芭蕉叶如同扇子摇摆得村庄不得安宁。至于芭蕉叶子的形状就不必过多叙述了，可以想象一下《西游记》里，牛魔王的妻子铁扇公主手上的武器，更为直观印象的是人们喜爱吃的羊排，也具有芭蕉叶茎脉的密度。论象形，芭蕉叶可用一个“非”字解构，无论是手绘、油画，还是国画，不少画家笔下都曾有雨打芭蕉的浸染与润色，看上去随意寥寥数笔，便形神皆备。我多次拿笔照葫芦画瓢，其实不容易画到位。

酷暑与雨季，我曾将芭蕉叶当伞。而村庄人用芭蕉就多了，遇谁家有喜事宴请，肉块下面都会铺上宽大的芭蕉叶，而高高的蒸笼底下更会垫上一块芭蕉叶，无论是酒、米饭还是酥肉，都会散发更加沁人肺腑的清香。

芭蕉树的主脉特别壮，由一层一层的蕉皮构成，水分相当充盈。小时候，我见过水田的二爷将削得尖尖的竹筒子，扎进芭蕉树取水喂牛，原来是他们家的牛中了毒，用芭蕉水为动物解毒，功效相当奇妙。这是被很多从农村挺进城市的人遗忘的秘密！

谁遗忘了村庄里的这等生活细节，谁就是过早被幸福遗弃的人。

村庄里最美的花应该是芭蕉树的花。这是村庄人很难不承认的美。因为芭蕉树本来就高达三四米，那些花就像空中绽放的礼花，即使是白天，它们也比黑夜灿烂——没有在黑夜里仰望过幸福的人，怎么能懂白天的灿烂？我观察过芭蕉开花后残留的苞片，如同猪粉色的耳朵，有一定的柔韧性，像一块质量不错的胶皮，药用价值不低。一棵芭蕉树的花苞像一头牛的心脏，沉甸又充实。真正出自故乡的香蕉，我吃得并不多，一是产量本来就少，再者用来看病人或拿去卖了当家补，能吃上香蕉的人家，在旧年的村庄少之又少。当然，其品相就更难与如今水果店里华丽光鲜的香蕉相比了。故乡的香蕉，多是成熟前放进稻草堆里捂过的。但味道还是与那些外来的香蕉有得一拼——粉甜、饱满、黏稠、香。

年少的芭蕉，总是葱葱郁郁，生机勃勃，把房舍点缀得似乎永远是春天。那种绿，简直就是一座村庄的标志，同时也是一方天空的表达方式。然而步入中年，偶尔一见的芭蕉，藏在丘陵中的故乡，总是陷入霜打的困境，看上去没有精神。

仔细查找原因，是村庄里人去楼空是一种难以更改的现状，有人说这是农村的进步；芭蕉独自摇曳的孤独无人能懂也是一种现状，宋朝的李清照说这是一种离愁。南方丝竹乐《雨打芭蕉》表现的是哀婉与别绪，在李煜、李清照等词人笔下也有同等意味的书写，作为多年的返乡者我不再借物抒愁，即使是秋末蕉叶凋零，也无人为蕉剪枯叶，壅土护根。失去稻草的包扎，芭蕉根部有的已经冻结或腐烂，好比失散的亲情，或一个经年无人过问的流浪汉。根上长出的幼株明显少了，分株繁殖的事情没有人干了，霜打芭蕉成了村庄的一种宿命写照，那么肥厚的叶片不再泛绿，而是时刻处于紧张、焦灼、燃烧，稍不留神就可能被风带走。

在某种角度看，一座村庄的命运是同芭蕉树的命连在一起的。同样，一座村庄的复苏，也可以从芭蕉树开始，因为芭蕉的温性更需要人的热情护卫，它不是植物中的野性派呀！

去看鸡蛋的下午

鸡蛋有什么好看的呢?

你也许听说过营销人员把梳子成功卖给和尚的故事，但你可能还不知道一枚鸡蛋的最大价值。而且这价值的诞生过程，一定出乎你意料，但会让你心服口服地欣然接受，对于未知的人生与命运，这是令很多人不容拒绝的渴望。

现在开始，我们来想象一枚鸡蛋究竟如何被利益化放大?

毋庸置疑，首先鸡蛋是有营养的，是人类需求量较大的日常生活补给，无论乡村还是城镇，生活每天都与之息息相关。我们知道，一枚鸡蛋的成本，大概一元，到了街区或超市会上涨到一元五角左右，如果再到小食店被加工，一枚鸡蛋的价格将涨到两元五角左右。这是最表面的一种价格算法。

有一种算法标示在我们的餐桌上。把一枚鸡蛋与苦瓜或其他蔬菜放在一起，让它成为一盘菜，排除高档酒楼，正常情况一般会在二十元左右。接下来，我们再将一枚鸡蛋变成几块蛋糕，其价格会翻至一枚鸡蛋的几倍。其实，还可以想到一个常识，一枚鸡蛋可以孵化成一只小鸡，小鸡再成长为肉鸡，一只肉鸡的价值将是那枚鸡蛋价值的上百倍，但这个过程相当漫长，其速度与代价都不划算。

关于一枚鸡蛋的最大价值，你还能想到什么？

下面我要讲的故事是这样的——

春节回老家，与亲人聊天无意中得知，在靠近市郊的一位亲戚家附近，有一位神乎其神的神婆，她神到什么程度？据说只要她看到你，就能说出你家住何方，甚至说出你家中的具体摆设。冲着好奇，我们一伙人驾着车，很快找到了这位传奇的人。她的头发如同树梢上挂晒的蔫蔫的干盐菜，只要她坐上凳子，你就别想看见凳子的一点影子，她的心宽体胖。在她家的墙壁上，挂满了很多赞她为神医的锦旗。正屋的左角落，供着神婆的仙祖。

听了我们的来意，神婆的工作开始了。

首先神婆得让你报出姓名、年龄及住址，坐在仙祖面前的神婆，采用的道具正是一枚鸡蛋。一枚可以在桌上立起来的鸡蛋，你见过吗？显然这是常人没有试验过的事，你一定会认为那是一枚神奇的鸡蛋，它成了神婆的观海道具——这个道具让我想起加西亚·马尔克斯在《百年孤独》中塑造的那个极富创造力的人何塞·阿尔卡蒂奥·布恩迪亚从吉卜赛人那里得到航海用的观像仪和六分仪，通过实验他认识到“地球是圆的，像橙子”。神婆一边燃纸，一边歌唱，把人投放到一枚鸡蛋的海中，窥尽你的过往与未来。神婆有节奏地敲打桌子，她从鸡蛋里把你看得清清楚楚，明明白白。神婆让你必须回应她讲的那一桩事是你多久前发生的，那一桩事又与你家中的谁有关等，总之她讲的全是你信服并认可的事。

神婆与仙祖对话的过程，一定不会忘记告诉你，放27元到桌上。末了，神婆就将桌上的那枚鸡蛋，顺手用草纸包裹，交到你手上：拿回去烧来吃了，你不会有事了。

我佩服神婆高超的营销手法，她的创意简直超越了那个卖梳子给和尚的人。同时，我想到职业的成败与道具或多或少也存在关系。像世界伟大的文学作品《百年孤独》，将神话故事、宗教典故、民间传说，以及未来与过往的创造交织，使书在世界各国畅销，至今好评如潮。神婆成功地让络绎不绝的到访者高高兴兴地买走一枚27元的鸡蛋。唯独遇上我，神婆失灵了。神婆问我做什么工作的？我笑而不答，反问神婆：你看我像是做什么工作的？神婆接过我的左手端详道：你可以当点官，也可以不当，但你当与不当都不缺钱。我拒绝回应，用沉默对抗了她的心灵骚扰。后来，神婆没招，随随便便唱了几句，转个身对我说，你没问题，你的身体很健康。

谁说我没有问题？我脑海里的问题尽是：一枚鸡蛋何以有如此大的价值？

人生最美是陪伴

春节期间，放下了所有活儿，回归到一个正宗的父亲角色，带着儿子瞳瞳玩耍，耐心地为他买菜做饭，认真地听他弹琴唱歌，静静地陪他看动画片，愉快地与他去户外踩梭梭板，瞳瞳的许多表现，着实让我吃惊不小。这是我长期埋头写作，被文字遮蔽的欣喜与愧疚。

“这是我的家，好漂亮呀！”“爸爸，我弹的这首歌，好听吗？”“爸爸，我拿了你的大衣，给妈妈盖上，可以吗？”

我愣在一旁，疑惑这是一个不满四岁的孩子说的话。妻子平时工作比我忙，尤其是过节，最能体现她忙的价值。而我时常出差与远游，更是难以陪伴瞳瞳。多数时候，瞳瞳被我们放到亲人家寄养，妻子常在路上与瞳瞳视频见面，内心总是滋生对孩子的亏欠，虽然单位各项工作长年被评优秀，但对于家庭里的母亲角色，仍充满失职的内疚。至于孩子，错过的都是家长无法修补的天真时光。

我欠瞳瞳的陪伴，远不是一本书能够容得下的，童年的时光是一叠厚厚的账本。

连续几天在一起，瞳瞳让我知道了动画片里有个叫光头强的家伙。瞳瞳似乎与光头强是要好的伙伴，他告诉我光头强的敌人是森林里的动物熊大和熊二，因为光头强被人利用天天要去砍伐树木，熊大和熊二总会在关键时候，拼命阻止光头强的砍伐行为。光头强开的伐木车着火了，车顶盖上的烟囱被阻塞，可光头强还在为车添加柴火。瞳瞳急了，走近电视屏幕，着急地挥着手，大声地喊：光头强，不能呀。话音刚落，伐木车就爆炸了！

有一个下午，我带瞳瞳去了书店。原以为是他陌生的地方，哪知他径直走到儿童书区域，聚精会神地翻动着有故事画面的读物，一边给我讲书上的警察故事，一边将要买的书，重叠在一起。其中有《功夫熊猫》《海洋世界》等。到了晚上，瞳瞳坐在我枕边，给书上的陌生人取名，央求我讲新故事给他听。有时，瞳瞳会与身边的玩偶说悄悄话，当我问他究竟说了些什么，瞳瞳迅即守口如瓶，生怕我发现了他的秘密。

孩子自有孩子的世界，能陪着他进入一个世界的细节，洞察他的一举一动，当然可以成为人生美好的享受。

正月十五，终于轮到妻子休假。我问妻子想去哪儿？妻子说，回乡下陪老人过元宵节吧。原本父母与我们在城里生活过一阵，但不久，说什么他俩也要闹着回去，最让父母不习惯的是城里高楼的人天天把门关得紧紧的，而乡下的门只要人在总是敞开的，完全与自然天地万物相接，这是父母的生活逻辑，起初我们不太理解。

当眼前出现种有青菜、莴笋、大头菜的菜园子，当柚子树、香樟树、枇杷树、香蕉树围绕房舍，当蒜苗、葱子、鱼香草长满家门前时，我理解了父母坚持还乡的心境。这里空气清新，的确让人感觉这是城里无法比拟的生活。为了不用担心父母吃水难的问题，妻子拿钱鼓动母亲安上自来水。

妻子将城里背回的各类特产给母亲，告诉她这坚果是新疆吐鲁番的，先要剥落厚厚的壳才能吃，看着母亲脸上流露的微笑，妻子心里满满都是幸福。晚上，吃着母亲熬的红苕粥，妻子更是倍感乡下的自然与甜蜜。聊天中，父母不经意讲到谁谁谁又走了，谁谁谁住进医院了，恐怕过不了春天了。他们都是我小时候熟悉的人。在我的乡下，凡是治不好的病，都被失落的村人称为癌，医生动不动就吓唬病人家属，动个手术要二三十万，不知情的乡村农民，还没展开治疗，已被昂贵的费用惊得却步，总之，村子里因病离世的人越来越多，让人听着揪心。有时，我们想尽量避开这些不太让人愉快的话题，但我们总避不开死亡的紧逼，前不久才在路上见到并打招呼的人，过几天说走就走了，一个惊叹号比一个破折号的速度来得快。

我们总试图在乡下多待几天，可眼看回城上班的时间已到，零星雨打湿头发，妻子拄着棍子，走在野草疯长的山里寻找路，像一个远道而来的田野考察者。她走得气喘又吃力，却不停地说，老家条件差了些，但空气真的不错。忽然，背后传来有人唤我的声音。我停下来，倒回几步，回应她。顿时，两个声音在空谷间交错、回荡。我又往回几步，下了一个坡，隐约看见一个人影拄着棍子，向着我们的方向走来。原来是母亲发现妻子的水杯忘记拿了，来送水杯。

妻子大声嚷着，劝母亲不用送来了，下次回家再拿。被草覆盖的坡很陡，很滑，我们走走停停，终于到了山上的车道边，回过头，躬着身，发现那个人影一直立在那儿，朝我们挥动着手，直到视线模糊。

一路上，妻子与我的话题在乡下与城市间辗转。城市各方面除了好的，就是不好的，妻子期待下一次回乡陪伴父母更多更久。其实这只是妻子善良的愿望。城市当然有城市的好，我们从小就羡慕城里人，随着年龄的增长，想要进城的欲望日益膨胀。可当自己终于挤进城后，才发现自己的根仍在来时的地方。我想只要无愧于心地活在自己的角色里，不逃避，不虚度，多少陪伴都是最美的人生。

一条路

一条路，落叶无尽，杂草丛生。走过的人，依稀记得路的痕迹，没有走过的人，不会当它是路。

路的那头通向庄稼地，路的另一头连着村庄。

可自从那片庄稼失去了主人，剩下的便是野蛮与空荡。外来的鸟儿，想在那片庄稼地干什么，谁也不会再干涉，就像那些长得像蛇一样的草儿，想往哪个方向窜，风也管不住。反正，荒地就是任野草横行霸道的地方。

这一切，被一条路看在眼里。

一条路看着，也只是看着。它找不到人诉说，因为曾经过路的人，多数已下落不明。而那些曾打路上往返的狗和牛，早已不见踪影。路，越来越寂寞，连一只蚂蚁也不肯出现，更别提蝴蝶或蜻蜓了，直到草把它彻底隐没。从此，路在隐形的世界里，抱着往事取暖，一年又一年。

春耕，有人扛着锄头打一条路走过。他身后，跟着一条狗。很快，狗便被风吹到了人的前面。

那是一个雨天，挑粪的人，在路上踩滑了脚，粪便流得一路臭气熏天，最终挨骂、挨打的只是路，不是人。

秋天，担着豆子的人，喘着气红着脸从路上往村庄赶去，成熟的豆儿，挤爆了豆壳，从空中跌落路边，风雨之后，豆儿们哭喊着，破土而出，转世来到一个崭新世界。

冬去春来，一条路，又将被庄稼人打回原形。先让牛把路边的草啃得寸草不留，再用镰刀将路上剩下的草桩剃得干干净净。路有时就是庄稼人的脸面，容不得一点多余的东西。路就是路，那些野性的生命，除了被庄稼人一本正经地铲除，更多的是被过路的脚印重重覆盖，原本路的功能就是用来生产脚印的，可一旦路上少了脚印，野草们就将卷土重来。

当一条路随着脚印的停产，一座村庄也宣告破碎，而路那头的庄稼地，就更是无人问津了。

如今，好的庄稼地，都留给飞鸟与风了。

一条失去了生产力的路，正如工厂里锈死的一根钢管。

从兴盛走向衰败，然后被人遗忘，一条路与一个下落不明的村庄人没有啥区别，在风的记忆里，任随大地上的万物视而不见。当所有庄稼都遗忘了村庄的故事，唯有一条路，顺着一粒粒种子来时的方向，把故事里的村庄，看得真真切切，听得清清楚楚，搞得明明白白。

有一天，我忽然站在了一条路上，两眼苍茫。像一位迷路的英国绅士，蹲下身，系了系鞋带，然后站起来，在路上一站就是半天。

在我前面，还有一个人，他身着一袭长衫，胸前披散着稠密的胡

须，立在路的中央，像一棵树。我听见他在问路——

何处是吾故乡？

山无言，水无语，狗不理，鸟不惊。

一条路，走过你，走过我，走过父亲的丘陵母亲的田野，走过一排排玉米的前世今生。

花隐谷记

我说过我的故乡人，对自己生活的地方不叫村庄，而是叫房子或屋基。这是传统，也是习惯。较之于村庄来说，房子要粗糙牢固一些，而村庄，更多时候，适宜于语气细腻一点的伪文人的所谓审美观念。

一个雨后的傍晚，在香樟与桂花弥漫的巴金文学院的林荫树下，有两个女作家忽然迫切地问我是哪里人，不等我回答，其中一个说：在凌老师面前，感觉自己更像男人。我还没有反应过来，她们又立即抛出一个词来：细致！直到这时，我才猛然醒悟：她们的意思是说我比她们要细致。

细致，我以为很多时候是一种语音上的雅与质。尽管我的少年记忆里，满满地装着故乡的事和人，遗憾的是，从一开始我就背叛了粗手粗脚、粗言粗语的故乡生活，其实，我一直努力朝着的方向是江南。

江南，此江南非彼江南。我真正开始对故乡的审美是从西藏林芝展开的，但非常曲折。当我将细致的目光剥开故乡的皮时，我已回到拉萨；那是20世纪90年代末期与新世纪之交的一个历史节点。

后来，我抵达离故乡不远的一座西部省城，对故乡的表达与发现不再是思念。卡号、密码、手机号、QQ号、邮箱、微博、微信、车牌、公交线、燃气、电费、预约装修、房款、物管账单……这些城市数字，这些现代生活的实际表达，如同洪水猛兽般阻断了我对故乡漫长的跋涉。

但我必须赶在记忆消退之前，将故乡存在纸上，不能让一次次重复叠加的数字，跟随那个孤单歌唱丘陵的少年一意孤行，因为它们的强势与沉重常常弄得人喘不过气来，故乡的体温与颜色也因之变得模糊不清。

这些夜晚，我一直在冒险。试图在纸上甩掉所有数字对一个写作者的干扰，像许巍那样用一种惬意的歌唱方式，返回我们曾经的故乡。但我的努力却不尽如人意，故乡的许多人和事没有在原来的地方等我，他们也随城市里的数字移动了方位。

那个叫水田的男人也悄无声息地走了，九爷的故事还没展开，前不久也离开了人世，村里人的解释只有一个字——癌。这个字，也让他们用来解释更多村里人消失的秘密。

忧伤已成故乡的过去，在天涯的少年总要归来。

在今天，我不期望所有的城市人都能怀念乡村，一个没有乡村生活经历的人，怎么去怀念乡村呢？

我身边祖辈栖居城市的朋友，他们所理解的乡村只是周末一窝蜂地涌向农家乐。他们吃着所谓的土鸡，打着麻将，赏着塑料做的桃花，开心地自拍发到微博上，他们自豪地以为自己抵达了乡村！

知道吗？就在人们点赞的时间里，在数字化推动城市生活进程的每一个瞬间，中国每天都有不同形状、不同气候、不同地理、不同历史时期的村庄在消逝。正是这种看得见与看不见的消逝，让我在2017年，看到另一种有关乡愁的思潮在我们毫无准备的情况下漫延开来，而且越来越猛，如同洪水一般席卷我们来时的故乡。不少大学生毅然转身，向着乡村进发，如同当年的知青下乡，到农村去，到梦乡去。

我想，随着交通方式和交通工具的更加便捷，未来会有更多的怀乡者，加入到返乡的潮流中，这也促使我提前做了一件比衣锦还乡更有意义的事情。新年伊始，我将一笔20余万元的稿费，投入到改造故乡老屋的行动中。鱼塘、堡垒、书屋、房间、厨房、厕所、围墙、书台、朝门、坝子，以全新的功能取代了老屋旧有的形式。在装修时，我选择了两种文化石，一种藏青，另一种乳白，它们构成了建筑外墙的全部。周末或休假时间，邀约知音回到屋基，钓鱼发呆，写字品茶，谈天说地，其乐无穷。

这不失为乡愁的品味。

故乡不缺植物，父母与花匠在宅院中种植凌霄花，我给此地命名——花隐谷（Flower hidden valley）。因为地形幽深，物候自然，山丘林障，且有谷之地貌，外界难以发现。

比起2005年，媒体对我的第二部散文集《飘过西藏上空的云朵》推介的“唱给故乡的恋歌，写给西藏的情歌”有所不同，这次我唱给故乡的不单是恋歌，而是一首长达20余年的归来之歌。

2017年7月15日于成都草堂路17号